圖解 ありがとうございます。

日本語敬語

從這本開始

全音檔下載導向頁面

http://booknews.com.tw/mp3/9789864543014.htm

iOS 系統請升級至 iOS 13 後再行下載
全書音檔為大型檔案，建議使用 WIFI 連線下載，以免占用流量，
並確認連線狀況，以利下載順暢。

目錄

第 2 章　敬語的用法

第3章 客氣有禮的措辭

「です」與「ます」為基本用法 從頭到尾都有禮貌地應對吧

不想養成習慣的「用語」及「説話方式」

岩下宣子的心意傳達小教室

第4章 日常溝通用語

學習可提升溝通能力的説話方式

接待、拜訪、電話應對讓人喜歡的說話方式及禮儀

難以啟齒的話也能順利表達的「職場用語」

第5章　措辭的禮節

重要時刻能派上用場的詞句以及舉止上需注意的禮節

「打招呼、守時、基本禮節」是社會人士在深入學習各項禮儀之前，應具備的基本常識

措辭注意事項之禮儀講座（商務篇）

第6章　遇到困擾時的應對

　　請求協助時的「〇和ｘ的6條準則」

　　請求協助的基本句型●有禮貌的措辭●當要向對方搭話時

　　●不確定對方是否忙碌時●依重要程度區分　有禮貌的措辭

　　●提出強人所難的請求時

　　拒絕時的必備3要件

　　表示拒絕的基本句型●容易招致誤會的拒絕方式●以有禮貌的態度拒絕對方

　　●溫和地拒絕邀約●拒絕強人所難的拜託●拒絕上司提出的要求

　　●找不到理由拒絕時的「說辭」

　　●表達歉意最少要道歉三次●會惹惱對方的道歉方式

　　●當下立刻表示歉意　基本句型●為自己的失誤、犯錯而道歉　基本句型

　　●與對方溝通「時間」的好方法●不要讓對方覺得「等很久」的表達方式

　　●「當事人不在」的應對方式●以撥打／接聽電話傳達要事的表達方式

　　●回應投訴的程序●藉由5W3H掌握重點

　　●回應投訴時「絕對不能說的話」●回應投訴的基本句型

　　●回應投訴時須特別注意的「重點」

　　●說話時應該修正的「壞習慣」●避免使人不悅的「說話技巧」

　　●提醒或指出對方錯誤的方法●容易出錯的敬語大盤點

第7章　利用測驗提升語彙能力

附錄

前言

　　各位平日説話時使用的都是什麼樣的詞彙呢？有沒有使用「好無聊」、「為什麼只有我」、「好辛苦」、「麻煩死了」這類負面詞彙呢？我認為，經常使用負面詞彙的人，就會走上負面的人生道路。

　　而經常使用「謝謝」、「好高興」、「愉快」、「真開心」、「感謝你」這類詞彙的人，會讓人覺得他能正向思考開創人生道路。

　　特別是連小事都能抱持感謝之意的人，我認為這樣的人也會有較理想的生活。

　　一個人的措辭若常展現對別人的關懷之情，這人的心也會因為這些話語而變得成熟。善良的心必須要靠良善話語的滋養才能茁壯。

　　不只是説出口的話，即便是在腦中思考也要使用正面的詞彙。

　　因為優美的詞彙會驅動好的表情肌。我們人類的臉部，據説有33～36條表情肌，而當中就只有三條肌肉是人類能夠自主操控的。雖然有的人可以有意識地操控自己耳朵的肌肉，或是挑動一邊的眉毛，但對大部份的人而言，能夠讓人「隨心所欲操控」的肌肉，就只有三條而已。那麼其他的表情肌又是如何運作的呢？

　　其餘的表情肌，據説都是由情緒所控制的。

　　各位若是認為「什麼情緒操控肌肉的，我才不管咧」，那可就糟了。因為只要心裡想什麼，掌管臉部表情的肌肉就會按照這樣的想法開始運作。所以一個人若是滿腦子都是壞念頭，掌管惡意表情的肌肉就會反應在臉部表情上，而這人就會在不知不覺間有一張不懷好意的臉。同樣的道理，若一個人滿腦子體貼的念頭且待人親切，這人也會因為掌控表情的肌肉有所反應，臉上自然會有好的表情。

　　期望各位透過本書，能夠學習到促進良好人際關係的用字遣詞，以及對對方展現尊重之意的敬語。使用敬語時別害怕出錯，一有機會就要放膽嘗試，並請身邊的人在出錯時給予指正。而當你受到別人的指正時，也要以感謝的心向對方道謝，因為「犯錯即是成長的開始」。

　　有句話説：「一個人最怕的不是運氣不好，而是一味認定自己是某一種人，若你是這麼看待自己，那你就只會是那樣的人。」若各位透過本書能學會運用更多的敬語，並以開放的心胸與體貼的心對待他人，那將會是我的榮幸。

　　最後，在此向企畫這本書的講談社藤枝部長表達感謝之意。

岩下宣子

第 1 章

措辭的
基礎知識

一個人的措辭展現的是他的人格。

從日常生活到職場，措辭運用得宜可讓對方留下「這個人很可靠」的好印象。

現在就讓我們一起學習措辭的基礎知識吧。

社會人士必備的良好「措辭」能力

正確的措辭才能傳達「心意」

　　我們無法一個人單獨地活在這個世界上，必須透過社會與人建立連結，並借助許多人的力量，人生才會豐富且多彩多姿。但周遭的人為什麼要幫助你呢？我認為他們並不是因為你的外貌、地位或財力這類有利可圖的理由，而是因為你這個人的人品，也就是人格的力量。

　　如果是信件或文件，重讀後發現錯誤可以修正，但是話一旦說出口就再也收不回來了。我想有不少人因此對開口發言這件事感到有些恐懼。若想克服這樣的恐懼，各位必須要培養出良好的「措辭」能力，首先，要知道「措辭」的基本規則，接著最重要的就是「累積經驗」。不光是要瞭解怎樣的措辭才算是正確，還必須透過實際應用累積經驗，才能真正學會這些用法，並讓這樣的措辭能力成為你一輩子的財富。

（就如同社長剛剛告知的。）
提過

一句話小教室　「和顏愛語（わげんあいご）」這句話出自佛教經典，意指要和顏悅色、以溫柔的話語待人接物，亦

社會人士的措辭入門

第1章 措辭的基礎知識

第2章 敬語的用法

第3章 客氣有禮的措辭

第4章 日常溝通用語

第5章 措辭的禮節

第6章 遇到困擾時的應對

第7章 利用測驗提升語彙能力

1. 字字句句都要為對方設想

※ 此標示為音檔念句子的順序。

> ✕ 今日のお洋服は素敵ですね。
> （你今天穿得很好看。）

01

> ◯ 今日のお洋服も素敵ですね。
> （你今天也穿得很好看。）

　雖然本人說話時未必有那樣的意思，但說法上些許的不同，聽在對方耳裡可能會有很大的差別。聽到「今日のお洋服は素敵ですね。（你今天穿得很好看。）」，有的人可能會想：「你的意思是我平常穿得不好看嗎？」

　只是「は」與「も」的一字之差，若兩人之間的關係還算親近，大概會笑笑帶過，但若用錯對象，原本的稱讚可能會造成適得其反的結果，反而惹得對方不高興。

　問題就在於你能夠以對方的角度思考到什麼程度，而這種能力必須從平日練習著手。例如當你詢問某人「你要喝咖啡還是紅茶？」時，聽到以下的回答你會有什麼感覺呢？

> ✕ コーヒーでいいです。
> （咖啡就好了。）

02

> ◯ コーヒーがいいです。
> （我要咖啡。）

　這裡也一樣是「で」與「が」的一字之差。即使回應時並沒有特別的意思，但「コーヒーでいいです。（咖啡就好了）」會給人「雖然想喝別的，但硬要選一個那就咖啡好了」的語感。

　不太在意這種小細節的人，就有可能在無意間因為措辭不夠小心，而讓對方產生不悅的感覺，這點一定得特別注意。語言是一面「鏡子」，字字句句都在反應你為對方設想的心意。只要我們在話中融入溫暖的感情，對方便也會以溫柔的語句回應，冰冷的話語則會像刀刃一樣刺進對方的心裡。

被稱為是夫妻相處和睦的秘訣。

2. 説話時須得體有禮

× お茶出して。
（拿茶來。）
他命令我

03
○ お茶をお願いします。
（麻煩請給我一杯茶。）
他拜託我

客氣有禮的説話方式，代表你顧慮對方的感受

我們對一個人印象的好壞，會因這人說話的語氣或措辭而有很大的差別。即使想傳達的是同一件事，措辭上的差異會讓說話者在我們心中留下截然不同的印象。像是「お茶出して（拿茶來）」這種命令形，或是像「お茶、お茶（茶、茶呢）」這樣，直接以單字表示的方式要求對方把東西拿來，都很容易讓人有說話者在責備對方的感覺。命令形或是簡化成單詞的說話方式，在緊急狀況時是很有效的用法，但如果打算和對方建立穩固的關係，應該從平日開始就要以客氣有禮的表達方式和對方相處，向對方展現最基本的敬意才是。不只在商務場合，平時無論對任何人都以禮相待，是身為社會人士最基本的禮貌。

學起來！ 客氣有禮的表達方式　三大重點

語尾要加上「です」、「ます」。	使用較「客氣有禮」的詞	改以較客氣的詞代替
例 ～だ→～です （斷定語氣） する→します（做） ある→あります（有）	例 わたし、僕→わたくし （私）（我）→（我） あっち→あちら （那裡）	例 あとで→のちほど （之後）→（隨後） ちょっと→少々 （稍微）→（稍稍）

措辭客氣有禮是成為社會人士的第一步。即便只在語尾加上「です」、「ます」，也能給人說話很有禮貌的印象。

一句話小教室 「言葉遣い（ことばづかい）」的「遣う」，含有讓情緒發酵（如気遣い（擔心））、巧妙地操控（如

第1章 措辭的基礎知識

第2章 敬語的用法

第3章 客氣有禮的措辭

第4章 日常溝通用語

第5章 措辭的禮節

第6章 遇到困擾時的應對

第7章 利用測驗提升語彙能力

「公私」要分明

04 公
はい、
かしこまりました。
是,我瞭解了。

05 公
いつもお世話に
なっております。
平日總是受您照顧了。

公 私

私 06
うん、わかった。
OK！
嗯,我知道了,OK！

07 私
いつもどうも。
平日多謝了。

措辭是一種自我表達,使用時要根據TPO原則

註釋:TPO原則是指時間、地點和場合這三項基本因素。

對象	親近	不親近	禮貌程度
上位者 年齡或社會地位在你之上 例:恩師、上司等	客氣的説法	客氣的説法	最高級
同輩 年齡或社會地位與你相等 例:朋友、同事等	一般常體 淺顯易懂的説法	客氣的説法 一般常體	高級
下位者 年齡或社會地位在你之下 例:朋友、晚輩等	淺顯易懂的説法	客氣的説法	中級

　　選擇措辭時,不只要考量年齡或地位這類社會性質的上下關係,還要視對方與自己的親密程度、上司與部下、客人與店員等立場及角色作為判別的依據。此外,雖說最理想的情況是無論面對任何人都以「客氣的說法」對待,不過也別忘了必須要視「現場實際的狀況」調整說話方式。若能依據不同場合選擇合適的說法,也能藉此向對方展現尊敬、親暱及體貼之意。

派遣（派遣）等語意,有因應不同對象或情況使用不同的話語的意思。

3. 正確使用敬語

敬語的用法大致分為三種

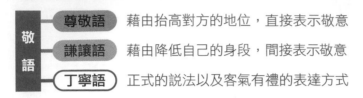

敬語		
尊敬語	藉由抬高對方的地位,直接表示敬意
謙讓語	藉由降低自己的身段,間接表示敬意
丁寧語	正式的説法以及客氣有禮的表達方式

尊敬語　抬高對方

主詞是「對方」

對方　　自己

丁寧語（正式的説法）

主詞是「自己」

謙讓語　降低自己

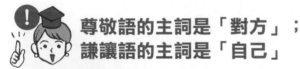

尊敬語的主詞是「對方」; 謙讓語的主詞是「自己」

　　敬語只有在因應不同的對象及狀況正確使用時,才能真正發揮傳達「尊重對方」的功用。

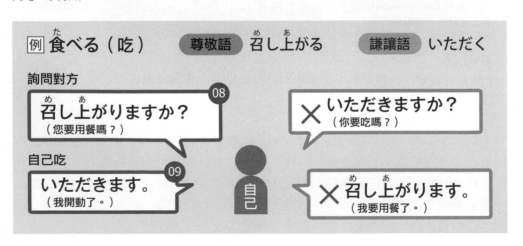

例 食べる(吃)　　尊敬語 召し上がる　　謙讓語 いただく

詢問對方

召し上がりますか?　08
(您要用餐嗎?)

✕ いただきますか?
(你要吃嗎?)

自己吃

いただきます。　09
(我開動了。)

自己

✕ 召し上がります。
(我要用餐了。)

一句話小教室 以下何者為適當的敬語用法?　A:部長はゴルフをなさいますか?　B:部長はゴルフをいたし

第1章 措辭的基礎知識

第2章 敬語的用法

第3章 客氣有禮的措辭

第4章 日常溝通用語

第5章 措辭的禮節

第6章 遇到困擾時的應對

第7章 利用測驗提升語彙能力

敬語須注意「內」、「外」的概念

　　在使用敬語之前，必須要先有「內與外」的概念。而這個概念可說是身為一個社會人士首先必須具備的基本常識。自己的家人、朋友等關係較親近的人為「內」。除此之外的其他人，例如工作上認識的人、以及雖然是朋友但親密程度較低的人，都算是「外」的範圍。

　　不過一旦進了職場，有時也會因情況不同而將原本視為「內」的人，改以「外」的方式應對。由於像這樣的時候很容易在應對時出現平日習慣的說話方式，所以必須要格外小心。

內　外 的關係會依情況而有所變化

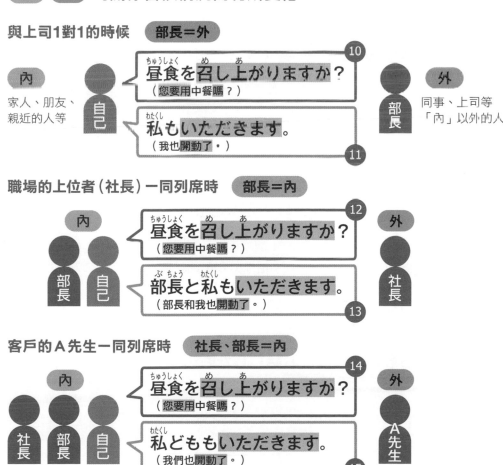

與上司1對1的時候　部長＝外

內
家人、朋友、親近的人等

自己

10
昼食を召し上がりますか？
（您要用中餐嗎？）

11
私もいただきます。
（我也開動了・）

外
同事、上司等「內」以外的人

部長

職場的上位者（社長）一同列席時　部長＝內

內

部長　自己

12
昼食を召し上がりますか？
（您要用中餐嗎？）

13
部長と私もいただきます。
（部長和我也開動了。）

外

社長

客戶的Ａ先生一同列席時　社長、部長＝內

內

社長　部長　自己

14
昼食を召し上がりますか？
（您要用中餐嗎？）

15
私どももいただきます。
（我們也開動了。）

外

Ａ先生

ますか？（答案詳見下一頁）

由「日常對話」做起

　　措辭是一種「習慣」。就算記住所有的敬語規則，若沒有從平日做起，就很難正確使用。而不習慣使用敬語或是沒有自信能把敬語說好的人，可以試著先從平日經常使用的句子或說話方式開始改變。

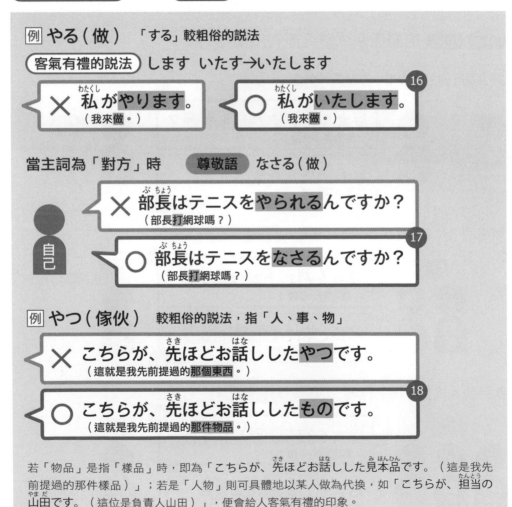

學起來！ **基本的客氣用法**

客氣有禮的說法 或是 丁寧語 ＋「です」、「ます」

例 やる（做）　「する」較粗俗的說法

客氣有禮的說法 します　いたす→いたします

× 私（わたくし）がやります。
（我來做。）

○ 私（わたくし）がいたします。
（我來做。）
16

當主詞為「對方」時　尊敬語 なさる（做）

自己

× 部長（ぶちょう）はテニスをやられるんですか？
（部長打網球嗎？）

○ 部長（ぶちょう）はテニスをなさるんですか？
（部長打網球嗎？）
17

例 やつ（傢伙）　較粗俗的說法，指「人、事、物」

× こちらが、先（さき）ほどお話（はな）ししたやつです。
（這就是我先前提過的那個東西。）

○ こちらが、先（さき）ほどお話（はな）ししたものです。
（這就是我先前提過的那件物品。）
18

　　若「物品」是指「樣品」時，即為「こちらが、先（さき）ほどお話（はな）しした見本品（みほんひん）です。（這是我先前提過的那件樣品）」；若是「人物」則可具體地以某人做為代換，如「こちらが、担当（たんとう）の山田（やまだ）です。（這位是負責人山田）」，便會給人客氣有禮的印象。

4. 回應時不使用「否定」的語氣，而是使用「肯定」的語氣

✗ わかりません
（我不知道）

19 ○ お教えください
（請您告訴我）

　　當聽到對方以「我不知道」來回應自己的提問時，你作何感想呢？雖然說的是實話，但對這個人應該不會留下太好的印象。使用否定的語氣或是消極的說法，一般會使對話的氣氛變差。因此就算某件事自己不知道答案，也別用「我不知道」表達，而是改以「請您告訴我」這類較正面的說法回應對方。雖然兩者皆是表明自己無法提供對方答案，但透過這種正面、積極、肯定對方的表達方式來回應，對方的好感度會更高。

 換個說法，印象更好

例 談生意的過程中，距離預定結束的時間還剩下30分鐘

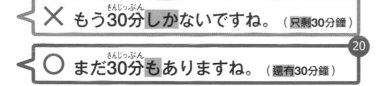

✗ もう30分しかないですね。（只剩30分鐘）　消極的說法

20 ○ まだ30分もありますね。（還有30分鐘）　正面積極的說法

　　對話要維持「正面積極」的態度。若能以正面的詞彙或是積極的說法替換，不但對方比較容易接受，彼此也都能保持好心情。

換個說法

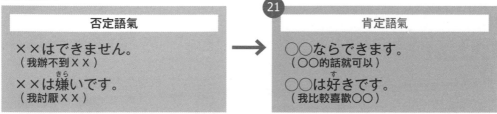

否定語氣	肯定語氣
××はできません。 （我辦不到××）	○○ならできます。 （○○的話就可以）
××は嫌いです。 （我討厭××）	○○は好きです。 （我比較喜歡○○）

　　其他還有像是「頑固→意志堅定」、「遲鈍→很鎮定」，可以試著練習看看，把一些你認為印象較為負面的詞彙，改以正面的詞彙進行替換。

語要以「なさる（做）」表示。

(側邊標籤)

第1章 措辭的基礎知識

第2章 敬語的用法

第3章 客氣有禮的措辭

第4章 日常溝通用語

第5章 措辭的禮節

第6章 遇到困擾時的應對

第7章 利用測驗提升語彙能力

5. 展現「我想聽你説」的態度很重要

　　無論措辭多有禮貌，若只是以敷衍的態度聽對方說話，對方一定會感受到。以「我想聽你說」的態度聽對方說話，無論於公於私都是身為一個社會人士的基本禮貌。況且，有些話雖然乍聽之下是「嘮叨的碎念」，但只要聆聽者能抱持著「我想聽你說」的態度聆聽，或許也能從中獲取一些「重要的建議」。

　　好的聆聽態度是提升對話氣氛的訣竅。請做好「一段對話中，聆聽佔八成，說話佔二成」的心理準備，用心傾聽對方說話。

學起來! 幫助你加強聆聽技巧的三大重點

回應 向對方表達自己對於發言內容的理解與興趣時可使用的說法。

同意

例 22
そうですね
（的確是啊）

無論對對方的發言內容有共鳴，或是持反對意見，都可以先表示同意，藉此將對話延續下去。

擴展話題

例 23
それから？
（然後呢？）

運用增加話題，讓對話得以擴展。可配合對方的情緒做回應，以拉近彼此的距離。

轉換話題

例 24
ところで
（話說）

想要轉換話題的方向時，可以説：「ところで、今のお話で思い出したのですが（聽你這麼一説我才想起來…）」，不經意地把話題帶開。

點頭 對話時，可以在回應的同時配合點頭或是傾身向前的動作，藉此向說話者表達自己對話題內容的理解及興趣。

重複對方的話 把對方所說的話原封不動或是只取部份內容加上問號後反問對方，就能使對話進行下去。

例 25
京都へ行きました。
（我去了京都。）

例 26
京都ですか？
（你是去京都嗎？）

説話時的視線、所在的位置以及距離也很重要

第1章 措辭的基礎知識

第2章 敬語的用法

第3章 客氣有禮的措辭

第4章 日常溝通用語

第5章 措辭的禮節

第6章 遇到困擾時的應對

第7章 利用測驗提升語彙能力

人們常說：「說話時目光不敢直視對方的人不值得信賴」，但若只是一直互相盯著看，只會讓彼此喘不過氣而已。心理學的研究也指出，讓兩個彼此互無好感的人相互對看10秒以上，就會產生敵對意識。

此外，與對方的距離及相對位置，也一樣會左右談話的氣氛。在商務場合、婚喪喜慶等較正式的場合，在配置座位時，也會依據每個人的立場或角色不同而不一樣。正確遵循這類慣例，與正確使用敬語一樣，都是身為一個社會人士應具備的常識。

學起來！ **目光接觸時視線要柔和**

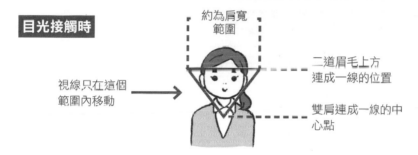

為理解對方的心情，可以試著對著鏡子練習。首先就從看著自己的眼睛，「計算眨眼的次數」開始。持續一段時間後，再依照上述的要求進行目光接觸的練習。

不一定非要遵守「3秒」的規定。只要讓移開視線與對上眼的時間比維持在2：1即可。視線不要固定集中在一點，而是要適度且緩慢的移動。

配的動詞是「打つ」；「合いの手」則是指在對方行動或談話的空檔中插入動作或話語，使用時搭配的則是「入れる」這個動詞。

一旦出社會，一個人的「措辭」習慣是否就難以修正？

措辭運用得宜展現的是一個人的大人的風範

　　一個人的措辭習慣雖然不像換衣服一樣可以說改就改，但是只要學會正確的用法，無論幾歲，都可以重新開始養成習慣。不過，能夠做到的只有你自己，留心自己的措辭，不只表示你有身為社會人士的自覺，也是在展現自己的「成熟大人風範」。

學起來！　瞭解自己措辭不佳的原因

無論何時對任何人　**都以相同的措辭**　對待

理由： **相關知識不足**	對所有人都一視同仁時，容易被誤以為是以「高高在上」的態度說話。這樣的人除了要學習敬語的相關知識，也要一直重覆實際練習，磨練措辭的敏感度。

對特定的對象　**以不恰當的措辭**　對待

理由： **社會化不足**	僅憑自己的好惡或上下關係來判斷，對特定對象的用詞會變得刻薄、粗魯。這樣的人，就要從養成對任何人都要以客氣有禮的說話方式來開始著手。

只要情緒一來　**措辭就變得很**　粗魯無禮

理由： **無法控制 自己的情緒**	要壓抑高漲的情緒或許有些困難，不過重點在於有沒有努力嘗試，而不是直接認定自己「辦不到」。就算無法立刻做到，只要試著努力，一定可以慢慢掌控自己的情緒。

　一句話小教室　以下何者為適當的敬語用法？　Ａ：この本を部長にやります。　Ｂ：この本を部長に差し上げます。

改善措辭的三項要素

求知
- 多閱讀相關書籍，特別是措辭有關的書籍。
- 聆聽別人的發言。
- 每次遇到不懂的地方，一定要自行查找答案或向別人請教。

實踐
- 修正自己平日的措辭。
- 自行在腦中進行想像訓練。
- 製造更多的談話機會。

靈活運用
- 視不同場合應變，以適當的措辭表達。
- 以某人的言行做為範本並刻意模仿其言行。

一再地重覆練習……

漸漸養成使用正確措辭的習慣

↓

就能夠展現自我、身邊的人對你評價更高、較不易與他人起衝突……等等。

學習使用措辭時，雖然學會正確的句子很重要，但只有將學到的知識不斷地在生活中實踐才能夠熟能生巧。尤其是商務場合中的一些獨特的用語以及表達方式，一定要把握機會放膽用用看。首先要仔細聆聽別人說話，每當遇到自己沒接觸過或不知該如何使用的句子，都一定要查詢其用法、或是向別人請教，而不是放著不管，這麼做才能將遇到的每個用法都紮紮實實地學起來。

（答案詳見下一頁）

第1章 措辭的基礎知識

第2章 敬語的用法

第3章 客氣有禮的措辭

第4章 日常溝通用語

第5章 措辭的禮節

第6章 遇到困擾時的應對

第7章 利用測驗提升語彙能力

社會人士必備的「得體言行」 打招呼、道謝、道歉

日常生活的用語要「公私」有別

　　一個人只要能好好地打招呼、道謝、道歉，就會被認定是個「懂禮貌有教養的人」。一旦長大成為社會人士，依對象及狀況選擇合適的用語更是基本禮儀。不論話中蘊含了多少情感，那種在非正式場合中像和朋友談天般的說話方式，在商務場合是行不通的。所謂「公私有別」，就從打招呼、道謝、道歉開始修正自己的措辭吧。

學起來！ 打招呼、道謝、道歉檢查清單

☐ 我會視心情決定要不要和對方打招呼

☐ 我會視對象不打招呼

☐ 我只有在對方先和我說話的情況下，才會和他打招呼

☐ 只要對方沒發現，我不會主動打招呼

☐ 很少聽到別人向我道謝

☐ 我認為表達謝意只要展現在態度上就已十分足夠

☐ 因為我會感到不好意思，所以不會當面向人道謝

☐ 我會盡量透過電子郵件或信件向對方道歉

☐ 我認為只要犯錯的嚴重性不到一定程度，就不必道歉

☐ 我認為對於瞭解我的人而言，道謝或道歉都太見外了

只要有符合1點

　　透過日常的打招呼、道謝、道歉等行為，實踐「即使對關係親近的人也要以禮相待」。即便是親密的人也一樣要好好透過言語向他們表達自己的感受，就從現在開始做起吧！

一句話小教室 [解答]B：この本を部長に差し上げます。（這本書送給部長。） 「差し上げる（送給）」是

傳達情緒的話語　打招呼

第1章 措辭的基礎知識

第2章 敬語的用法

第3章 客氣有禮的措辭

第4章 日常溝通用語

第5章 措辭的禮節

第6章 遇到困擾時的應對

第7章 利用測驗提升語彙能力

對一個人的印象，會透過每天互相打招呼而改觀。「打招呼」這件事，無論於公於私都是最基本的禮貌，尤其在商務領域中更是扮演重要的角色。

想要打好人際關係的基礎，就要在打招呼時讓對方感到舒適自在。若能因應不同狀況以適當的言詞及態度問候對方，對於身為一個社會人士而言，可說是又往前邁進了一大步。

學起來！ **平日的問候不能缺少的要件**

針對所有的人

早晨時的問候特別重要。除了家人及附近的隣居，還有進公司之後，自己所屬單位的同事、上司，總之就是遇到的人全都要打招呼。

自己先開口

打招呼是「先說先贏。」不要等對方開口，而是要由自己主動出擊。讓長輩或上司先開口打招呼，是很丟臉的事。

態度要開朗有朝氣

打招呼時要面帶笑容，並以開朗有朝氣的聲音大聲地說出來！不過仍要視對方的表情及狀況適時地降低聲調，或改以點頭之類的方式表示，切記一定要顧慮對方的心情。

即使對方沒有回禮仍得持續下去

對方沒有回禮，或是即便回禮只是輕輕點個頭，這可能和對方的個性以及思考方式有關，不需要太在意。即使沒有回禮，只要有持續向對方好好地打招呼，對方終有一天會有所改變的。一句簡短的「おはようございます（早安）」，日積月累下來，你會在對方心裡建立一定程度的親切感與信賴感。

「やる／与える（給予）」的謙讓語，是用於表示自己做的動作。

一進入公司

おはようございます。²⁷
（早安）

若能加上對方的名字，或是加上一句和天候或季節有關的寒暄或問候語，更能展現親切感。若對方正處於忙碌的狀態或其他情況，只簡單點個頭也可以。中午十一點之後，只用目光接觸以及點頭示意是基本的禮貌。

外出

○○へ行って参ります。²⁸
（我去○○了。）

明確地告知外出的地點很重要。另外，要向負責留守的人交待自己回公司的時間，若會比預定的時間晚回公司，也一定要和對方事先聯絡。

回公司時

ただ今戻りました。²⁹
（我回來了。）

身為社會人士，說「ただいま（我回來了）」是很不恰當的。若是午餐時間或私事等非公事上的原因而外出時，一回到公司一定要向周圍的人打個招呼。

下班時

お先に失礼いたします。³⁰
（我先告辭了）

若只說「お先に（我先走了）」而將後面的部份省略，是沒辦法傳達敬意的。特別是當自己比上司或前輩還要早下班，而下班之後也沒有預定的行程時，當碰到這樣的情況若能再加上一句「お手伝いできることはありますか（有我可以幫得上忙的地方嗎？）」，藉此表達自己想幫忙的心意也很重要。

只說一句「どうも（你好）」並不能算是打招呼

「どうも（你好）」是常見的非正式打招呼用語。雖然加在表達感謝或道歉的用語前，有加強語氣的意思，但若只有「どうも」則顯得不夠鄭重，並不適合用在商務場合。所以別只說一句「どうも」，最好把整句話完整表達，如「いつもお世話になりまして、どうもありがとうございます（經常承蒙您的關照，非常感謝您）」。

一句話小教室 語言會依使用的方式而改變意思。「挨拶」的丁寧語「ご挨拶」，也會用於「以嘲諷的口氣回應對方

學起來！ 打招呼與敬禮的TPO　欠身＜敬禮＜鞠躬

行禮的角度與鄭重程度成正比

| 欠身 | 敬禮 | 鞠躬 |

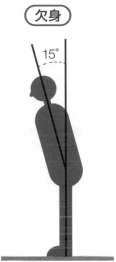

15°

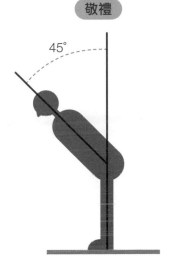

45°

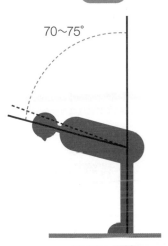

70～75°

上半身前傾 **15** 度左右。用於平日打招呼、或是與上司、長輩、來賓擦身而過的時候，表示問候之意。

雙手緊貼大腿，上半身前傾 **45** 度左右。用於迎賓、送客、或是第一次見面時的打招呼等情況，是態度較為莊重的行禮。

上半身前傾至手指尖可輕觸膝頭的程度。表示最高的敬意以及正式道歉時所使用的行禮。

　　在日本的文化以及習慣上，打招呼時必定會加上行禮的動作。另外，正式道歉時，上半身要彎身至 **90** 度左右，以鞠躬表達最深的歉意。

若對方是熟識的人，只行「注目禮」亦可

　　所謂的「注目禮」就是以眼神向對方表示問候之意。當對方是熟識的人，或是正在和別人談話時，就不用特別出聲打招呼，只須以「注目禮」向對方致意即可。雖然只要以眼神向對方致意，但若能以笑臉再加上點頭的動作，就能讓對方留下更好的印象。

第2章 敬語的用法

第3章 客氣有禮的措辭

第4章 日常溝通用語

第5章 措辭的禮節

第6章 遇到困擾時的應對

第7章 利用測驗提升語彙能力

無禮的言行」。

學起來！ 打招呼的基本原則為「語先後禮」與「禮三息」

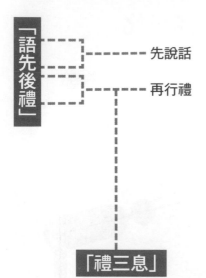

「語先後禮」
—— 先說話
—— 再行禮

看著對方的眼睛，並於打招呼之後，配合呼吸行禮。

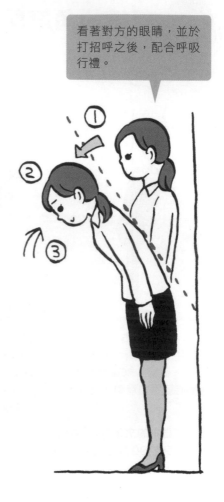

「禮三息」

1 首先在彎腰時吸氣。
2 彎腰至定點時呼氣。
3 吸氣並恢復原本的姿勢，再與對方的視線相對。

先與對方的視線相對，接著出聲打招呼再行禮

　　與人見面初次打招呼，是決定第一印象的關鍵場面。若在說話的同時加上行禮的動作，等於是面朝下和對方說話，這樣當然不會給人留下好印象。如果在打招呼時能夠做到上述的「語先後禮」以及「禮三息」，就會在別人的心中留下這人不但有禮貌，動作也非常俐落的好印象。

一句話小教室 以下何者為適當的敬語用法？　A：ご担当の方はいらっしゃいますか？　B：ご担当の方はおら

傳達情緒的話語　道謝

ありがとうございます。③¹
（謝謝您）

心靈上的交流

どういたしまして。③²
（不客氣）

第**1**章 措辭的基礎知識

第**2**章 敬語的用法

第**3**章 客氣有禮的措辭

第**4**章 日常溝通用語

第**5**章 措辭的禮節

第**6**章 遇到困擾時的應對

第**7**章 利用測驗提升語彙能力

　　我們平日的對話是由「傳遞訊息的言詞」和「傳遞情緒的言詞」所組成的。「傳遞訊息的言詞」就如字面的意思，是用於報告、說明事情的話語，基本上算是一種機械化的表達方式。而「傳遞情緒的言詞」，則是一種體貼對方的表達方式。雖然傳遞的訊息是一樣的，但當以「傳遞情緒的言詞」進行溝通交流，彼此的「心靈」也會同時進行交流。

　　打招呼、道謝、道歉，就是讓彼此的心靈得以溝通交流的對話中不可或缺的重要用語。而其中表達「謝意」的詞，不管使用的語句多有禮貌，若非出自真心，就無法傳達給對方。若想要好好傳達謝意，最重要的只有一件事，就是表達時不能只是隨口說說，而是要以期望和對方心靈交流的心情，說出「ありがとうございます（謝謝您）」這句話。

表達謝意時，不會使用「すみません（不好意思）」

例 向對方的好意表達感謝之情

✕ お気づかい、すみません。
（不好意思，勞您費心了。）

③³ ○ お気づかい、ありがとうございます。
（非常謝謝您的關照。）

　　「すみません（不好意思）」在使用時也有叫喚人的意思，用來表達謝意會顯得不夠鄭重。只要直接用「ありがとうございます（謝謝您）」向對方傳達感謝的心情即可。

學起來！ 最好謹記於心的道謝禮儀

清楚表達謝意　別害羞，把自己的心聲傳達給對方，坦率地表達感謝對方的心情。

感謝平日
的照顧
> いつもお心<ruby>心<rt>こころ</rt></ruby>にかけていただきまして、ありがとうございます。（非常謝謝您一直以來對我的關心。）　34

感謝來訪
> <ruby>本日<rt>ほんじつ</rt></ruby>は、お<ruby>忙<rt>いそが</rt></ruby>しい<ruby>中<rt>なか</rt></ruby>をお<ruby>越<rt>こ</rt></ruby>しいただきまして、ありがとうございました。（今日您在百忙之中還撥冗前來，非常謝謝您。）　35

 多加一句話　向對方傳達自己表達謝意的理由，也相當重要。

拜訪對方
時的感謝
> <ruby>楽<rt>たの</rt></ruby>しいひとときを<ruby>過<rt>す</rt></ruby>ごさせていただきまして、ありがとうございます。（謝謝您，讓我度過了很快樂的時光。）　36

收到贈禮
的感謝
> ○○をありがとうございます。<ruby>大切<rt>たいせつ</rt></ruby>に<ruby>使<rt>つか</rt></ruby>わせていただきます。（謝謝您送我○○。我一定會好好珍惜使用。）　37

 一定要說出口　就算事情發生的當下沒能說出口，有機會還是一定要向對方道謝。找到機會表達謝意時，可以先加上一句道歉的話。

數日之後
> <ruby>遅<rt>おそ</rt></ruby>くなってしまいましたが、<ruby>先日<rt>せんじつ</rt></ruby>はありがとうございました。（不好意思現在才說，前些天真是謝謝您。）　38

為失禮而
道歉
> お<ruby>目<rt>め</rt></ruby>にかかった<ruby>折<rt>おり</rt></ruby>にお<ruby>礼<rt>れい</rt></ruby>も<ruby>申<rt>もう</rt></ruby>し<ruby>上<rt>あ</rt></ruby>げずに<ruby>失礼<rt>しつれい</rt></ruby>いたしました。（先前見到您時未能向您表達謝意，實在抱歉。）　39

28 一句話小教室　[解答]A：ご<ruby>担当<rt>たんとう</rt></ruby>の<ruby>方<rt>かた</rt></ruby>はいらっしゃいますか？（負責的人在嗎？）　B句的「〜おられますか」

第1章 措辭的基礎知識

第2章 敬語的用法

第3章 客氣有禮的措辭

第4章 日常溝通用語

第5章 措辭的禮節

第6章 遇到困擾時的應對

第7章 利用測驗提升語彙能力

學起來！ 道謝的時機要遵照「三次法則」

例 找公司的前輩A商量有關工作的事

1 當場

40

今日は、時間を作っていただいて、
どうもありがとうございます。
（今天麻煩您抽空，非常謝謝您。）

既然請對方幫忙，讓對方花費了時間和精力，當場向對方道謝是最基本的禮貌。就算只有一句「ありがとうございます（謝謝您）」也好，要立刻向對方表達感謝之情。

2 道別時

41

急なお願いを快く受けてくださって、
ありがとうございました。
おかげで、少し自信が出てきました。
（對於我突如其來的請求，您這麼爽快就答應，真的非常謝謝您。多虧了您，我總算有了一點自信。）

雙方「道別時」要追加一句向對方表達感謝之情的話，若當時沒能說出口，也可以藉由打電話或電子郵件表示，可以趁當天彼此都還記得憶猶新的時候，或者隔天再向對方說句道謝的話，表達自己的感謝之情。

3 再見面

42

昨夜はありがとうございました。
Aさんのアドバイス通りに、
先方にさっそく問い合わせてみました。
（昨晚非常謝謝您。我已經依照前輩A的建議，立即向對方詢問了。）

每天都會見面的人，最好在隔天再向對方道謝一次。若你在下一次見面時再次向對方表達謝意，就更能讓對方感受到你的感恩之情，人際關係也會因此變得更好。如果是針對某件事諮詢對方的意見，別忘了要在事後報告進度！

別吝於把感謝說出口

　　道謝至少要三次，賠罪也一樣。既然身為一個社會人士，就別吝於把道謝和道歉說出口。只要拿出最大的誠意，確實地傳達自己的心意，對方也一定會對此有所回應的。

中的「おる」為「いる」的謙讓語，故不適當。

傳達情緒的話語　道歉

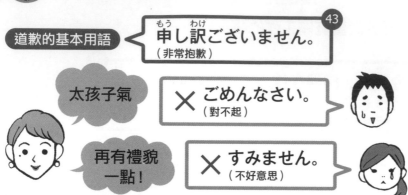

道歉的基本用語

申し訳ございません。
（非常抱歉）
43

太孩子氣

✕ ごめんなさい。
（對不起）

再有禮貌一點！

✕ すみません。
（不好意思）

　　身為一個社會人士，在措辭上顧慮最多的就是「道歉」了。人是多少都會犯錯的生物，一旦出了社會之後，不管再怎麼小心注意，工作上仍然可能會出錯。有時就算錯不在己，也還是不得不道歉。

　　言語是有力量的。一句話可能打開亦可能關閉對方的心門，要是不小心助長對方的怒氣，甚至有可能發展成左右公司未來的事態。即使因為狀況不同，應對的方式可能有千百種，但首先一定要以「申し訳ございません（非常抱歉）」這句話，真摯地向對方表達歉意。

※ 關於「申し訳ございません（非常抱歉）」的用法，請見 96 頁的專欄內容。

「迅速、真誠、禮貌」為賠罪的三大原則

迅速
地應對

當對方覺得受到傷害，為了不讓對方的傷害擴大，在察覺到發生失誤或出狀況時，就要立刻道歉。若是與客戶之間發生問題，也要盡快向上司通報，請求指示。

真誠
地面對

重點是一定要主動採取行動，即使對方的反應很不講理，也要以真誠的態度面對對方。道歉時不要只是一味地重複說「申し訳ございません（非常抱歉）」，還要向對方展現反省之意，以及告知對方具體的後續處理方案。

禮貌
的態度

公式化的道歉方式無法向對方傳達反省及誠意。以防萬一最好先準備能夠平息對方怒火的說法。

　一句話小教室　「ごめんなさい（對不起）」含有「請求」對方原諒的語意，若用於賠罪則稍嫌不夠鄭重。

第**1**章 措辭的基礎知識

第**2**章 敬語的用法

第**3**章 客氣有禮的措辭

第**4**章 日常溝通用語

第**5**章 措辭的禮節

第**6**章 遇到困擾時的應對

第**7**章 利用測驗提升語彙能力

學起來! 最好謹記於心的道歉用語

展現反省之意 ‹
例
大変申し訳ございません。
深く反省しております。
（實在非常抱歉。我正在深深反省。）
44

➕ 例 被上司指出錯誤

一句話 ‹
45
ご忠告をありがとうございます。
肝に銘じます。
（非常感謝您的提醒，我會謹記您的告誡。）

造成困擾 ‹
例
多大なご迷惑をおかけして、
誠に申し訳ございません。
（給您帶來這麼大的困擾，實在非常抱歉。）
46

➕ 例 當己方犯錯時

一句話 ‹
47
私どもの不手際で～（都是因為我們處理不當～）

私の勉強不足で～（都是因為我的學識淺薄～）
48

日後賠罪時 ‹
例
このたびはお騒がせして、
大変申し訳ございません。
（這次引起這麼大的騷動，實在非常地抱歉。）
49

➕ 例 對方的怒氣無法平息時

一句話 ‹
50
弁解の余地もありません。（我無可辯解。）

　　並不是只要放低姿態不斷地道歉，就能平息對方的怒氣。適當的措辭再加上認真的態度，才能讓對方真正感受到你發自內心的敬意與歉意。為了不讓對方覺得你「只是嘴上說說」，還是要盡量具體地描述反省了哪些地方、事後的處置措施以及目前的處置進度等。

重點複習 「成熟大人的措辭」

❶ 用淺顯易懂的話表達

- 養成以「客氣有禮的説話方式」表達的習慣。
- 學會基本的敬語用法。
- 使用對方一聽就懂的詞彙。
- 對外人説話時，不使用只有朋友才知道的詞彙或職場用語。
- 少用漢語及外語。
- 特別注意較容易聽錯的「同音異義詞」、「發音相似的詞」

進階學習 ▶ 第 2 章 敬語的用法　第 3 章 客氣有禮的措辭
第 4 章 日常溝通用語

❷ 視對象及狀況選擇用詞

- 措辭須考量「內」與「外」的概念。
- 推測對方的感受，訓練「察言觀色」的能力。
- 措辭必須要能反應出自己與對方的交情或親疏程度。
- 了解有些用語或表達方式並不適合用在特定場合。

進階學習 ▶ 第 2 章 敬語的用法　第 5 章 措辭的禮節

❸ 隨時注意自己的表達方式是否客氣有禮 並讓人覺得舒適自在

- 時刻提醒自己對任何人都不以命令的語氣説話。
- 掌握敬語的意思並正確地使用它。
- 使用能夠建立良好人際關係的詞彙。
- 不使用會傷人或讓人不悦的詞彙。
- 發言時不感情用事。
- 無論是否能正確使用敬語，都要抱持著尊重對方的心情。

進階學習 ▶ 第 2 章 敬語的用法
第 6 章 遇到困擾時的應對

本章全部音檔

2_all.mp3

第 2 章

敬語的用法

禮儀是把「體貼對方的心意」化為形式。
只有透過身心合一地去付諸實行，才能真正學會如何將這份心意傳達出去。
敬語也是如此，
把尊重對方的心情化為言語表現出來吧！

只要知道規則就能學會敬語

使用敬語不是為了別人,是為了展現自身的品格

敬語並非是為了讓人有上、下位之別而產生,它最重要的功用,是向對方表達尊重之意。

敬語的使用基本上可以做為對一個人敬意高低的判斷標準,但使用敬語對人表示「敬意」,展現的並不完全是對對方的尊敬之情。假設我們因為尊重一個人的社會地位或位階而使用敬語和他說話,這是敬意的表現,那麼,若對方的社會地位很高,卻是一位不值得尊敬的人呢?難道就因為對方不值得尊敬而不用敬語嗎?這麼做不僅對對方很失禮,也是在降低自己的品格。

敬語另一個重要的功用,就是幫助一個人展現出自己是一個有常識的社會人士。因應不同場合正確地使用敬語,除了用於表示對對方的尊重,也是在展現自己的社會性。

敬語是展現自我很重要的一種方式

了解現場狀況
可明確劃分公與私、會面的重要性以及地位的高低。

表達心意
可以讓對方更容易接受你想要傳達的訊息。

人際關係
使自己的立場及所扮演的角色更明確。

形式
可以把關懷別人的心意以形式表達出來。

資訊
可以展現與對方之間的親疏程度。

一句話小教室 「敬語」的禮節是為了向對方展現尊敬及尊重的心意而存在的,所以「無心不成禮」請務必謹記在心。

使用敬語的基本規則

1. 敬語的五大分類以及基本用法

　　日本文化廳文化審議會的日語分科會，在2007年2月出版的刊物《敬語方針》中，將敬語的分類由原本的「尊敬語」、「謙讓語」、「丁寧語」三大類，改成五大類。主要是配合現代的用語，由「謙讓語」及「丁寧語」中再細分，以達到簡單明瞭的目的，基本的用法和原先的三大類並沒有太大的差異。

第1章 措辭的基礎知識

第2章 敬語的用法

第3章 客氣有禮的措辭

第4章 日常溝通用語

第5章 措辭的禮節

第6章 遇到困擾時的應對

第7章 利用測驗提升語彙能力

原先的分類	敬語的分類	作用 / 用例
尊敬語	尊敬語	藉由提高對方或是言談中所提及的第三者（包含行為、事物）的地位，直接表示敬意。
		替換型　言う→おっしゃる(説) 添加型　「お／ご～になる」　読む→お読みになる(讀)
謙讓語	謙讓語I	藉由降低己方（包含行為、事物）的地位，間接表示敬意。
		替換型　言う→申し上げる（説） 添加型　「お／ご～する」　連絡する→ご連絡する(聯絡)
	謙讓語II（鄭重語）	以客氣有禮的方式表達己方的行為、事物等。
		替換型　言う→申します（説） 添加型　「お／ご～いたす」
丁寧語	丁寧語	以客氣有禮的方式向對方陳述事情。
		「です・ます」型　語尾改為「です・ます」。 「ございます」型　語尾改為「ございます」。
	美化語	用於美化事物、抬高對方的地位或是提升對話及文章的水準。
		在字首加上接頭語「お」、「ご」。

2. 以和談話對象之間的關係作為判斷基準

　　由於尊敬語與謙讓語的用法很容易混淆，因此害怕使用敬語、或是在重要場面容易緊張的人使用時就得要特別小心。萬一在商業上的重要場合，將尊敬語說成貶低對方的話，那可就大事不妙了。為了不在重要時刻丟臉，首先要將尊敬語以及謙讓語的功用牢牢地記在腦中。

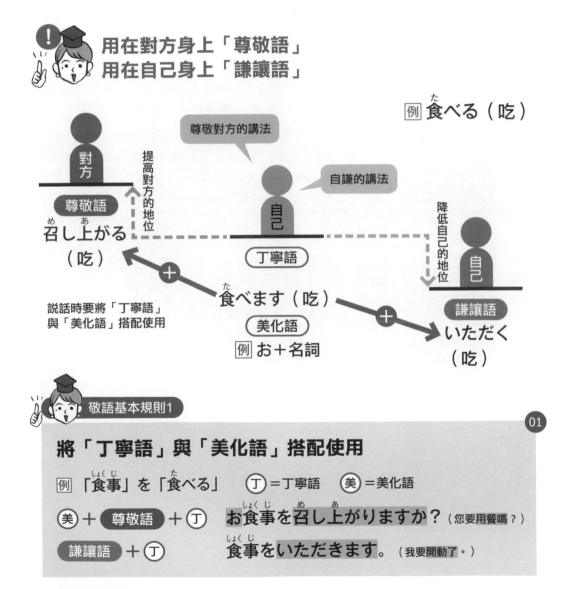

用在對方身上「尊敬語」
用在自己身上「謙讓語」

例 食<small>た</small>べる（吃）

尊敬對方的講法

提高對方的地位

對方

尊敬語

召<small>め</small>し上<small>あ</small>がる（吃）

自謙的講法

自己

丁寧語

降低自己的地位

自己

謙讓語

說話時要將「丁寧語」與「美化語」搭配使用

食<small>た</small>べます（吃）

美化語

例 お＋名詞

いただく（吃）

敬語基本規則1

將「丁寧語」與「美化語」搭配使用

例「食事<small>しょくじ</small>」を「食<small>た</small>べる」　丁＝丁寧語　美＝美化語

美 ＋ 尊敬語 ＋ 丁　お食事<small>しょくじ</small>を召<small>め</small>し上<small>あ</small>がりますか？（您要用餐嗎？）

謙讓語 ＋ 丁　食事<small>しょくじ</small>をいただきます。（我要開動了。）

一句話小教室　太拘泥於形式而沒有內容的敬語，較不易表現出親近及感謝之意，所以也可用於向對方表示自己在

第1章 措辭的基礎知識

第2章 敬語的用法

第3章 客氣有禮的措辭

第4章 日常溝通用語

第5章 措辭的禮節

第6章 遇到困擾時的應對

第7章 利用測驗提升語彙能力

學起來！ 敬語的使用要具備「內」、「外」的意識

例 見る（看）　尊敬語 ご覧になる　謙讓語 拝見する

主詞是「自己」　謙讓語

○ 計画書を拝見いたします。（我看計劃書。） 02

× 計画書をご覧いたします。（我看計劃書。）

詢問上司主詞是「上司」＝ 外 尊敬語

○ 計画書をご覧になりましたか？（您看過計畫書了嗎？） 03

× 計画書を拝見なさいましたか？（您看過計畫書了嗎？）

向客戶傳達主詞是「上司」＝ 內 謙讓語

○ 部長の山田も拝見しております。（山田部長也會看。） 04

客戶

 敬語基本規則2

「尊敬之人＝對外」是表現敬意的對象

內 ＝自己這一邊的人＝主詞時　謙讓語 丁寧語

外 ＝尊敬之人＝主詞時　尊敬語

　　在商場上，當公司內、外部的人一同列席時，基本上歸屬於公司內部的人，即便是社長，也一樣要視為「內」，至於公司外部的人，則全都要視為「外」的範圍，而當對「外」提及歸屬於「內」的人、事、物時，不使用敬語是鐵則。即使對方比自己年紀小或是地位較低，只要被視為「外」就是「尊敬之人」，所以要使用敬語。一開始可能會覺得很難判斷，不過只要掌握「內」與「外」的判斷原則，平時使用敬語時就不會慌張。

來往時想保持距離的想法。

3. 敬語分為添加型與替換型

　　一個詞用敬語表達時，有二種方式。一種是在動詞或名詞的字首加上「お（ご）」，字尾再加上「～になる／くださる、する／いたす」的「添加型」。以「書く（寫）」為例，尊敬語為「お書きになる」，謙讓語則是「お書きする」。

　　但是，像「言う（說）」這個字，若改為「添加型」，就會變成「お言いになる」、「お言いする」，是相當不自然的用法。這種時候，就會改以其他有相同意思的字代替，即「替換型」。

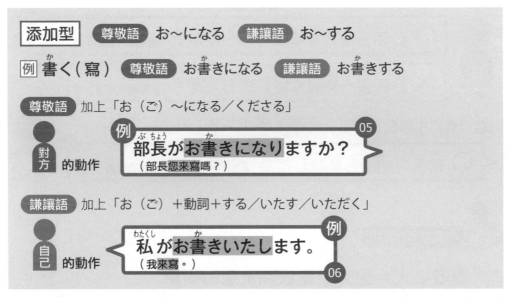

`添加型`　尊敬語 お～になる　謙讓語 お～する

`例` 書く (寫)　尊敬語 お書きになる　謙讓語 お書きする

尊敬語 加上「お（ご）～になる／くださる」

對方 的動作
> 例 05
> 部長がお書きになりますか？
> （部長您來寫嗎？）

謙讓語 加上「お（ご）＋動詞＋する／いたす／いただく」

自己 的動作
> 例
> 私がお書きいたします。
> （我來寫。）
> 06

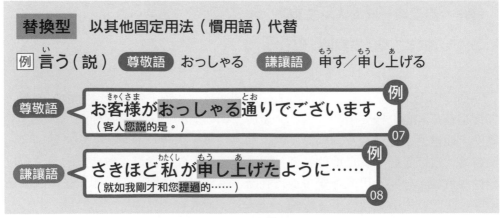

`替換型`　以其他固定用法（慣用語）代替

`例` 言う (説)　尊敬語 おっしゃる　謙讓語 申す／申し上げる

尊敬語
> 例
> お客様がおっしゃる通りでございます。
> （客人您說的是。）
> 07

謙讓語
> 例
> さきほど私が申し上げたように……
> （就如我剛才和您提過的……）
> 08

一句話小教室 以下何者為不適當的敬語用法？　A：よろしければ、傘をお持ちください。　B：よろしければ、

第1章 基礎知識的措辭

第2章 敬語的用法

第3章 客氣有禮的措辭

第4章 日常溝通用語

第5章 措辭的禮節

第6章 遇到困擾時的應對

第7章 利用測驗提升語彙能力

學起來！ 「『になる』表尊敬、『する』表謙讓」為基本原則

　　不知道某個字是屬於「添加型」還是「替換型」時，可以先試著套用到「添加型」看看。以「待つ（等待）」這個字為例，把對方的動作放入「お〜になる」，即為尊敬語的「お待ちになる」。若把自己的動作放入「お〜する」，即成為「お待ちする」，為謙讓語的用法。

　　如果兩種都無法套用時，則該詞屬於「替換型」。必須改用慣用語表示的敬語其實相當少，只要把常用的詞都牢牢記起來即可。

例 若將「言う（說）」改成 添加型

尊敬語 お＋言う＋になる

> ✕ 部長がお言いになる通りでございます。
> （就如部長所說。）

謙讓語 お＋言う＋する（いたす）

> ✕ お言いいたしましたように……
> （就如我說過的……）

聽起來好怪！

敬語基本規則3

敬語變化上最主要的用法是「添加型」

添加型 加上「お〜になる／お〜する」等。

├─ 尊敬語用法 ＝ お（ご）＋對方的動作＋になる

└─ 謙讓語用法 ＝ お（ご）＋自己的動作＋する

　↓ 上述兩種都無法套用時

替換型 以其他固定用法（慣用語）代替

例 食べる→召し上がる／いただく（吃）　見る→ご覧になる／拝見する（看）

把常用字詞的「慣用語」全都記起來！

傘をお持ちしてください。（答案詳見下一頁）

　　「替換型」的詞中，有的可同時用於表達尊敬與謙讓的用法，有的只能用於表達尊敬或謙讓的其中一種用法。雖然數量不多，但仍屬不規則用法，唯一的學習方式就是全部記起來。以下從「替換型」的語彙中選出最常用的詞，並製作成一覽表，在記誦時別只是閱讀文字，最好試著出聲朗讀練習。

動詞	尊敬語 09	謙讓語 10
言う（説）	おっしゃる、言われる	申す、申し上げる
見る（看）	ご覧になる	拝見する
見せる（給看）※	お見せになる	お見せする、お目にかける
聞く（問／聽）※	お聞きになる、お尋ねになる	お聞きする、伺う、拝聴する
行く（去）	いらっしゃる	伺う、参る
来る（來）	おいでになる、お見えになる、お越しになる	参る
帰る（回去）※	お帰りになる	失礼する
いる（存在）	いらっしゃる	おる
する（做）	なさる、される	いたす
もらう（得到）	お受け取りになる	いただく、頂戴する
やる・与える（給）	お与えになる、くださる	差し上げる、進呈する、あげる
食べる（吃）	召し上がる	いただく、頂戴する
知る（知道）	ご存じ（でいらっしゃる）	存じる、存じ上げる
会う（見面）	お会いになる	お会いする、お目にかかる
借りる（借入）※	お借りになる	お借りする、拝借する
着る（穿）	お召しになる、ご着用になる	着させていただく
集まる（聚集）※	おそろいになる	なし
気に入る（喜歡）	お気に召す	なし

※該語彙的尊敬語、謙讓語兩種或是其中一種，也可以改成「添加型」。

第1章 措辭的基礎知識

第2章 敬語的用法

第3章 客氣有禮的措辭

第4章 日常溝通用語

第5章 措辭的禮節

第6章 遇到困擾時的應對

第7章 利用測驗提升語彙能力

4. 敬語的「等級」要保持一致

　　每個詞彙在表達敬意時都有其『等級』。可用於指稱自己的詞有「俺(おれ)、僕(ぼく)、私(わたし)（我）」與「わたくし（我）」，而這些詞的敬語「等級」，前者較低，越往後越高。與家人或朋友之間的非正式場合可以無需在意這些規矩，但當要使用敬語展現自己的禮貌時，讓詞彙的敬語「等級」保持一致就非常重要。

　　我們就以「櫃檯的應對」為例，來看看讓詞彙的敬語「等級」保持一致為什麼重要？

例 **對象為來到公司的客戶A先生**

営業担当(えいぎょうたんとう)が会(あ)いたいそうでございます。（業務負責人想見您。）
　　　　　　　　　　　　　　　　　　　　　　━━ 禮貌程度不一致

ただ今(いま)、部署(ぶしょ)の方(かた)が参(まい)りますので、（部門的人會立刻前來，）
　　　　　　　　　　　　　　　━━ 主詞與述語的等級不一致

ロビーでお待(ま)ちしてください。（請在大廳等候。）

　　這句成了「請你在大廳等」，有指示對方的意思，是失禮的説法。

尊敬的對象到底是誰？

　　非敬語的「会(あ)いたい（想見面）」後接謙讓語氣的「ございます」。明明是自己公司的人卻以禮貌語氣的「～の方(かた)（尊稱）」，接著又使用謙讓語的「参(まい)る（來）」。先不管敬語的用法是否錯誤，這樣的措辭，會使聽者覺得句子的前後相當不協調。

　　那麼，要是把句子裡的用字修改成正確且禮貌程度相同的敬語，又會成為什麼樣的句子呢？

○ 営業担当(えいぎょうたんとう)がお会(あ)いしたいと申(もう)しております。
　 ただ今(いま)、部署(ぶしょ)の者(もの)が参(まい)りますので、
　 ロビーでお待(ま)ちいただけますでしょうか。
　（業務負責人表示想和您見面。部門的人員會立刻前來，可以麻煩您在大廳稍等嗎？）

11

　　明確地表現出尊敬的對象到底是誰，也能感受到說話者顧慮對方感受的心意。整體一致的措辭方式，能將訊息的內容以淺顯易懂又自然流暢地方式傳達給對方，這樣的說話方式，一定會得到社會人士的好評價。

「お持(も)ちして」－「お持(も)ちする」，是表示自己所做的動作的謙讓語用法。

5. 別隨便使用「お／ご」等等的美化語

在字詞的開頭加上「お／ご」的「美化語」，主要的功用是美化事物，提升對話及文章的格調，給人客氣有禮的印象。

例 「酒(さけ)」を「飲(の)む」（喝酒） 尊敬語 召(め)し上(あ)がる 謙讓語 いただく

美化語

對方 喝

酒を召し上がりますか？　不使用　✕

12 お酒を召し上がりますか？　使用　◯
（您要喝酒嗎？）

自己 喝

お酒をいただきます。 13
（我要喝酒。）

有統一感

雖然美化語並不是直接對對方表示敬意的用法，但是在表達上，的確提昇了對話及文章的優雅程度以及美感，以結果而言，確實有突顯敬意的效果。只不過，並不是把所有的字詞都加上美化語後，整體的格調就會變高，有時甚至會因為使用方式錯誤，反而降低了整體內容的格調，在口語上尤其要特別注意別亂用美化語。

不使用美化語的詞彙	
蔬菜、動物、自然現象	例 にんじん（紅蘿蔔）／白菜(はくさい)（白菜）／犬(いぬ)（狗）／猫(ねこ)（貓）／晴天(せいてん)（晴天）／雨(あめ)（雨）／地震(じしん)（地震） ※有一些詞例外，如「雪(ゆき)（雪）→みゆき（御雪／深雪(みゆき)）」、「空(そら)（天空）→おそら」等。
外來語、外語	例 コーヒー（咖啡）／ビルヂング（建築物）／トイレ（廁所）等
職位之類的敬稱、尊稱	例 社長(しゃちょう)（社長）／先輩(せんぱい)（前輩）／先生(せんせい)（老師）／皆様(みなさま)（各位）等
以「お」開頭的簡稱	例 おでん（田楽(でんがく) 關東煮）／おすまし（すまし 汁(じる)清湯）／おこた（こたつ 暖被桌）等
負面意思的詞彙	例 貧乏(びんぼう)（貧窮）／泥棒(どろぼう)（小偷）／火事(かじ)（火災）等
轉為美化語後變得不自然的詞彙	例 高い(たかい)（高的）／袋(ふくろ)（袋子）／役所(やくしょ)（政府機關）／学校(がっこう)（學校）／応接間(おうせつま)（客廳）／大広間(おおひろま)（大廳）等

一句話小教室 「お」、「ご」、「み」、「おみ」都是指漢字的「御」這個字。敬語隨著時代一再簡化，美化語也隨

第**1**章 措辭的 基礎知識

第**2**章 敬語的用法

第**3**章 客氣有禮的 措辭

第**4**章 日常溝通用語

第**5**章 措辭的禮節

第**6**章 遇到困擾時的 應對

第**7**章 利用測驗 提升語彙能力

學起來！ **使語言更優美的正確美化語用法**

在使用美化語時，最重要的是與其他詞彙之間的平衡。當你以非正式的措辭說話時，幾乎不太需要特別注意美化語的用法，但以敬語說話時，若不使用美化語，各個詞彙之間的平衡就會變差。

與尊敬語及謙讓語相同，美化語也分為「添加型」與「替換型」。若為「添加型」，基本上只要接續的詞是「訓讀的和語」，就用「お」，若為「音讀的漢語」則在字首加上「ご」。不過有時也會出現雖然是「和語」但依慣例要加「ご」，或是雖是「漢語」但「お／ご」兩種都可用的情形。

 敬語基本規則4

説一口漂亮話的美化語法則

	在字首加上「御」。 「御」會因所附加的字詞而在發音上產生變化。
添加型	和語＝將漢字以訓讀發音的詞→「お／み／おみ」 例 お酒（酒）／み心（心）／おみ足（腳）等 漢語＝將漢字以音讀發音的詞→「ご」　　例 ご意見（意見）、ご無事（平安無事） 有一些普及程度幾乎等同於和語的漢語則是「お／ご」皆可用。 例 用「お」的漢語　お電話（電話）／お料理（料理） 例 「お／ご」皆可用的漢語 　　お誕生／ご誕生（誕生）お返事／ご返事（回覆） 　　※「お～」較常當作美化語使用；　「ご」則較常當作尊敬語或謙讓語使用 若不加上「お／ご」，則該詞語會是另一個意思，或是語意不明。 例 お忍び（忍び）微服出行（竊盜）／おしゃれ打扮／おかわり添飯／おやつ（御八つ） 　　點心／おかず（御数）菜／おまいり（参り）參拜神佛或祖墳（參拜）／ 　　おじぎ（辞儀）鞠躬（辭謝）等
替換型	換成另一個詞 例 めし→ごはん（飯）／髪→おぐし（頭髮）／はら→おなか（肚子）／ 　　みず→おひや（水）／うまい→おいしい（美味的）等。

※慣例上，美化語不會用來當作蔬菜或外來語等詞的接頭語，因為有些人覺得這麼做會讓人有種不協調感，本書是將這一類的詞彙列屬於「不使用美化語的詞彙」。

之變化，現代除了「お」、「ご」以外，其他的字幾乎都不使用了。

6.「商用敬語」是社會人士必備的常識

　　商業的世界中有其特有的說話方式。有一些是日常生活中從未接觸也不會用到的詞彙，這些詞彙不僅是為了向重要的商業夥伴表示敬意，也是為了預防誤解或混淆的情況發生，所以在職場上無可避免地一定會用到。

　　最好的方法，是將常用的詞彙以及句子全都記下來。這一小節將介紹一些範例，是把日常生活最常用的基本詞彙及職場常用的句子，轉換為商用敬語中特有的說法。在本書最後面的附錄（P216～223），也列出了一些用法，請務必將其列為參考並且將這些用法熟記。此外，若是在這些常用的「商用敬語」中，沒有能夠適當表達自己想說的話時，可以換成其他的詞，花點心思替換就能創造更多表達。

14

商用敬語　基本詞彙			
わたし 僕（我）	→ わたくし	わたしたち（我們）	→ わたくしども
自分の会社（自己的公司）	→ へいしゃ（弊社）私ども（敝公司）	相手の会社（對方的公司）	→ おんしゃ 御社 きしゃ 貴社（貴公司）
誰（誰）	→ どなた（哪一位）	どこ（哪裡）	→ どちら
こっち（這個）	→ こちら	あっち（那個）	→ あちら
そっち（那個）	→ そちら	どっち（哪一個）	→ どちら
きのう 昨日（昨天）	→ さくじつ	今日（今天）	→ ほんじつ 本日
あした 明日（明天）	→ みょうにち	明日以降（明天之後）	→ ごじつ 後日
昨日の夜（昨晚）	→ さくや 昨夜	明日の朝（明早）	→ みょうちょう 明朝
明日の夜（明晚）	→ みょうばん 明晩	その日（那天）	→ とうじつ 当日
今年（今年）	→ ほんねん 本年	去年（去年）	→ さくねん 昨年
おととし（去年）	→ いっさくねん 一昨年	もうすぐ（很快地）	→ まもなく
いま 今（現在）	→ ただいま	すぐ（立刻）	→ さっそく
あとで（之後）	→ のちほど	さっき（剛才）	→ 先ほど
とても（非常）	→ 大変 誠に	～ぐらい（～左右）	→ ～ほど

一句話小教室　電話是指以聲音傳遞訊息的工具。在商務場合上，要把容易聽錯的數字，改以較為容易辨認的方式

商用敬語　常用基本句

誰ですか？ （你是誰？）	→	どちら様でしょうか？ （請問您是哪一位？）
何の用ですか？ （有什麼事嗎？）	→	どのようなご用件でしょうか？ （請問您有什麼事嗎？）
いつもお世話様です。 （平常多謝關照。）	→	いつもお世話になっております。 （一直以來承蒙您的關照。）
私が聞きます。 （我問你。）	→	私がお伺いいたします。 （我來請教您。）
そうです。 （是的。）	→	さようでございます。 （您說得是。）
知りません。 （我不知道。）	→	存じ上げません。／わかりかねます。 （我不清楚。）
久しぶりですね。 （好久不見。）	→	ご無沙汰しております。 （久疏問候。）
くり返します。 （我重複一次。）	→	復唱いたします。 （我重複一次。）
ちょっと待ってください。 （請等一下。）	→	少々お待ちいただけますか？ （能否麻煩您稍等一下？）
こっちに来てもらえますか？ （你可以來我這裡嗎？）	→	こちらにお越しいただけますでしょうか？ （能否勞煩您過來這裡一趟？）
もう一回来てください。 （請再來一趟。）	→	もう一度お越し願えますか？ （能否勞煩您再過來一趟？）
できません。 （我辦不到。）	→	いたしかねます。 （我難以勝任。）
やめてください。 （別這麼做。）	→	ご遠慮願います。 （請別這麼做。）
わかりましたか。 （你懂了嗎？）	→	ご理解いただけたでしょうか？ （請問您理解我說的話嗎？）
わかりました。 （我知道了。）	→	かしこまりました。 （好的。）
ご一緒します。 （我和你一起走。）	→	お供させていただきます。 （請讓我與您同行。）
あとで連絡します。 （我之後再和你聯絡。）	→	のちほどご連絡申し上げます。 （稍候我再與您聯絡。）
～はどうしますか？ （你覺得～要如何呢？）	→	～はいかがいたしますか？ （您覺得～要如何？）

第1章 措辭的基礎知識

第2章 敬語的用法

第3章 客氣有禮的措辭

第4章 日常溝通用語

第5章 措辭的禮節

第6章 遇到困擾時的應對

第7章 利用測驗提升語彙能力

表達，且在說話時要將速度放慢，以免對方聽錯。如「8日」就可以讀為「はちにち」。

敬語的用法

正確掌握敬語用法前該知道的
「敬語陷阱」

發現「錯誤」之處並瞭解「正確」的用法

　　有些人只要是與工作有關的事都可以完美地使用敬語順利與人溝通，不過當話題一由工作轉為普通閒聊，卻立刻變得很沒自信。前一刻還在和對方以客氣有禮的措辭說明公司的新商品，下一刻卻突然轉換話題，開始聊起高爾夫球或旅行。這時心理上的確可能會忍不住開始懷疑「是不是該改變說話的方式？」。

　　即使對方擺出一副很放鬆的樣子，也不代表你就可以用「それってヤバいですね（那還真糟糕。）」這種日常對話的語氣說話。只不過，在這種時候，的確常發生擔心自己的措辭太正式會顯得很冷淡，而當試圖以有禮的態度拉近彼此距離時，卻又說成了奇怪的敬語。其實不管交談的對象是誰，重點還是在於話題本身，就算說話的方式和聊「新商品」時一樣地客氣有禮，彼此還是可以依照話題的屬性自在放鬆地聊天。

　　之所以會產生「是不是該改變說話方式？」的不安感，或是因為說出奇怪的敬語而出糗，都是因為平日對自己措辭上的習慣，以及錯誤的用法了解不夠透徹的關係。若想養成正確措辭的習慣，學會讓人感到舒適自在的說話方式，就必須要知道自己錯在哪裡，而當察覺到自己的措辭有誤，就必須要努力地修正錯誤，這也是身為一個社會人士應有的素養。

一句話小教室 「お申し出しください（請提出）」雖然是正確的說法，但卻會讓人有種不協調感。若擔心說錯，就

第1章 措辭的基礎知識

第2章 敬語的用法

第3章 客氣有禮的措辭

第4章 日常溝通用語

第5章 措辭的禮節

第6章 遇到困擾時的應對

第7章 利用測驗提升語彙能力

1.「口語」及「書寫語」

　　我想平時應該沒什麼人會注意到「口語」及「書寫語」之間的差異。最近相較於寫信，大多都是以電子郵件往來，所以也有愈來愈多的人會以「口語」的方式「寫信」，當必須在婚宴上致詞或是在會議上發言時也是一樣，幾乎所有的人，都是拿著事先「寫」好的講稿照著「說」。

　　由於已經習慣了以「口語」的方式寫東西，所以對於把「事先寫好的東西」直接當成「話」說出口，通常也不會感到任何不對勁。不過，像這樣把幾句正確的「例句」串在一起，可別自大地認為自己已經「完全掌握敬語的用法」。

　　因為，「口語」與「書寫語」本來就應該要分清楚。雖然現代的「書寫語」已經不像以前的「文章語」那麼地文謅謅，但「書寫」和「口語」，不管在詞語的用法、或是內容的長度上都不一樣，如果說話會讓對方覺得你在「兜圈子」，那就不行。在「口語」表達上，還是要注意內容應簡潔易懂。若能在談話中做好這一點，不管在日常生活或是商務環境，都能大大地提升你的人際關係。

「口語」要特別注意同音異義詞

　　「書寫語」是透過視覺，以漢字、半假名、片假名等文字明確地傳達意思，「口語」則與「書寫語」不同，是透過聽覺以聲音傳達意思，因此經常會產生誤解。尤其是表示日期、時間的數字、或是一些發音相同但語意卻不一樣的同音異義詞，這時就要換成別的說法或別的字，才能將訊息清楚地傳達出去。

例 **洽談新商品　對方的公司＝「御社」（おんしゃ）、「貴社」（きしゃ）（貴公司）**

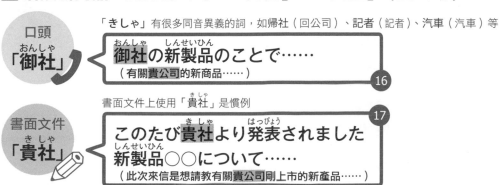

口頭
「御社」（おんしゃ）

「きしゃ」有很多同音異義的詞，如帰社（回公司）、記者（記者）、汽車（汽車）等

御社（おんしゃ）の新製品（しんせいひん）のことで……
（有關貴公司的新商品……）
16

書面文件
「貴社」（きしゃ）

書面文件上使用「貴社（きしゃ）」是慣例

17
このたび貴社（きしゃ）より発表（はっぴょう）されました
新製品（しんせいひん）○○について……
（此次來信是想請教有關貴公司剛上市的新產品……）

改用「言う（い）（說）」的尊敬語「おっしゃってください（請說）」。

2. 容易搞錯意思的用法　「れる／られる敬語」

　　講敬語感覺自己變得好有禮貌、突然覺得自己好優雅……像這樣徒有形式的說話方式，頂多只能算是「感覺上像敬語」，而聽到這種敬語的人，只會因為完全聽不懂你在說什麼而感到疲倦。我甚至想稱這樣的敬語用法為「空心敬語」，而這種不知所云的敬語用法中最有代表性的，便是「れる／られる敬語」。

　　在動詞後加上「れる」或「られる」即為尊敬語氣，這點並沒有錯。只不過，並不是只要加上「れる／られる」，就會變成「敬語」，若隨意地使用「れる／られる敬語」，很容易讓對方理解成錯誤的意思。

　　比如，像「言う→おっしゃる（說）」這種已經轉為尊敬語的詞，也常見到許多人在使用時加上「れる／られる」，這種用法稱為「雙重敬語」，是濫用敬語的用法中最典型的一種。各位其實不必擔心文法太難學，只要學會最基本的規則，就能夠磨練出判斷是否正確的「敏銳度」。

 ## 最好謹記於心的「れる／られる」使用法則

れ る	読む→読ま[yo-ma]ない＝読まれる

加上〔ない〕時，以ア音結尾的動詞，再加上れる。

られる	出る→出[de]ない＝出られる

無法套用「れる」規則的動詞，就加上られる。

容易混淆是因為這個語法有「4種意思」

被動　主詞「被」他人～
例 悪い噂を聞かされた。
　　（不好的傳言被聽到。）

自發　自然而然發生的某事
例 街中に知られる。
　　（傳遍大街小巷。）

能力　「能夠～」
例 絶景を見られた。
　　（能夠看到美景。）

尊敬　動作敬語
例 部長はもう帰られた。
　　（部長已經回來了。）

　一句話小教室　許多敬語誤用的現象，都是因為人們習慣了錯誤的用法卻不自知，於是就這麼一直錯下去。而擺脫

第**1**章 措辭的基礎知識

第**2**章 敬語的用法

第**3**章 客氣有禮的措辭

第**4**章 日常溝通用語

第**5**章 措辭的禮節

第**6**章 遇到困擾時的應對

第**7**章 利用測驗提升語彙能力

> 資料を見られましたか？

像這樣的一句話可能會有三種意思…

該怎麼辦才好？

被動	資料を誰かに見られてしまった　資料被某人看到了。
能力	資料を見ることができた　能夠看到資料。
尊敬	資料を見た　看了資料。

只要改以尊敬語表示就不會搞錯意思了！

○ 資料をご覧になりましたか？ ⑱
（請問您瀏覽過資料了嗎？）

另一個「敬語陷阱」是「雙重敬語」

> × 部長がおっしゃられるように……
> （就如部長所説……）

おっしゃる＋られる＝ 尊敬語 ＋ 尊敬用法

> ○ 部長がおっしゃるように…… ⑲
> （就如部長所説……）

尊敬語 おっしゃる

已經是敬語的詞，直接用即可。不過像下面這種已成慣例的固定用法，就不會被認為是用錯。

お／ご ＋ 敬 語 ＋ になる／する

例 **お召し上がりになる**　　お＋ 尊 召し上がる ＋ になる

例 **お伺いする**　　お＋ 謙 伺う ＋ する

敬語的連接

二個以上的敬語以接續助詞「て」連接，這種用法也是正確且適當的，並非「雙重敬語」。

例 尊 お読みになっ ＋ て ＋ 謙 いただく

「敬語誤用」的不二法門，就是遵循「添加型」及「替換型」的規則。

3. 過度使用敬語反而「不敬」

　　日語中有一個「敬意遞減」的法則，意思是指某個敬語所表現出來的敬意，隨著時代漸漸地消失的現象。例如在現代近乎蔑視之意的「貴樣（きさま）（你這傢伙）」，原本是含有尊敬之意的第二人稱。

　　越是想以鄭重的方式表達，就越有可能會過度使用敬語，連一個詞所表示的敬意都有可能在時間的洪流中，因「使用習慣」而漸漸消失，那麼在人的心中，當然也可能會出現「敬意遞減」的現象。而且當你越是想表現得有禮貌、越想強調敬意，就只會越用越過頭，過度禮貌的措辭、過度的敬語用法，別說表示敬意了，甚至可以說是不敬。別忘了「過猶不及」這句話！

（學起來！）**立刻修正你的「敬語濫用病」**

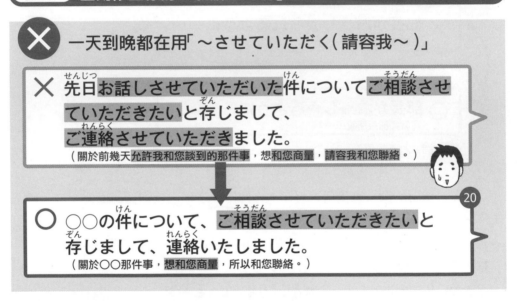

❌ 一天到晚都在用「～させていただく（請容我～）」

❌ 先日（せんじつ）お話しさせていただいた件（けん）についてご相談（そうだん）させていただきたいと存（ぞん）じまして、
ご連絡（れんらく）させていただきました。
（關於前幾天允許我和您談到的那件事，想和您商量，請容我和您聯絡。）

⭕ ○○の件（けん）について、ご相談（そうだん）させていただきたいと
存（ぞん）じまして、連絡（れんらく）いたしました。
（關於○○那件事，想和您商量，所以和您聯絡。）

　　「～してもらう（させる）」這種表示使役（命令）的「せる／させる」，若以連用形接續「もらう」的謙讓語「いただく」，則成為「させていただく」，可用於表示己方謙遜的姿態。

　　話雖如此，同一個詞一直不斷地出現，不但很難聽清楚，也會讓周圍的人留下你很囉嗦的印象。正如上述的例子中，只需在這段話中最重要的目的，也就是「相談させてもらう（そうだん）（想和您商量）」的地方以「させていただく」表示，就可以充分向對方傳達自己謙遜的態度，聽起來也會較為流暢。

（一句話小教室）與「さ入（い）れ言葉（ことば）」類似的錯誤用法，還有在表示能力的「書（か）ける」加上多餘的「れ」，改成「書（か）けれ

第**1**章 措辭的基礎知識

第**2**章 敬語的用法

第**3**章 客氣有禮的措辭

第**4**章 日常溝通用語

第**5**章 措辭的禮節

第**6**章 遇到困擾時的應對

第**7**章 利用測驗提升語彙能力

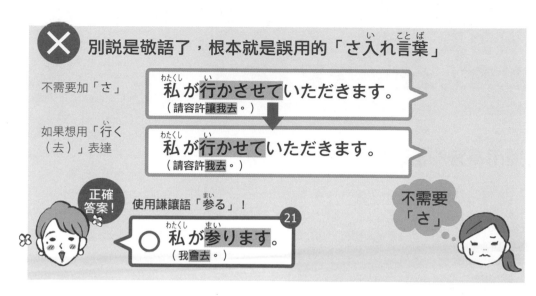

把原本應該改為「せる」的動詞，以「させる」的形態誤用的用法，就稱為「さ入れ言葉」。如「行かさせていただく（讓我去）」、「読まさせていただく（讓我讀）」這樣的講法，由於加了根本不需要加的「さ」，不管是說話者還是聆聽者都會覺得怪怪的。由於「～させていただく（請容我～）」的用法聽起來是比較禮貌的說法，所以經常會有人使用，但是「さ入れ言葉」原本就是錯誤的用法。要是真的把它當成敬語使用，別人會覺得你很沒常識吧，要特別小心。

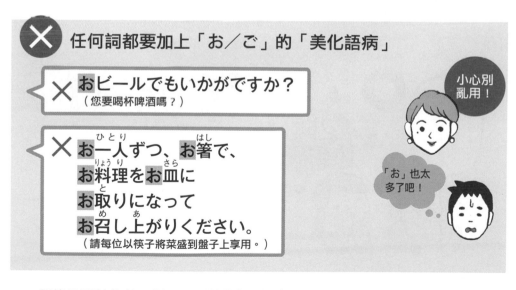

即使是用於修飾，還是必須簡潔扼要。如果會讓人更難以理解，使用美化語就沒有任何意義。

る」，這種用法稱為「れ足す言葉」。

敬語的用法

學會真正用得上的「敬語」，社會人士説話練習大補帖

運用得宜的措辭要「完整」學起來

　　每當我有機會在演講或座談會等場合和眾多的人們見面時，都一定會和他們說：「禮儀是心意的表現」。禮儀是為了建構良好的人際關係所不可或缺的「生活智慧」，不只是一脈相傳的禮節以及慣例，在商業世界及網路上交流，也都各有各的禮儀規範，就連包含敬語在內的措辭方式，也都是禮儀的一種。

　　禮儀之所以有這些規定，都有其道理。雖說是「基本」規則，但仍有太多既定的規則，應該有人會覺得這樣根本背不完，但是，並不是只要把書上的規則全都背起來就能靈活運用！以敬語為首的措辭規則，是為了讓人與人之間能夠以好心情溝通交流的「禮儀」，目的是為了傳達你重視對方的心意，像是向對方表達尊重之意的尊敬語，以及降低自己以抬高對方的謙讓語。只有真正理解這些詞語的意義及為何如此表達，才能知道該以什麼樣的措辭向對方傳達自己的心意。而也只有如此才算是「真正」地學會並能活用敬語。

一句話小教室　以下何者為不適當的敬語用法？　Ａ：筆記用具をご持参ください。　Ｂ：筆記用具をご持参なさ

社會人士的敬語大補帖

第1章 基礎知識 措辭的

第2章 敬語的用法

第3章 措辭 客氣有禮的

第4章 日常溝通用語

第5章 措辭的禮節

第6章 應對 遇到困擾時的

第7章 利用測驗 提升語彙能力

打招呼 展現「替對方著想的心意」

　　不管是向誰打招呼，都要以適合該場合的措辭與行禮方式，發自內心地表示敬意。打招呼時的行禮方式也非常重要，可別一邊低著頭一邊和對方說話，要讓對方能夠清楚看見你的笑容。不管是飯店或是餐廳，受過正式訓練的接待人員，在打招呼時，都能做到舉止有禮卻又不失親切感，若有機會，請務必仔細地觀察一下。

學起來！ 絕對少不得的三種「打招呼↔回禮」

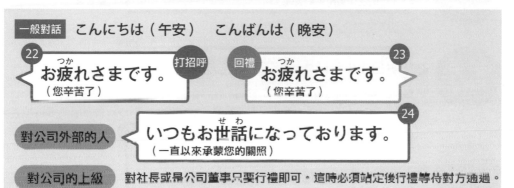

一般對話　こんにちは（午安）　こんばんは（晚安）

22　**お疲れさまです。** 打招呼
（您辛苦了）

回禮　**お疲れさまです。** 23
（您辛苦了）

對公司外部的人　**いつもお世話になっております。** 24
（一直以來承蒙您的關照）

對公司的上級　對社長或是公司董事只要行禮即可。這時必須站定後行禮等待對方通過。

一般對話　ただいま（我回來了）

25　**ただ今戻りました。** 打招呼
（我回來了。）

回禮　**お帰りなさい。お疲れさまでした。** 26
（歡迎回來，辛苦了。）

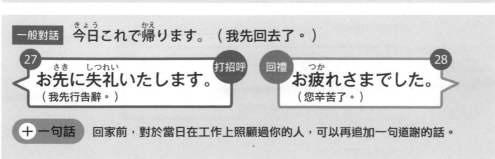

一般對話　今日これで帰ります。（我先回去了。）

27　**お先に失礼いたします。** 打招呼
（我先行告辭。）

回禮　**お疲れさまでした。** 28
（您辛苦了。）

＋一句話 回家前，對於當日在工作上照顧過你的人，可以再追加一句道謝的話。

ってください。（答案詳見下一頁）

拜訪 給人好印象的關鍵在於「最初」與「最後」

　　未事先預約就前去拜訪是非常失禮的事。商業上的拜訪，必須在事前向對方取得許可並約定好見面的時間，這是最基本的常識。若為初次拜訪的對象，大部份都是透過電話向對方預先約時間，像這種時候，措辭就顯得格外重要。為了能在這位素未謀面的對象的心中留下好印象，最重要的就是打招呼及措辭的方式須客氣有禮，此外，為了讓對方便於理解，也別忘了要把說話的速度放慢。

學起來！ 從預約到離開的重要關鍵字

預約

お忙しいところ恐れ入ります。 **29**
（百忙之中真是不好意思。）

重要程度
★★★

在切入重點之前先說句關心對方的話。

前一日再確認

明日14時にお伺いいたします。 **30**
（明天下午二點我會過去拜訪。）

重要程度
★☆☆

確認約定的日期時間，若知道對方的電子郵件位址，亦可以透過郵件確認。

目的地的櫃台

企画部の○○様と１４時にお約束をいただいております。 **31**
（我和企畫部的○○先生約好下午二點見面。）

重要程度
★★☆

拜託對方轉達時，要向對方交待自己的公司名稱、所屬部門、姓名，接著再告知約定的對象以及時間。

打招呼及見面

先日は突然ご連絡申し上げて失礼いたしました。 **32**
（前幾天突然和您聯繫，很抱歉。）

重要程度
★★☆

彼此互相寒暄後，在切入正題前應先說這句話。

離開

本日はお時間をいただきまして、ありがとうございました。 **33**
（今天謝謝您在百忙之中抽空見我。）

重要程度
★★★

分開時的印象，對今後雙方關係的發展有很大的影響，因此務必要鄭重地向對方表達感謝的心情。

一句話小教室 ［解答］B：筆記用具をご持参なさってください。（請自備書寫用具。） 雖然「持参」並非用於

第1章 措辭的基礎知識

第2章 敬語的用法

第3章 客氣有禮的措辭

第4章 日常溝通用語

第5章 措辭的禮節

第6章 遇到困擾時的應對

第7章 利用測驗提升語彙能力

學起來！ 向未曾碰面的人「預約見面時用的敬語」

若是初次拜訪對方，至少要在一週前向對方提出見面的要求，並預約見面的日期及時間。

打招呼

34
初めてご連絡差し上げます。
私、文京商事の音羽と申します。
（初次和您聯繫，我是文京商事的音羽。）

寒暄過後再報上公司名稱以及自己的名字。
若有介紹人，則務必向對方傳達介紹人的相關資訊。

35
御社の営業部の△△様にご紹介いただきました。
（我是經由貴公司營業部的△△先生介紹而來的。）

事由

36
お問い合わせいただいた商品について、
ご説明に伺いたいのですが。
（關於您詢問的商品，我希望和您常面說明。）

簡單扼要地傳達和對方連絡的原因以及目的。

安排時間

37
来週でしたらご都合はいかがでしょうか？
（不知道下週您方不方便？）

安排行程時，要以對方的時間為優先，若指定一個期限，對方也較容易回答。如果知道見面可能會花上多少時間，可以向對方傳達一段大概的時間，如「三十分鐘左右」。

道謝

38
ありがとうございます。（謝謝您。）

談定日期時間時，首先要向對方道謝。

重複一次

39
3月21日14時に、企画部の
○○（相手の名前）様をお訪ねいたします。
（我將在3月21日下午二點，去拜訪企畫部的○○（對方的名字）先生。）

重複一次日期時間及拜訪的對象做確認。

結束

40
ありがとうございました。それでは、失礼いたします。
（非常謝謝您。再見。）

最後再次向對方道謝並收尾。

表示謙讓，所以可以使用，但通常仍較偏好使用表示尊敬的「ご～くださる」。

接待來賓 接待來賓時的措辭

　　公司常會出現各式各樣的訪客，像是重要的客戶、事先預約的客人、未事先預約的客人、突然上門的業務員，甚至還有拜訪其他部門的同事撲空，轉而拜托我們幫忙轉達的情形。像這種時候，不能因為對象不同就以不同的態度應對，應該把公司以外的人都視為「客人」，以親切有禮的態度對待對方。

學起來！ 因應各類情況的基本句型 「接待來賓的敬語」

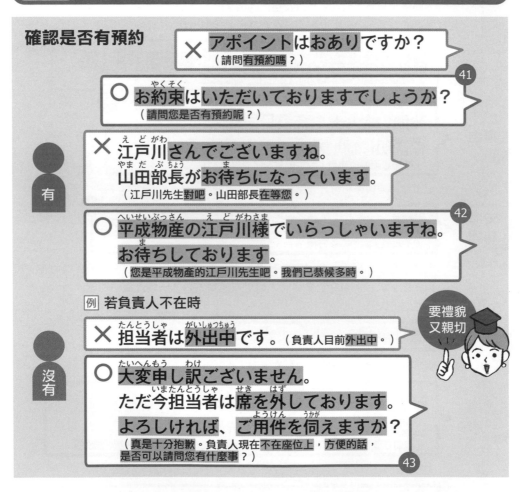

確認是否有預約

× アポイントはおありですか？
（請問有預約嗎？）

○ お約束はいただいておりますでしょうか？ 41
（請問您是否有預約呢？）

有

× 江戸川さんでございますね。
山田部長がお待ちになっています。
（江戸川先生對吧。山田部長在等您。）

○ 平成物産の江戸川様でいらっしゃいますね。
お待ちしております。 42
（您是平成物産的江戸川先生吧。我們已恭候多時。）

例 若負責人不在時

沒有

× 担当者は外出中です。（負責人目前外出中。）

○ 大変申し訳ございません。
ただ今担当者は席を外しております。
よろしければ、ご用件を伺えますか？
（真是十分抱歉。負責人現在不在座位上，方便的話，是否可以請問您有什麼事？） 43

要禮貌又親切

　　「～ございます」是「ある」的丁寧語，但不適用於客人及其有關的事物。不管對方是否事先預約，別忘了敬語的大原則是對客人要使用「尊敬語」，對自己或是公司內部的人，包括相關的所有事物，都是使用「謙讓語」表示。

一句話小教室 日常生活中，選擇較有禮貌的用語很重要。像是去餐廳用餐，雖然我們是客人，但是叫服務員時，

第1章 措辭的基礎知識

第2章 敬語的用法

第3章 客氣有禮的措辭

第4章 日常溝通用語

第5章 措辭的禮節

第6章 遇到困擾時的應對

第7章 利用測驗提升語彙能力

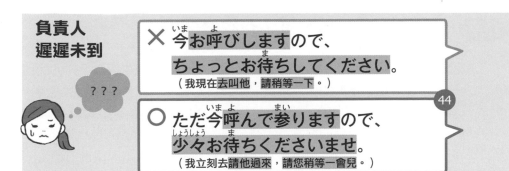

負責人遲遲未到

× 今お呼びしますので、
ちょっとお待ちしてください。
（我現在去叫他，請稍等一下。）

44

○ ただ今呼んで参りますので、
少々お待ちくださいませ。
（我立刻去請他過來，請您稍等一會兒。）

引導至會客室

這樣說給人印象比較好！

× 部長はすぐ伺いますので、
ここでお待ちいただきます。
（部長馬上就到，請在此等待。）

45

○ 山田はまもなく参りますので、
こちらでお待ちくださいませ。
（山田很快就會過來，請您在此稍等。）

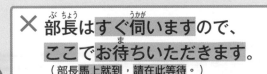

「お呼びする」是用於呼叫客人時，自己要去叫負責人時要說「呼んで参ります」，即便是稱呼上司在客人面前直說名字也是可以的。

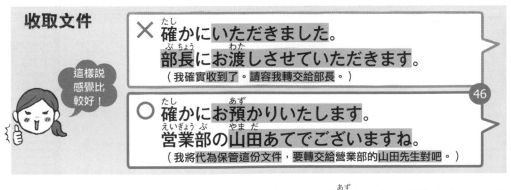

收取文件

這樣說感覺比較好！

× 確かにいただきました。
部長にお渡しさせていただきます。
（我確實收到了。請容我轉交給部長。）

46

○ 確かにお預かりいたします。
営業部の山田あてでございますね。
（我將代為保管這份文件，要轉交給營業部的山田先生對吧。）

文件不是自己「もらった（得到）」的，而是「預かった（代為保管）」的東西。「お渡しする」是「渡す（交付）」給對方時使用的謙讓語，而且還搭配「〜させていただく」使用，成了雙重敬語。正確的謙讓用語，應該是「お渡しいたします」，這是當交付的對象為公司內部地位較高的人時所使用的用法。若無論如何都想使用「渡す」表達，那就應該要用「渡しておきます（會轉交）」、「渡します（轉交）」。

相較於「すみません（不好意思）」，說「お願いします（麻煩你了）」給人的印象會更好。

介紹 商務人士的必備工具「介紹用敬語」

人際關係可以經由「介紹」拓展開來。在商業場合中,若想要取得對方的信賴,「介紹」扮演著相當重要的角色,員工是公司的資產,而員工的人脈更與公司的成敗習習相關。

若是一般交談,即使說話的習慣不太好,或是整個人感覺怪怪的,還能夠一笑置之,但這在商業的場合可行不通。若想在別人心中建立「這人值得信賴」的印象,措辭的習慣或說話方式就相當重要,因此,「介紹用敬語」就成了商務人士在職場上不可或缺的工具。

 讓人覺得你很能幹的「介紹」三大要素為「靈活運用敬語」、「內外有別」、「介紹順序」

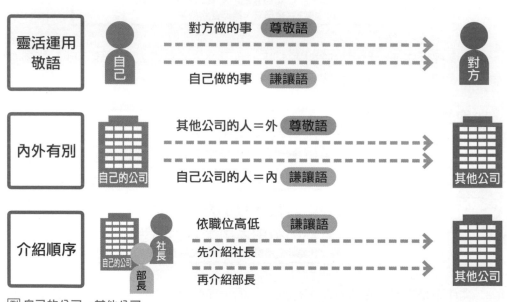

例 自己的公司→其他公司

「介紹的順序」將在「第5章 措辭的禮節/商務禮儀」(P147~152)中搭配例子並提供詳細的解說,請參照本章內容學習如何靈活運用。

一句話小教室 若談話的對象是輩份或地位較高的人,在談話中,你們又是以名字互相稱呼彼此,這時以「~さん」

第1章 措辭的基礎知識

第2章 敬語的用法

第3章 客氣有禮的措辭

第4章 日常溝通用語

第5章 措辭的禮節

第6章 遇到困擾時的應對

第7章 利用測驗提升語彙能力

學起來！ 「語尾」是重點。「介紹的敬語」的法則

對象為己方 語尾「です」→ **～ございます**

47
私（わたくし）どもの部長（ぶちょう）の山田（やまだ）でございます。
（這是我們的部長山田。）

對象非己方 語尾「です」→ **～いらっしゃいます**

48
こちら様（さま）が、平成物産（へいせいぶっさん）の
江戸川様（えどがわさま）でいらっしゃいます。
（這邊這位是平成物產的江戶川先生。）

　　最好把在「介紹」時常用的禮貌用法全都記下來。以「～ございます」、「～いらっしゃいます」作為判斷基準，在運用這些詞彙時，只需將整篇文章裡所有詞彙的敬語「等級」保持一致，就不用擔心會出錯。

49

基本動詞	尊敬語	謙讓語	丁寧語
する 做	されます なさいます	いたします	します
いる 存在	いらっしゃいます おいでになります	おります	います
言う 説	おっしゃいます	申（もう）します 申（もう）し上げます	言（い）います
聞く 聴	お聞（き）きになります	伺（うかが）います 拝聴（はいちょう）いたします	聞（き）きます
見る 看	ご覧（らん）になります	拝見（はいけん）いたします	見（み）ます
行く 去	いらっしゃいます おいでになります	伺（うかが）います 参（まい）ります	行（い）きます
来る 來	いらっしゃいます おいでになります お見（み）えになります	参（まい）ります 伺（うかが）います	来（き）ます
帰（かえ）る 回去	お帰（かえ）りになります	失礼（しつれい）いたします	帰（かえ）ります
もらう 得到	お受（う）け取（と）りになります お納（おさ）めください	いただきます 頂戴（ちょうだい）いたします	もらいます

來稱呼，會比使用「～樣」稱呼要來得更有親近感。

初次見面的打招呼 会う→ お目にかかる

要有禮貌!

× はじめまして、音羽です。
（初次見面，我是音羽。）

○ はじめてお目にかかります。
文京商事の音羽太郎でございます。 ⑤⓪
（初次見面您好，我是文京商事的音羽太郎。）

初次見面用「お目にかかる」和全名表現比較好。

將上司介紹給對方 紹介する→ ご紹介いたす

× 部長の山田を紹介します。
（這是部長山田。）

○ 部長の山田をご紹介いたします。 ⑤①
（我來介紹，這是部長山田。）

沒有職位頭銜的人也一樣!

若能更具體地介紹對方的工作內容更好。

○ 私どもの部長の山田でございます。 ⑤②
渉外担当をしております。
（這是我們的部長山田，負責的工作是對外事務。）

介紹對方 協力してもらう→ お力添えいただく

× 江戸川様には、新商品の開発に
協力してもらっています。
（江戸川先生協助新商品開發的工作。）

再加一句暖心的話

○ 江戸川様には、新商品の開発に
お力添えいただいております。 ⑤③
（在新商品開發的工作上，我獲得江戸川先生的鼎力相助。）

「お力添え（鼎力相助）」相較於「ご協力（幫忙）」，是更有禮貌且抬高對方身份的說法。若能再加上一句「いつもお世話になっている～（這位是經常關照我的～）」這類表示自己常把對方放在心上的話會更好。

第1章 措辭的基礎知識

第2章 敬語的用法

第3章 客氣有禮的措辭

第4章 日常溝通用語

第5章 措辭的禮節

第6章 遇到困擾時的應對

第7章 利用測驗提升語彙能力

回應 「回應的敬語」隨機應變很重要

在工作場合中，會因為不同的立場，而有不同的措辭及說話方式。有時候，也可能會以對待朋友的說話方式和上司或公司的前輩談話，不過，只要是公事，就得使用正確的措辭，這是身為一個社會人士該有的禮貌。迅速判斷現場的氛圍並以正確的方式對應各種情況，是無論哪一種職業的社會人士都應具備的「技術」。

學起來！ 最好謹記於心的基本用語 「回應的敬語」

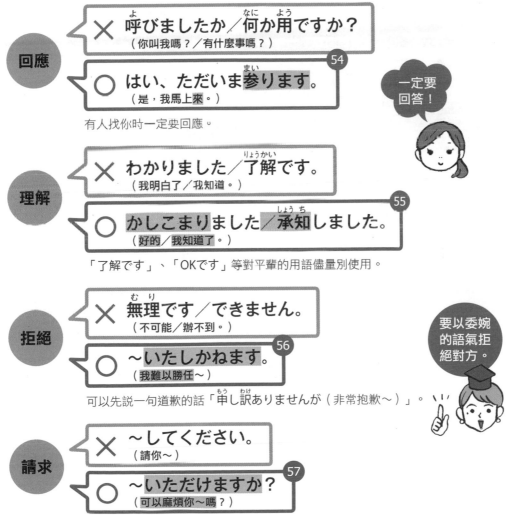

回應

× 呼びましたか／何か用ですか？
（你叫我嗎？／有什麼事嗎？）

○ はい、ただいま参ります。 54
（是，我馬上來。）

一定要回答！

有人找你時一定要回應。

理解

× わかりました／了解です。
（我明白了／我知道。）

○ かしこまりました／承知しました。 55
（好的／我知道了。）

「了解です」、「OKです」等對平輩的用語儘量別使用。

拒絕

× 無理です／できません。
（不可能／辦不到。）

○ ～いたしかねます。 56
（我難以勝任～）

要以委婉的語氣拒絕對方。

可以先説一句道歉的話「申し訳ありませんが（非常抱歉～）」。

請求

× ～してください。
（請你～）

○ ～いただけますか？ 57
（可以麻煩你～嗎？）

「～してください」是屬於較命令的説法，所以不要用。

對耳、嘴對嘴」的狀態，其實是靠得非常近的。

人際相處的分寸難以拿捏
對於公司內部的人該如何稱呼，又該如何應對？

我們學習日語都會被要求「對居上位的人要使用敬語」。因此應該有不少人，即便是剛出社會，對於要與客戶談話這件事，並不感到困擾。

然而，一旦對話的場景轉回公司內，反而會放鬆戒心，而以非正式的表達方式說話。不管再怎麼像朋友一樣打成一片，公司終究是工作的場所，別忘了還是必須要因應上司、前輩、同事的身份，選用合適的措辭，不知分寸的措辭及說話方式，只會使自己的評價下降而已。

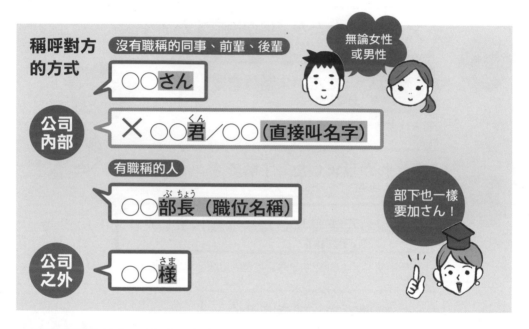

同事無論男女，稱呼對方時一律要加「さん」。即使對方是年紀比你小的前輩、後輩，在公司裡以「○○君」或是直接以名字稱呼對方都很失禮。雖然有些公司的上司和部下之間，彼此會以「○○君」或是「○○さん」互稱，但有職稱的人，原則上還是要以職稱稱呼對方。

當自己有職稱時，也別直呼部下的名諱，還是要對對方心存敬意，將其視為職場上的同伴，以「○○さん」來稱呼對方。

一句話小教室 餐館或一般店面的工作人員，接待客人時所使用的那些敬語是只適用於特殊場合的說話方式，稱為

第1章 措辭的基礎知識

第2章 敬語的用法

第3章 客氣有禮的措辭

第4章 日常溝通用語

第5章 措辭的禮節

第6章 遇到困擾時的應對

第7章 利用測驗提升語彙能力

學起來！ 因應各種情境的常用「電話應對敬語」

Case 1 接到客戶打來的電話

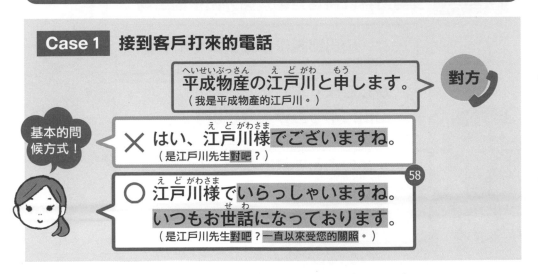

対方

平成物産の江戸川と申します。
（我是平成物產的江戶川。）

基本的問候方式！

✗ はい、江戸川様でございますね。
（是江戶川先生對吧？）

○ 江戸川様でいらっしゃいますね。
いつもお世話になっております。
（是江戶川先生對吧？一直以來受您的關照。）

58

　　「〜でございます」是「ある」的丁寧語，這種講法會使對方覺得自己像是物品一樣，所以要使用尊敬語的「いらっしゃる」。接到客人打來的電話時，別忘了要再加上一句「いつもお世話に〜（一直以來受您的關照）」。

Case2 對方指定的負責人不在附近

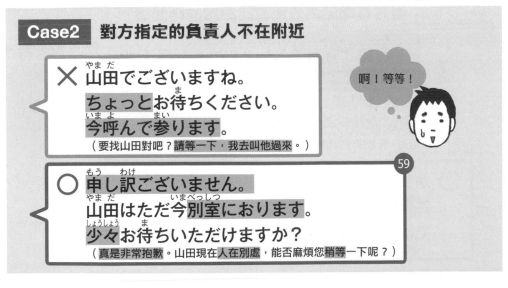

啊！等等！

✗ 山田でございますね。
ちょっとお待ちください。
今呼んで参ります。
（要找山田對吧？請等一下，我去叫他過來。）

59

○ 申し訳ございません。
山田はただ今別室におります。
少々お待ちいただけますか？
（真是非常抱歉。山田現在人在別處，能否麻煩您稍等一下呢？）

　　讓客人在電話旁等待是很失禮的事。如果轉接會很耗時，就必須要事先告知對方具體的等待時間。若對方不方便等，則可向對方表示我方會在稍後回覆電話，以防萬一，要記得詢問對方的連絡資料。

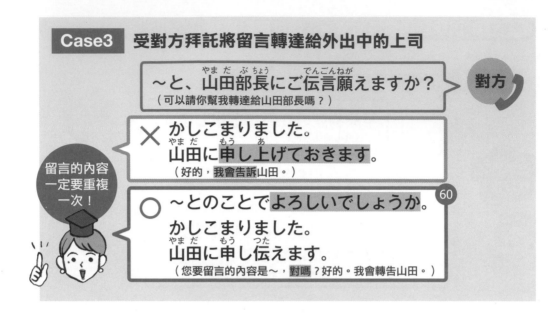

Case3 受對方拜託將留言轉達給外出中的上司

~と、山田部長にご伝言願えますか？
（可以請你幫我轉達給山田部長嗎？）

對方

留言的內容一定要重複一次！

✕ かしこまりました。
山田に申し上げておきます。
（好的，我會告訴山田。）

○ ~とのことでよろしいでしょうか。 60
かしこまりました。
山田に申し伝えます。
（您要留言的內容是~，對嗎？好的。我會轉告山田。）

　　如果受對方拜託轉達留言，請務必將留言的內容寫下來。就算只有一句話，也一定要重覆一次留言的內容，請對方確認留言內容是否有誤。

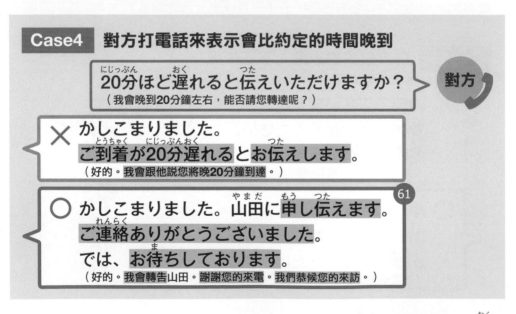

Case4 對方打電話來表示會比約定的時間晚到

20分ほど遅れると伝えいただけますか？
（我會晚到20分鐘左右，能否請您轉達呢？）

對方

✕ かしこまりました。
ご到着が20分遅れるとお伝えします。
（好的。我會跟他說您將晚20分鐘到達。）

○ かしこまりました。山田に申し伝えます。 61
ご連絡ありがとうございました。
では、お待ちしております。
（好的。我會轉告山田。謝謝您的來電。我們恭候您的來訪。）

　　這樣的情況下，就不需要重覆一次留言的內容。若想確認，也別使用「遅れる（遲到）」這種字眼，而是以「10時30分ごろのご到着でございますね（您會在10時30分左右到達是嗎？）」的說法表示。另外，也別忘了要謝謝對方事先來電通知。

第 3 章

客氣有禮的措辭

在說話時
若能選擇以更禮貌的方式表達，
給人的印象也會不一樣。
能以對方較容易理解的方式表達，
就能展現對他人的體貼之情。

「です」與「ます」為基本用法 從頭到尾都有禮貌地應對吧

有禮且周到的説話方式

「私は音羽花子です。（我是音羽花子）」——光是這樣簡單的一個句子，都可用於表現本章的主題，也就是「客氣有禮的措辭」。日語字典上關於「丁寧」的解釋是：「連細微之處都顧慮到、十分小心謹慎的樣子」，另外還有一個解釋是：「舉止有禮、關懷無微不至的樣子」。「客氣有禮的措辭」，指的即是第二個解釋中所提到的「有禮的態度」以及對他人有「關懷」之心。在語尾加上「です／ます」、「ございます」，能使言詞傳達的內容更明確，是「客氣有禮的措辭」中最基本的表達方式。

把語尾改成「です／ます」、「ございます」的用法，在文章的型態上稱為「敬體」。從「口語」到「書寫語」，都會用到敬體。使用敬體，不但能給人溫和有禮的印象，也能給對方一種你在對他說話的感覺，正因為敬體是由「口語」演變而來，所以一般人較常用也較為熟悉，最近不管是電子郵件或是部落格文章，幾乎所有的人都使用「敬體」表達。如果想要修正自己的措辭方式，首先要做的，就是在語尾加上「です／ます」、「ございます」，將一句話從頭到尾地好好地說完開始。

有禮貌的語尾三重奏

です　ます　ございます

無論是誰，無論是何種內容，都讓人留下有禮貌的印象！

一句話小教室 「丁寧」一詞，源自於中國古代的樂器名。有一說是該樂器所發出的聲音與日文「丁寧（ていねい）」

第1章 措辭的基礎知識

第2章 敬語的用法

第3章 措辭 客氣有禮的

第4章 日常溝通用語

第5章 措辭的禮節

第6章 遇到困擾時的應對

第7章 利用測驗提升語彙能力

言詞傳達出的印象會因語尾改變

以下三句傳達的皆為「我是音羽花子」之意。

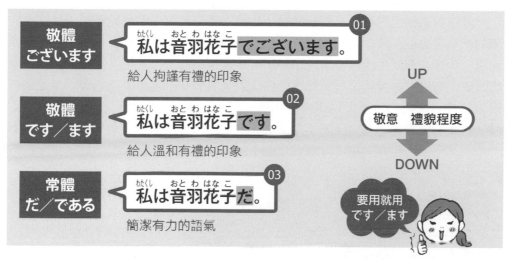

敬體 ございます	私は音羽花子でございます。 01
給人拘謹有禮的印象	
敬體 です／ます	私は音羽花子です。 02
給人溫和有禮的印象	
常體 だ／である	私は音羽花子だ。 03
簡潔有力的語氣	

UP
敬意　禮貌程度
DOWN

要用就用
です／ます

　　所謂「有禮貌的說法」，就是無關說話者、發言內容及場面，光是言詞本身給人的印象就很有禮貌的一種說話方式。敬語搭配敬體的組合，原本就是禮貌的用法，但用來當作平口的說話方式，會給人很拘謹的感覺，以敬語表達但語尾使用常體，雖然還是會覺得是有禮貌的講法，不過會變成是比較偏女性化的「大小姐用語」，是屬於須慎選對象使用的說話方式。

　　而在語尾以常體或是「だよね（對吧）」這類通俗用法表達的說話方式，若用於家人或朋友之間的談話是無所謂，但用於商務場合卻十分不恰當。更別說這種不加語尾的說話方式，社會人士不應該使用。

| 語尾與各用法之間的禮貌程度　例食べる（吃） 04 |||||
語尾	敬語	詢問	回答	禮貌程度
敬體	使用	何を召し上がりますか？	イチゴをいただきます。	◎
	不使用	何を食べますか？	イチゴを食べます。	○
常體	使用	何を召し上がる？	イチゴをいただく。	○
	不使用	何を食べる？	イチゴを食べる。	△
無	——	何？	イチゴ。	×

的發音相近，所以便以此為名。

「客氣有禮的措辭」實踐講座

1. 從「日常會話」開始做起

　　若你擔心自己的說話方式有問題，想修正過來，首先就要從與家人及朋友之間的「日常會話」開始做起。若想把一般公認正確的措辭收為己用，不只要累積知識，也要在日常生活中經常累積經驗，才是最快的方法。把平日隨口說出的話都改成「有禮貌的說法」，可以實際開口說說看，甚至也可以把它錄下來之後再放來聽聽看，藉由這種做法來學習正確的措辭，不但能瞭解自己在說話上的習慣，也能發現自己詞彙方面的不足之處，會遠比單純地學習敬語知識來得更有幫助。

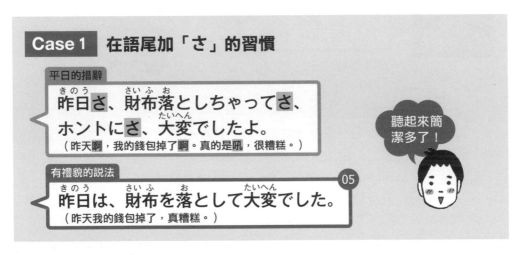

Case 1　在語尾加「さ」的習慣

平日的措辭

昨日_{きのう}さ、財布_{さいふ}落_おとしちゃってさ、ホントにさ、大変_{たいへん}でしたよ。
（昨天啊，我的錢包掉了啊。真的是吼，很糟糕。）

有禮貌的說法　05

昨日_{きのう}は、財布_{さいふ}を落_おとして大変_{たいへん}でした。
（昨天我的錢包掉了，真糟糕。）

聽起來簡潔多了！

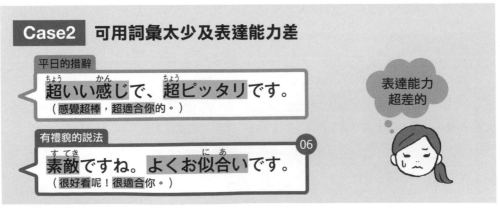

Case2　可用詞彙太少及表達能力差

平日的措辭

超_{ちょう}いい感_{かん}じで、超_{ちょう}ピッタリです。
（感覺超棒，超適合你的。）

有禮貌的說法　06

素敵_{すてき}ですね。よくお似合_{にあ}いです。
（很好看呢！很適合你。）

表達能力超差的

一句話小教室　敬體的語尾「ます」，原本是上方地區（現在的京都、大阪地區）的平民用語（町方言葉_{まちかたことば}）。明治維

第1章 措辭的基礎知識

第2章 敬語的用法

第3章 客氣有禮的措辭

第4章 日常溝通用語

第5章 措辭的禮節

第6章 遇到困擾時的應對

第7章 利用測驗提升語彙能力

Case3　説話時語序前後顛倒的習慣

平日的措辭

いいですよね？
帰（かえ）っても、今日（きょう）はこれで。
終（お）わったので、書類（しょるい）、ここですけど。
さっき頼（たの）まれた…部長（ぶちょう）に、です。

（沒事了吧？我回去了，今天就這樣。
因為事情都做完了。文件都放在這裡。
這些是剛才交給我的……部長給的。）

倒敘法？！

有禮貌的説法　07

さきほど部長（ぶちょう）から頼（たの）まれた書類（しょるい）、
こちらに置（お）きます。
本日（ほんじつ）はこれで失礼（しつれい）してよろしいですか？

（剛剛部長交給我的文件，我都放在這裡。今天我可以先告辭嗎？）

Case4　説話時只説單字的習慣

平日的措辭

食事（しょくじ）？すんだ。
コーヒー？あとで。

（吃飯？吃過了。
咖啡？等一下再喝。）

措辭所展現的　是關懷　也是誠意。

有禮貌的説法　08

食事（しょくじ）ならすませました。コーヒーですか？
ありがとう、あとでいただきます。

（我已經吃過飯了。咖啡嗎？謝謝，我待會再喝。）

　　一般的情況下，就算有人對你的說話方式感到不自在，也不太會有人直接告訴你。一旦開始試著以「有禮貌的說法」說話，就會對自己在措辭上的不良習慣有所自覺，也就能夠把自己想說的話或情緒完整地傳達給對方。

新之後，獲教科書採用成為官方標準語，並因此成了基本的口語用法而被廣為使用。

2. 提及他人或自己時皆應客氣表達

　　「有禮貌的說法」是指措辭本身讓人覺得有禮貌的一種說話方式。雖然是以敬語為基礎，但仍要依場合及談話內容控制敬意的等級。

例 **天氣預報　鋒面將通過。**

> 早朝から昼にかけて前線が通過いたします。 09
> （鋒面將在清晨到中午之間通過。）

　　敬語的基本原則是「對方做的事＝尊敬語」、「自己做的事＝謙讓語」。然而上面的「天氣預報」中，「鋒面」既非尊敬的對象，也非己方的事物，卻使用了「通過いたします」這種自謙的用法。

　　在敬語五大分類〔詳情請見「第2章　敬語的用法」P35的表格〕中，這是屬於「謙讓語II」的用法。「謙讓語II」又稱為「鄭重語」，是當你要以有禮貌的方式，表達與自己或對方有關的事時所使用的用法。雖然「天氣預報」中並沒有需要直接「表達敬意」的對象，不過若想以鄭重的態度提出發言，並想對聽發言內容的不特定多數人「表示敬意」時，就可以以這樣的用法表示。相較於「謙讓語I」，「謙讓語II」是屬於「含蓄的自謙表現」。

「謙讓語II」在用法上的不同之處 10		
「主語」自謙	動詞原形	使整句話顯得有禮貌
明日は社内におります。（明天我會在公司）	← いる＝おる（在） →	家々が並んでおります。（家家戶戶排列在一起）
私は出張で大阪に参ります。（我出差去了大阪一趟）ただ今、山田が参ります。（山田剛回來）	← 行く／来る＝参る（去／來） →	雨が降って参りました。（下雨了）暖かくなって参りました。（天氣愈來愈暖和了）
私どもの山田が申しますには……、（我們公司的山田所說的是…）	← 言う＝申す（說） →	世間はそう申しますが……、（世上的人都那麼說…）
私から報告いたします。（由我來報告）	← する＝いたす（做） →	電車が通過いたします。（電車通過）

　　「謙讓語I」是自我謙虛以抬高對方地位的說話方式。「謙讓語II」是與I相同的謙讓表現，但同時也可以用在以鄭重的態度呈現談話內容的情況（與談話對象無關）。平常生活中的對話可以不需要想的這麼深入，只要記得謙讓語這個用法並非只能用於降低自己的地位即可。

一句話小教室 「です」的由來為武士用語。由「～でございます」轉為「～でございます」，是表示謙讓之意的丁

第1章 措辭的基礎知識

第2章 敬語的用法

第3章 客氣有禮的措辭

第4章 日常溝通用語

第5章 措辭的禮節

第6章 遇到困擾時的應對

第7章 利用測驗提升語彙能力

3. 完整表達，語尾也不曖昧不清

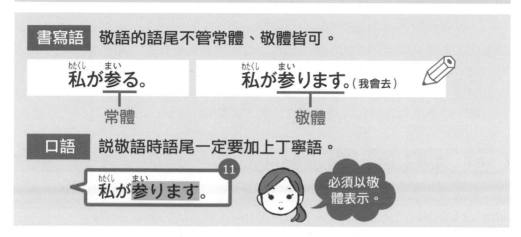

書寫語 敬語的語尾不管常體、敬體皆可。

私が参る。
常體

私が参ります。（我會去）
敬體

口語 説敬語時語尾一定要加上丁寧語。

私が参ります。[11]

必須以敬體表示。

　　以敬語和對方說話時，通常不會使用像「私が参るよ（我會去喔）」這樣以常體結尾的說法。要表示敬意時，會像「私が参ります（我會去）」一樣，以丁寧語的「です／ます」、「ございます」結尾。

　　特別是在商務場合的應對上，務必連「語尾」都要維持禮貌。別說是「不加語尾」了，即使是語尾說得不清不楚也絕對不行。這種說話方式不只會使發言內容變得難以理解，也很容易造成誤會，在商務場合中，這不只關係到發言者本人的評價，也關係到整間公司的信用。

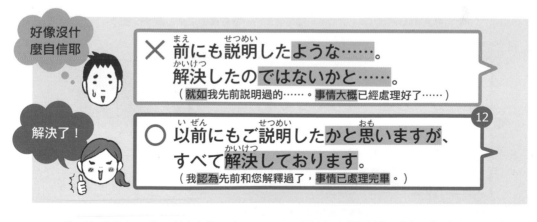

好像沒什麼自信耶

✕ 前にも説明したような……。
　解決したのではないかと……。
　（就如我先前說明過的……。事情大概已經處理好了……）

解決了！

○ 以前にもご説明したかと思いますが、[12]
　すべて解決しております。
　（我認為先前和您解釋過了，事情已處理完畢。）

　　「不加語尾」或是使用「～ちゃって」這種平輩用語，都是會讓語尾變得不清不楚的說話方式，即使是用在日常對話大概也不會受歡迎。因此無論是在公司與人交談，或是商務會談之間的閒聊，最好還是養成習慣以「です／ます」結尾的方式說話。

4. 說話時要使用優美又正向積極的詞彙

一旦養成以「謙和有禮的語氣」說話的習慣，也就能夠自然而然地掌握敬語的用法。只要能做到不管對任何人都抱持著溫柔有禮的態度，自然會知道尊敬語與謙讓語該用在哪裡。再者，客氣有禮的說話方式，並不適合以不雅或是負面的詞彙表達。無論是說話粗魯無禮，或是用詞負面都會使人不悅，只要可以避免這類詞彙，自然能和身邊的人建立更良好的人際關係。

試試看！ 把「NG用語」改成「禮貌用語」

無論是著急、開心或悲傷的時候，都難免會一不小心就以平常的口吻說話。即便這種口吻對朋友而言很「平常」，但在職場上卻是「NG的說法」。

像這樣會讓自己人品遭到質疑的說話方式，還是小心為上。

Case 1　向公司告知上班會遲到

NG的說法

遅刻しちゃいそうな雰囲気です。
さっきからずっと待ってるんですけど、
電車が遅れちゃってマジやばいっす。
（我覺得我好像快遲到了。從剛剛一直等到現在，電車遲遲沒來，真的很要命。）

有禮貌的說法　⑬

申し訳ありませんが、
出社が少し遅くなりそうです。
電車の遅れで、ほかに手段が
思いあたらないので困りました。
（非常抱歉。今天我會晚一點到公司。因為電車誤點，我又想不到其他方法，真不知道該怎麼辦才好。）

首先要先道歉

即使接電話的人是後輩，他們也都是你的同事。千萬別忘了在態度上還是要有基本的尊重。即使你的身份是客人，還是要盡量避免使用粗魯的語氣說話。當你以謙和有禮的口吻與態度對待對方，對方的回答方式自然會禮貌。

一句話小教室　「部長は席を外している（部長不在位子上）」的尊敬用法何者正確？　A：部長は席を外していら

第1章 措辭的基礎知識

第2章 敬語的用法

第3章 客氣有禮的措辭

第4章 日常溝通用語

第5章 措辭的禮節

第6章 遇到困擾時的應對

第7章 利用測驗提升語彙能力

Case 2　與同行的客戶在餐廳點餐

NG的説法

ランチセット2つ。
（取引先に）食後に紅茶はいかがですか？
じゃ、紅茶2つで。食後に。急いでね。

二份午餐套餐。
（（對客戶）餐後飲料選擇紅茶可以嗎？那就二杯紅茶。餐後上，要快一點。）

有禮貌的説法 14

ランチセットを2つお願いします。
（取引先に）食後の紅茶はいかがですか？
それでは、紅茶を2つお願いします。
食事が終わる頃に出してください。
時間があまりないので、
なるべく早くしていただけると助かります。

（麻煩你，我要二份午餐套餐。
（對客戶）餐後飲料選擇紅茶可以嗎？那麼，麻煩你，我要二杯紅茶。
飲料請在餐後送上。因為我們在趕時間，若能儘快送上餐點那真是幫了大忙。）

Case 3　讚美上司的便當

NG的説法

部長のお弁当っておいしいそうですね～。
私なんか料理がヘタだからこんなの無理。

（部長的便當看起來好好吃。像我這種不會做菜的人，根本不可能做出這種便當。）

有禮貌的説法 15

部長のお弁当、おいしそうですね。
私もこんなふうに卵焼きを
上手に作れるようになりたいです。

（部長的便當看起來好好吃。我也希望可以做出這麼棒的玉子燒。）

隨時都要表現出正向積極的態度！

5. 說話有禮但不拘謹的訣竅

雖說不管對任何人都要以有禮貌的措辭應對，但若總是以「～です」、「ございます」等敬體用法結尾，或多或少會讓人覺得有些拘謹。驚訝的時候脫口說出「ああ、びっくりした（啊！嚇我一跳）」之類的話是很自然的反應。而當我們感受到喜怒哀樂等情緒時，通常會壓抑「怒氣」，收斂「哀傷」，至於「喜」與「樂」，則不妨讓情緒經由不經意脫口而出的話自然地流露出來。

看到眼前的人有危險，我們直覺的反應，常是捨棄語尾直接說出「危ない！（危險！）」在職場上，遇到緊急狀況時，以「危ない！」提醒上司並不能算是失禮的言行。若平日習慣以「禮貌的口吻」說話，有時改用常體說話，反而是一種親切的表現。工作中的空檔，要是以較直率的態度和同事聊天，也可以稍稍緩和一下彼此間緊張的氣氛。其實就是要配合場合及對象，適時地調整彼此之間的距離。若以料理來比喻，就像是當你偶爾想要有點刺激元素時會添加的「香辛料」一樣。說話時，若能將語尾當成「香辛料」，視情況不同偶爾轉換一下語氣，自然能讓人對你留下有禮但不拘謹的印象。

學起來！ 配合不同場合以語尾加強語氣的輕重緩急

與客戶的商務會談　接待～閒聊～用餐

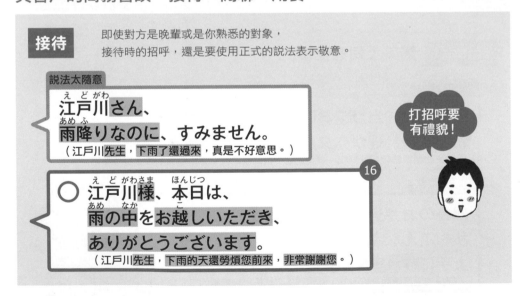

接待　即使對方是晚輩或是你熟悉的對象，
接待時的招呼，還是要使用正式的說法表示敬意。

說法太隨意
江戸川さん、
雨降りなのに、すみません。
（江戶川先生，下雨了還過來，真是不好意思。）

打招呼要
有禮貌！

16
○ 江戸川様、本日は、
雨の中をお越しいただき、
ありがとうございます。
（江戶川先生，下雨的天還勞煩您前來，非常謝謝您。）

一句話小教室 ［解答］A：部長は席を外していらっしゃいます。（部長現在不在位子上）　答案B的「いる」是

第**1**章 措辭的基礎知識

第**2**章 敬語的用法

第**3**章 客氣有禮的措辭

第**4**章 日常溝通用語

第**5**章 措辭的禮節

第**6**章 遇到困擾時的應對

第**7**章 利用測驗提升語彙能力

商務會談中 如果一直以正式的説法表達，有時會使身邊的人覺得囉嗦。説話時，最重要的是要以鄭重有禮又簡潔的方式陳述。

> 太拘謹
>
> その件は、私がご説明申し上げます。
> （那件事由我向您説明。）

> ○ その件は、私が説明いたします。 ⑰
> （那件事由我説明。）

閒聊 最難在「隨意」與「鄭重有禮」之間取得平衡的，就是閒聊。
基本上還是使用敬語，並以「さん」稱呼對方的方式拉近彼此的距離。

> 太拘謹
>
> さようでございますか。
> 江戸川様のお嬢様は
> ピアノがお上手でいらっしゃるんですね。
> （原來如此。這麼説江戸川先生的千金很會彈鋼琴呢。）

> ○ そうですか。江戸川さんのお嬢さんは、 ⑱
> ピアノがお上手なのですね。
> （原來如此。這麼説令嬡很會彈鋼琴呢。）

用餐中 一起用餐是與對方拉近距離的好機會。
可使用較直率的説話方式，放鬆彼此的心情。

> 太拘謹
>
> みょうごにちから連休でございますね。
> 私は伊豆に参ります。
> （後天開始就是連假，我會去伊豆。）

> ○ あさってからの連休は伊豆に行きます。 ⑲
> （後天開始的連假。我要去伊豆。）

使用謙讓語「おる」，故不恰當。

6. 以優美的言詞表達各種情緒

以禮貌的詞彙說話，就是指以優美的詞彙，有禮貌地表達自己的心情。就如前一節所提到的，喜怒哀樂的「喜」與「樂」，可以大大方方地直接傳達給對方。不過像是「超嬉しい（超開心的）」或是「超楽しい（超好玩的）」這類說法，還是不宜使用。無論你再怎麼擅於使用敬語，以這種幼稚的方式說話，只會讓人覺得這個人「連話都不會好好說」。各位平日也應該要多留意其他人的情緒表達方式，如此一來當遇到關鍵時刻，才知道該如何以優美的言詞表達自己的情緒。

而最適合用來練習的，就是「打招呼」以及「道謝」。尤其是「道謝」，並不是只要說「ありがとう（謝謝）」就好了，最重要的是要額外追加一句話，向對方表示自己「為何要表達感謝之意」。若真的說不出口，也可以想想自己「因別人幫助而感到開心的理由」，藉由理解引導出自己的情緒，讓自己有更豐富的情緒表現，漸漸地就會開始懂得如何表達自己的情緒。

學起來！ 透過「打招呼」與「道謝」訓練情感表達

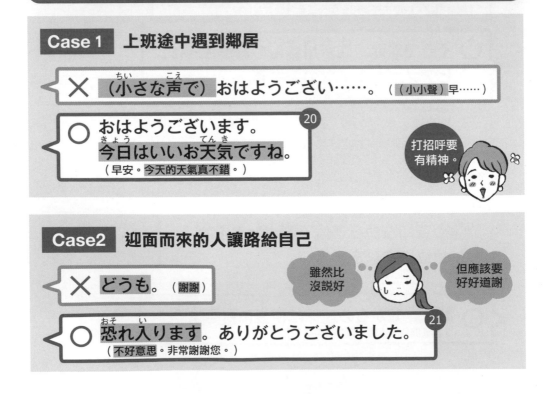

Case 1 上班途中遇到鄰居

✕ （小さな声で）おはようございい……。 （（小小聲）早……）

○ おはようございます。
今日はいいお天気ですね。 [20]
（早安。今天的天氣真不錯。）

打招呼要
有精神。

Case2 迎面而來的人讓路給自己

✕ どうも。 （謝謝）

雖然比
沒說好

但應該要
好好道謝

○ 恐れ入ります。ありがとうございました。 [21]
（不好意思。非常謝謝您。）

一句話小教室 以下何者屬於不適當的尊敬用法？ A：お客様がお見えです。 B：お客様が来られました。

第**1**章 措辭的基礎知識

第**2**章 敬語的用法

第**3**章 客氣有禮的措辭

第**4**章 日常溝通用語

第**5**章 措辭的禮節

第**6**章 遇到困擾時的應對

第**7**章 利用測驗提升語彙能力

Case3　工作上受到同事的幫助

✕ 手伝（てつだ）わせちゃってごめんなさい。
（抱歉，還讓你幫忙。）

○ ありがとうございます。
○○さんが手伝（てつだ）ってくれたので
とっても助（たす）かりました。
（真是謝謝你。多虧了○○小姐，真是幫了我大忙。）

22

我還會再幫忙的！

Case4　拿到上司給的出差伴手禮

✕ いつもの、ですか？あとでいただきます。
（和之前一樣的嗎？我等一下吃。）

○ いつもありがとうございます。
実（じつ）は楽（たの）しみにしていたんです。
すぐ皆（みな）さんにも配（くば）りますね。
（總是收您的禮物，謝謝。其實我真的很期待呢。我立刻分給大家。）

23

連句道謝都沒有？

Case5　客戶請吃飯

✕ せっかくだからごちそうになります。
ホントにいいんですかぁ。悪（わる）いなぁ。
（難得的機會，我就讓您破費了。真的可以嗎？不好意思啦。）

24

○ ありがとうございます。思（おも）いがけず
ごちそうになってしまいました。次（つぎ）は、
ぜひ私（わたし）に（食事代（しょくじだい））持（も）たせてください。
（非常謝謝您。沒想到會讓您破費。下次請務必讓我請您吃頓飯。）

（答案詳見下一頁）

7. 不論對誰都要注意自己所使用的語氣

　　用「高高在上的姿態」說話的人，從好的方面來看，或許可以說這些人是「直率不虛偽」，像他們這樣「把自己的意見或想法直接說出來」，聽起來是很不錯，但其實就是自我中心的人。任何事都以自己的角度思考，才會想到什麼說什麼，也正是因為如此，這些人常會給人自大的感覺，讓人覺得不悅，那些以「高高在上的姿態」說話的人，雖然他們不見得有那個意思，但老是擺出一副自大的嘴臉，自然難以和人建立良好的人際關係。

　　商界的成功人士，或是在某個領域中建立豐功偉業的人，通常不會以「高高在上的姿態」對人說話，那是因為他們總是能冷靜地看待自己，從不忘記要對支持自己的人抱持尊敬之意。雖然我們很難知道自己是否以「高高在上的姿態」和人說話，但可以試著站在別人的立場來檢視自己說話時的樣子。自己覺得不中聽的話就不要對別人說，與其說是社會人士必須要有的常識，不如說是身為一個人絕不該忘記的事。

比起言語「自以為是的態度」才是問題！擺出「高高在上的姿態」前，先想想「風水總會輪流轉」

給尊敬的對象＝与える	謙讓語 あげる／差し上げる

〜してあげようか＝〜して差し上げましょうか（我幫你〜吧）

おく（置く）＝放置する	也可表示「準備」、「完成」之意

〜しておいて　➡　要求別人事先準備／把事情做完的「命令形」

　　原本「〜してあげる」和「〜して差し上げる」是相同語意的用法，但不知是不是大家都將「〜してあげる」理解成與「与える」相同的語意，才會認為這個詞帶有強迫的感覺，最終也才會和「〜しておいて」一樣，被當成是以「高高在上的姿態」說話的用法。

　　若有一天你被類似的言論批評或訓誡，在覺得自己被人否定而想試圖反擊之前，也該試著想想自己是以什麼角度在看待別人的。若你很享受把對方視為位階較低的人，那麼或許就能理解為什麼周圍的人會認為你是以高高在上的姿態說話。

　一句話小教室　［解答］B：お客様が来られました。（客人來了。）　若動詞已有尊敬語的用法，則最好避免使用「れ

第1章 措辭的基礎知識

第2章 敬語的用法

第3章 客氣有禮的措辭

第4章 日常溝通用語

第5章 措辭的禮節

第6章 遇到困擾時的應對

第7章 利用測驗提升語彙能力

學起來！ 高高在上的危險字眼換句話説大補帖

～してあげる（我幫你～）

「大変そう（好像很辛苦）」的説法，有些人容易理解為「連那種小事都辦不到」的意思。

✕ 大変（たいへん）そうだけど、手伝（てつだ）ってあげようか。
（好像很辛苦，要我幫你嗎？）

○ かえって邪魔（じゃま）かもしれないけれど、私（わたし）に手伝（てつだ）わせてください。㉕
（雖然可能會幫倒忙，但請讓我幫你。）

如果對方拒絕就算了，別讓對方覺得你在強迫他！

～しておいて（事先做好～）

請求對方做事，不能用「命令形」，要使用讓對方自己決定的「疑問形」。若是有期限，務必要先告訴對方。

✕ 戻（もど）ってくるまでに会議（かいぎ）の準備（じゅんび）しておいて！
（在我回來之前，要做好開會的準備！）

○ 15時（じゅうごじ）に戻（もど）ります。そのあと会議（かいぎ）か…。㉖
○○さん、準備（じゅんび）を任（まか）せていいですか？
（我下午三點回來。之後要開會……○○先生，可以把準備工作託付給你嗎？）

重點在「任（まか）せる（託付）」。人對於被託付的事會抱持責任感。

常識的に考えて～（就常識而言～）

這是社會人士最忌諱的詞。把自己的「主張」以「常識」包裝，其實就是沒自信的證據。

✕ 私（わたし）が思（おも）うに、この件（けん）は常識的（じょうしきてき）に考（かんが）えて～
（在我看來，這件事就常識而言～）

○ 私（わたし）の考（かんが）えを申（もう）し上（あ）げます。この件（けん）は～㉗
（我説我的意見。這件事～）

光明磊落地闡述自己的意見吧！

8.「刺耳的用語」別用，以免影響對話進行

　　我最近非常在意「なので」這個詞的用法。「なので」是用於承接上下句，用法應該是「私（わたし）がお腹（はら）がいっぱいなので、昼食（ちゅうしょく）はいりません（因為我還不餓，所以不用吃午餐）」。然而，卻有人會這麼用「私（わたし）がお腹（はら）がいっぱいです。なので、昼食（ちゅうしょく）はいりません（我還不餓。因此不用吃午餐）」。甚至還有人會用來承接別人說的話，直接就置於句首「なので、敬語（けいご）は正（ただ）しく使（つか）いたいですね。（因此，很想正確地使用敬語）」。和「しかし」、「ところで」不同，「なので」並非獨立使用的連接詞，如果要用於承接前面的話題，應該要用「そのため」，若為口語表現，則可以用「ですから」表示。

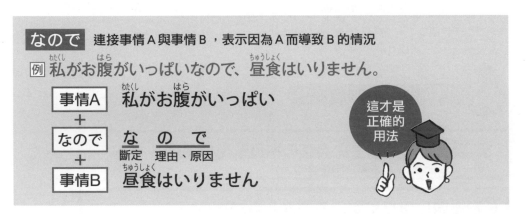

　　不知道從什麼時候開始，從一般人到以文字為業的播報員，似乎有愈來愈多的人，在說話時會把「なので」放在句子的開頭。另外讓我很在意的，還有像是「わたし的（てき）には～」、「僕的（ぼくてき）には」的用法。真希望他們直接說「私（わたし）としては（就我個人而言）」就好。

　　在電視、網路之類的媒體上，都會有一些蔚為風潮的新奇語彙以及流行用語，我了解想要使用這類用語的心情，但還是希望各位能不用則不用，或許有人會認為，像這樣對說話時的一些小細節過於敏感，實在太不成熟了。

　　我並不打算否定這樣的意見。不過在談話時，本來就必須將自己的感受傳達給對方，人在談話的過程中，只要對某個用語特別在意，注意力就會完全在那個用語上，當然也就無法聽到真正重要的內容。而特別要求各位要以「有禮的說法」表達，目的也是為了幫助各位學會以正確的方式使用敬語及措辭，至於那些刺耳的用語，既然會使交談氣氛變差，還是盡量別用的好。

一句話小教室　青少年在日常生活中所使用的非正式用語稱為「若者言葉（わかものことば）（年輕人用語）」。其中轉化為一般生活用語就稱為

第1章 措辭的基礎知識

第2章 敬語的用法

第3章 措辭 客氣有禮的

第4章 日常溝通用語

第5章 措辭的禮節

第6章 遇到困擾時的應對

第7章 利用測驗提升語彙能力

學起來！ 「破壞氣氛的用語」換句話説大補貼

なくない？（應該不〜吧，你覺得呢？）

對提問者而言，答案的是與否並非提問的重點，而是向對方尋求認同，或是尋求對方的意見的用法。

ここ、間違ってなくないですか？
（這裡應該沒錯吧？）

所以到底是有還是沒有？

部長也搞混了

間違っていないですよ。
（沒錯啊。）

● 部長

ああ、やっぱり。
（果然沒錯！）

● 部長

いや、間違っているかも…。
（不，説不定有錯……）

這樣説清楚多了！

ああ、やっぱり。
（果然有錯！）

28 ○ この部分は、訂正が必要でしょうか？
（這個部份是不是要更正？）

提問要具體又簡潔，對方才比較容易回答。

〜て感じ？（感覺上〜）

「〜であると思う（我想是〜）」、「てあろう（大概是〜）」之意。語尾的音調要上揚，大多會加上「かな」、「かも」等語尾。

今日は、残業しないで早く帰りたいって感じ、かな？
（今天感覺是不是可以不用加班早點回家？）

29 ○ ほかにご用がなければ、
本日は失礼してもよろしいでしょうか。
（如果沒有其他的事，那我今天可以先告辭嗎？）

「言語変化（轉化用語）」；「コーホート語（同世代用語）」則是指上了年紀之後仍繼續使用的用語，下一個世代的青少年則未必會使用。

9. 別光是嘴上說說，「心存敬意」也很重要

日語中有個詞彙叫「慇懃無礼（いんぎんぶれい）」，意思是表面上態度謙恭有禮，但內心其實根本瞧不起對方。雖然也有人將之解釋為「言詞及態度過於謙恭有禮，反而顯得失禮」，不過我覺得這樣解釋並不算正確。就算某人因為過度謙恭有禮反而給人過於「拘謹」的感覺，但應該沒有人會覺得他很「失禮」吧？之所以會覺得某人很失禮，或是對某人的言行覺得不悅，不就是因為對方所表現出來的言辭及態度明明很有禮貌，卻感覺不到真心誠意嗎？

話說回來，究竟什麼程度的禮貌會被認為是「過度有禮」？答案本來就因人而異。對於禮儀要求較高的年長者，或許會認為坐著問候客人的年輕人「沒禮貌」。但若他們在問候時至少有讓對方感受到自己是打從心裡尊敬對方，對方應該也不會覺得不悅，敬語的使用也是如此，敬語雖然是表示「尊敬」對方的言詞，但未心存敬意，也有可能成為讓對方「敬而遠之」的言詞。

要注意這些小動作！它會反映你説話時的心態

若是表面上很有禮貌，但心裡不這麼想，就會反映在態度或是動作上。透過對方的動作所表現出來的心理狀態來瞭解對方的感受，也是交談時應注意的細節之一。

交談時的小動作給人的印象或表現出的心理狀態

雙手抱胸
印象 防衛的姿態、有敵意
心理 想要站在比對方有利的地位

雙手交疊放在頭部後方
印象 幼稚、自大、無禮
心理 覺得無趣、瞧不起對方

單手撐著臉頰
印象 幼稚、沒自信
心理 不安、覺得無趣、注意力無法集中

身體向後仰
印象 疏離、漠不關心
心理 覺得無趣、討厭、不悅

身體向前傾
印象 友善的、想知道更多
心理 對於對方或話題內容有興趣

可以參考看看喔！

一句話小教室 「ありがとう」是出自稱頌神佛慈悲之語。「有り難い＝滅多にないこと（不可多得）」則是從江戶

學起來！ 透過肢體語言及小動作表達「心的敬語」

✗ 説話時看著旁邊

您辛苦了

✗ 邊走路邊打招呼

一次只做一個動作，動作要顯得輕鬆自在。只有言語和行動一致，才能真正表示敬意。

謝謝您平日的關照

○ 説話時要看著對方的眼睛

視線的方向即為心之所向。對方也會注意你視線落在哪裡。

非常謝謝您

○ 從對方手中接過物品時，務必要以雙手收下

小動作會顯示一個人的心理狀態。在收取物品時，務必要養成鄭重地以雙手收下物品的習慣。

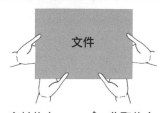

文件

交付的人 ⟶ 收取的人

在狹窄的地方交付物品時，為了不碰撞到對方的手肘，必須要用雙手拿著文件的邊角，以橫向平移的方式交給對方。

請收下

這是要給您的資料

開會時要將文件交給隔壁的人時，要用雙手把文件遞給對方。

第**1**章 基礎知識 措辭的

第**2**章 敬語的用法

第**3**章 客氣有禮的 措辭

第**4**章 日常溝通用語

第**5**章 措辭的禮節

第**6**章 遇到困擾時的 應對

第**7**章 利用測驗 提升語彙能力

時代元祿時期開始使用表示感謝之意。

10. 適應職場環境後，反而說話會更容易「鬆懈」

當你還是菜鳥的時候，學會工作的內容是你的第一要務。除非真的太過份，否則周圍的人對你的言行並不會太過苛責，但那只是因為他們覺得自己也是透過經驗學習而來，有一天你也會像他們一樣學會以正確的方式應對，所以才對你睜一隻眼閉一隻眼。而所謂的「適應」職場環境，並不是指你可以和上司像朋友一樣地談話，而是指你懂得分辨自己的立場，並能夠針對不同的對象及情況，選擇適合的言行舉止。

一旦彼此愈來愈熟悉，個人的私人生活就經常會成為職場上的話題。但比如當話題的內容與上司的祖母有關時，要記得不能以「部長のおばあちゃんは……（部長的祖母……）」這種好像在談自己家人的語氣說話，即使你心裡很清楚職場和私人生活的用語得分清楚，但平日的說話習慣總會在你意想不到的地方冒出來，這點要特別小心。

 自己的家人不用敬稱。對上司、同事、公司以外的人的家人則需加上敬稱。

「口語」中有關家人的敬語、敬稱 ㉚			
	一般的説法	謙讓語（己方）	尊敬語（對方）
家	自宅 いえ ウチ	自宅	ご自宅　お宅
家人	家族 ウチ	家族 一家	ご家族 ご一家
雙親	両親 ウチの親	父母 両親 ふた親	ご両親
父	お父さん パパ	父 父親	お父様 お父上
母	お母さん ママ	母 母親	お母様 お母上
妻	妻 女房 奥さん 嫁	妻 家内	奥様
夫	夫 主人 だんな	夫	ご主人 だんな様
祖父	おじいちゃん	祖父	おじい様
祖母	おばあちゃん	祖母	おばあ様
兒子	息子 ウチの息子	息子 せがれ 長男	息子さん ご息子 ご長男
女兒	娘 ウチの娘	娘 長女	娘さん お嬢様 ご長女

※若為書信、電子郵件及電報之類的「書寫語」，對他人的敬語及敬稱則與上表不同，可能會使用上表以外的詞彙。

一句話小教室 原本「一往」才是「一応」的正確寫法，意思偏像是「為了確認所以就去一趟看一下」，也就是只是

第1章 措辭的基礎知識

第2章 敬語的用法

第3章 措辭 客氣有禮的

第4章 日常溝通用語

第5章 措辭的禮節

第6章 遇到困擾時的應對

第7章 利用測驗提升語彙能力

學起來！ 「無意間脫口而出的習慣用詞」換句話説大補帖

 超○○

不管哪一個世代都知道這個用法是用於表示「非常」之意。有一用就連續用不停的傾向，所以很容易形成口頭禪。

好輕浮的感覺

この写真、**超**きれい、**超**いいですね。
（這張照片**超**美**超**棒的。）

○ この写真、きれい...、**とても**いいですね。 ③
（這張照片好美……，**真是**太棒了。）

在商務場合中，別忘了留意要以正確的日語表達。

 一応

正確的意思是「暫且／大概」。雖然不是不好的詞彙，但很多人都會誤用。

大概？

部長、集計が**一応**終わりました。
（部長，統計**大概**完成了。）

很能幹！

○ 部長、集計が終わりました。 ②
（部長，統計完畢。）

向上司報告時，別摻雜多餘的詞彙，只要簡單傳達事實即可。

 〜でいいです

「〜即可」雖然這麼用不算錯，但這是最典型缺乏幹勁，也是最容易讓人感到不悦的説法。

部長の**言った通りでいいです**。
（**依照部長説的即可**。）

○ 部長の**ご意見に賛成です**。 ③
（**我贊成部長的意見**。）

聽起來像是無奈同意的説法，即使你可能沒那個意思，但對方聽了會不悦，最好清楚表達自己的意見。

去看看「人臉」的狀況，表示「大概」的意思。

　　有些人的說話方式，一開始聽起來並不會給人粗俗、幼稚的印象，但聽著聽著就會覺得有些「不對勁」，一般人在談話時，因為認定對方已經是「成熟大人」，所以並不會跟對方明說「你這麼說怪怪的」，既然連說話者本人都沒意識到那是錯誤的用法，當然會繼續使用，而最終的結果，就是被視為「連話都說不好的人」。

Case1 公司的前輩託付工作

今日中にこの資料をまとめてもらえる？
（今天可以把這份資料整理好給我嗎？）

✕ 今ちょっと忙しくて。無理かなって。
部長に頼まれたことがあって。
なので、明日でもいいですか？
（今天有點忙耶！大概沒辦法吧。而且我還有部長交給我的工作要做。所以，可以明天給你嗎？）

（NG用法！）沒有語尾／「なので」的用法也有誤

○ もう少し時間いただけますか？ ㉞
作業中の仕事がもうすぐ終わるので、
明日午後までならできると思います。
（能否多給我一點時間？手頭上的工作快完成了，我想明天下午之前可以給你。）

Case2 開會中交付文件

✕ こちらがデータになります。
（這個成為資料。）

○ こちらがデータです。 ㉟
（這份是你要的資料。）

以正確的用法表達。

若使用「〜になります」會有接下來要去做某件事，然後才「變成資料」的意思。盡量避免使用容易使對方誤會的詞彙比較安全。

一句話小教室 社會新鮮人在措辭應對上最陷入苦戰的要屬「電話應對」了。聽過不少失敗的經驗談，像是以

第**1**章 措辭的基礎知識

第**2**章 敬語的用法

第**3**章 客氣有禮的措辭

第**4**章 日常溝通用語

第**5**章 措辭的禮節

第**6**章 遇到困擾時的應對

第**7**章 利用測驗提升語彙能力

Case3　接到同事B的夫人打來的電話

對方　Bはおりますでしょうか。
（B在嗎？）

✕　Bさんならおられますよ。今(いま)代(か)わります。
（B先生在喔。我把電話轉接給他。）

NG用法！　「おる」是「いる」的謙讓語，這個情況應該要用尊敬語。

○　はい、いらっしゃいます。少(しょう)々(しょう)お待(ま)ちください。 ③⑥
（是的，他在。請稍等一下。）

Case4　部長交辦工作

對方　明(あした)日の会(かいぎ)議の資(しりょう)料を作(つく)ってもらえるかな？
（你可以幫我準備一下明天開會的資料嗎？）

✕　はい、大(だいじょうぶ)丈夫です。
（是，沒問題。）

○　はい、かしこまりました。 ③⑦
会(かいぎ)議は明(あした)日の15(じゅうごじ)時からですね。
（好的。會議是在明天下午三點對吧。）

對方　出(しゅっせきしゃ)席者の人(にんずうぶん)数分、コピーもお願(ねが)いします。
（還要麻煩你準備發給出席人員的資料。）

✕　はい、大(だいじょうぶ)丈夫です。
（是，沒問題。）

○　承(しょうち)知しました。 ③⑧
予(よ)備(び)も入(い)れて15(じゅうご)部(ぶ)用(よう)意(い)いたします。
（我了解了。連同影印資料在內，我總共會準備15份。）

NG用法！　只以「大(だいじょうぶ)丈夫」回覆並不恰當，語意上來說也不適合。

「何(なにさま)様ですか（你以為你是誰？）」來詢問對方的名字。這是真實案例，絕對不是開玩笑。　87

客氣有禮的措辭

不想養成習慣的「用語」及「說話方式」

對方不會理解那些讓他們感到「不舒服的話」

　　「大丈夫（沒問題）」「なので（因此）」「ありえない（不可能）」表面上像是每個人都常常會用到的「一般用語」。但當客人以「カード一括払いで大丈夫ですか？（信用卡全額付款沒問題嗎？）」這樣說法提問，也有可能是一種關心對方「這麼做會不會對你造成困擾」的表現。

　　聽到店員上前詢問「大丈夫ですか（沒問題嗎？）」，雖然不會吹毛求疵地挑對方的語病，但其實最讓人在意的，是從對方所說的話裡，沒有感覺到對方的「真心誠意」。在言語溝通上，彼此能夠在語意有共識的狀態下互相交流是很重要的，當你開口詢問「召し上がりますか？（您要吃嗎？）」，若對方並不知道這個詞是「食べる（吃）」的尊敬語，那就無法傳達敬意。

　　「一般用語」在使用及理解時，很容易讓人誤以為別人和自己對這樣的說法有相同的認知，因此當說話者本人自覺「正常」地在使用「一般用語」時，並沒有想過自己說的話會可能會讓對方覺得不舒服，所以在商務場合中，必須格外留意自己的用詞和對方是否有共同的認知，否則可能會給對方態度冷淡的印象，也很容易招致誤會。

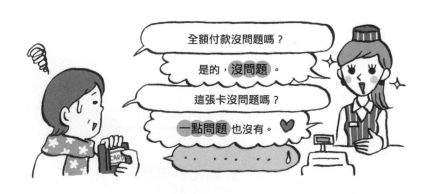

全額付款沒問題嗎？
是的，沒問題。
這張卡沒問題嗎？
一點問題也沒有。♥

一句話小教室　清少納言的《枕草子》中的「ふと心おとりとかするものは（突然讓我感到幻滅的用語）」，就是描

第**1**章 措辭的基礎知識

第**2**章 敬語的用法

第**3**章 客氣有禮的措辭

第**4**章 日常溝通用語

第**5**章 措辭的禮節

第**6**章 遇到困擾時的應對

第**7**章 利用測驗提升語彙能力

學起來！ **能幹的人絕不用的「3D」替換術**

「だって」、「でも」、「どうせ」這三個詞，都是身為社會人士不可以隨便使用的詞，因為通常之後接續一定是藉口，再不然就是責怪對方的話。所以通常對方一聽到「だって」、「でも」、「どうせ」這三個詞，就會本能地採取防禦的姿態，而一旦演變到這樣的情況，就很難再把話題導向好的方向。

だって（可是） 被對方反駁時，為自己找藉口所使用的詞。使用這個詞，會給人既幼稚又沒自信的印象，所以要特別小心。

> だって、ダメっておっしゃったじゃないですか！
> （可是，你之前不是說沒辦法嗎？）

○ この件は厳しいとおっしゃっていましたが、
いかがいたしましょうか？ **39**
（您先前說過這件事恐怕有困難，那您現在的看法呢？）

でも（但是） 與表示否定前一句話的「であっても」同義。和同樣語意的「ですが」比起來，否定的語氣更為強烈。

> でも、この前と話が違いますよね？
> （但是這和之前說好的不一樣吧？）

○ 先日のお話では、来月納入と承っております。 **40**
（我們先前談好下個月供貨。）

どうせ（反正） 在語感上是表示「即便再怎麼做，事情也不會往好的方向發展」，是放棄努力的語氣，會給人不負責任的感覺。

> どうせ納期に間に合わないと思いますよ。
> （反正我覺得一定趕不上交貨期限。）

○ 納期に間に合わせるには難しい状況ですが……。 **41**
（要及時交貨恐怕有些困難……）

述作者對於當時年輕男女所使用的年輕人用語感到憂心。

使用時會覺得「丟臉」的詞彙，可以換句話說

　　反駁他人的意見時，開頭與結尾很重要。把自己的想法強加到別人身上的說話方式，不僅相當自以為是，而且也不是成熟大人該有的行為，改以有禮貌且較和緩的語氣表達，對方就比較容易接受你的觀點。

ありえない（不可能） 不管什麼事都先否定的人常用的詞。大多會搭配「それって」使用。

それってありえないですよ。
（那件事是不可能的。）

○ **それは、別の考え方もできますよね？**
（那件事還能換個角度想吧？） 42

あのですね（那個…） 特別常用在電話應對上。當說話者想不出下一句話該怎麼說時，便會以這個詞作為發語詞，且大多會在對話中一再地重覆使用。

あのですね、その件は、調査中で……。
それでですね、まだ結果待ちのようで。
（那個…有關那件事，現在還在調查當中…。然後呢，好像還在等結果出來。）

○ **その件は、ただいま調査を急いでいます。**
結果がでしだい、お返事を差し上げる
ということでよろしいでしょうか？ 43
（那件事目前正在加緊調查。待有結果之後馬上向您回覆，您意下如何？）

　　「あのですね」在某些地區的方言可用於表示呼喚別人的意思，若用在與客戶通話、商業會談之類的對話中，可能會導致對方的誤解，所以使用時要格外小心。在電話應對上，若擔心自己不小心說出方言或是口頭禪，可以事先把想說的話整理出來，並一邊看著筆記一邊說，就比較不會說錯話了。

一句話小教室 當與關係較親近的人對話時，常會為了「尋求對方認同」，而使用「反問」的方式講話。若是太常使

第1章 措辭的基礎知識

第2章 敬語的用法

第3章 措辭 客氣有禮的

第4章 日常溝通用語

第5章 措辭的禮節

第6章 遇到困擾時的應對

第7章 利用測驗提升語彙能力

ですが（但是） 與「だって」、「でも」相同，都是反駁對方用法。在對客戶說話時，就算語尾再有禮貌，也絕對不能將「ですが」放在句首。

ですが、そのご意見は納得できません。
私が思うに……。
（但是，我不能接受您的說法。我認為…）

○ おっしゃることはもっともです。
よろしければ、
私の考えも聞いていただけますか？
（您說得很對。如果您不介意的話，能否聽聽我的意見呢？）

44

～じゃないですかぁ（～，不是嗎） 本來想以較委婉的語氣表達，卻可能會演變成讓對方感到輕蔑的"反問"語氣。

この前も同じこと言ったじゃないですかぁ。
（同樣的話我不是之前才說過的嗎？）

○ 前回と内容に特に変更はないのですが……。
（這和先前所說的話並沒有什麼不同……）

45

半クエスチョン形（半疑問語氣） 幾乎每個字都提高語尾的發音，反覆向對方進行確認的說話方式。

御社の新製品？先月発売された？
当社も？魅力が？あります。
（貴公司的新產品？上個月開始銷售的？我們公司也？覺得有吸引力？）

○ 御社が先月発売された新製品に、
弊社も大変魅力を感じております。
（貴公司上個月開始銷售的新產品，敝公司也認為是相當有吸引力的產品。）

46

　若以半疑問語氣的方式說話，對方會搞不清楚你到底是不是在提問。想要詢問的事就明確地以疑問句的形式提問即可。

用，最後會演變成不管對任何人都以這種語氣說話，要格外小心。

學起來！ 以正確的措辭對輩份或地位較高的人說話

在與長輩或長官說話時，有時會因為一心想使用鄭重有禮的方式說話，結果在不需要加「お／ご」的地方加上美化語，或是使用了「雙重敬語」這類過度的表達。像是「社長、お座りになってください（社長，請您坐下）」、「奥様はお元気でおられますか（夫人最近好嗎？）」等等，都是在事後再回想，才驚覺自己用錯用法的「怪異敬語」。此外，「頑張る（加油）」、「励む（努力）」、「応援する（支持）」等詞，原本都是居上位者對居下位者所使用的詞，並不是尊敬語。還有，要格外注意別不小心使用像是「社長のお車がいらっしゃいました（社長的座車到了）」、「お励みなさってください（請您努力）」這種「沒必要的敬語」。

文京商事 音羽敬吾 ↔ 貓田社長　　**與自己公司的社長談話**

Case 1　**等待社長座車到達期間**

> × お車がいらっしゃるまで、
> お座りになってください。
> （在車子到達之前，請你坐下。）

叫我坐下？

雖然是對方的「所有物」，但主詞是「車」，不需要使用敬語。

若為社長自行開車時，就可以使用尊敬語「お車でいらっしゃる／お越しになる（開車來）」表示。另外，雖然「座る」以「お〜になる」表示的確為尊敬語的形態，但是在語感上「お座り（坐下）」這個詞會使對方感受不到敬意（帶有命令的語氣），最好換成「お掛けになる（請您坐下）」

> ○ まもなくお車が参りますので、
> おかけになってお待ちいただけますか？
> （車子很快就到了。能否請您坐著等待呢？）

(47)

> ありがとう。では、座らせてもらうよ。
> （謝謝。那我就坐著等吧。）

一句話小教室　若話題中的人物與談話對象為近親關係，提到該位人物的名字時就要加上「さん」，若話題是閱讀，

第1章 措辭的基礎知識

第2章 敬語的用法

第3章 客氣有禮的措辭

第4章 日常溝通用語

第5章 措辭的禮節

第6章 遇到困擾時的應對

第7章 利用測驗提升語彙能力

Case2 關於最近閱讀的書籍

読書が趣味と聞いていますが……。
（我聽說你的興趣是閱讀。）

✕ はい、最近は森鷗外さんの
小説を拝読しています。
（是的，最近正在拜讀森鷗外先生的小説。）

NO! 「拝読する」是要用眼前與你對談的人即是作者的情況

在談到與歷史人物或名人有關的話題時，不需要使用敬語。

○ 私は、最近、森鷗外の
小説を読んでおります。
（我最近正在閱讀森鷗外的小説。）

是喔

Case3 社長要求傳話給部長

～と山田部長に伝えてください。
（～這些話請你轉達山田部長。）

○ 承知いたしました。
そのように
部長にお伝えいたします。
（我了解了。我會將您的話如實轉達給部長。）

對於自己公司的社長要使用比對公司外部的人更親近的用法

「言う」的謙讓語＋「伝える」即為「申し伝えます（傳達）」，因為是較拘謹的說法，以這個情況來說，還是要使用對社長及部長雙方都能表示敬意的「お伝えいたします」較為恰當。

而閱讀的作品又是「對方的著作」，就要使用謙讓語「拝読した」。

若沒有尊敬語的用法，就以其他有禮貌的説法替換

讓某人做某事的時候，通常是用「～させる」、「～してもらう」的用法表達。「届ける（送到）」、「説明する（說明）」這類使役動詞，並沒有尊敬語的用法，所以若想以禮貌的說法表達時，通常會把「～してもらう」改為「していただく」。而「応援する（支持）」、「励む／励ます（努力）」則原本就不適合用於輩份及地位較高的人，所以沒有尊敬語。上述這些語意的動詞，如果要用來向輩份及地位較高的人表達禮貌與敬意，就必須要換成其他的用法，用其他相同語意的詞代替。

例 届けてもらう 改用語感較佳的「渡す（交付）」

× この書類をお届けしていただけますか？
（能否請您幫我交付這個文件呢？）

50

○ この書類をお渡しいただけますか？
（能否請您幫我交付這個文件呢？）

「書類を届ける（送文件）」是指自己做的動作。如果是對方拿給自己時，才會使用「届けてもらう（送過來）」的説法。

例 持っていてもらう 「ご持参」並非尊敬用法

× あちらには用意がないようなので
傘をご持参ください。
（因為那邊似乎沒有準備，所以請您帶傘去。）

51

○ あちらに用意がないようなので
傘をお持ちください。
（因為那邊似乎沒有準備，所以請您帶傘去。）

「持参」這個字就是表示「帶著去」的意思。如果是要表示「持っていってもらう（帶去）」，尊敬用法應該是「お持ちください（請帶去）」。

一句話小教室 添加型的尊敬語、謙讓語，若是將前面的「お／ご」拿掉，會影響句子的平衡；而像「読む→拝読

例 見てくれる　使用「くれる」的尊敬語「くださる」表示

✕ 企画書をご覧になったでしょうか？
（您看了企畫書嗎？）

○ 企画書をご覧くださいましたでしょうか？　52
（企畫書請您看過了嗎？）

「くれる」的尊敬語為「くださる」。雖然可以用「もらう」的謙讓語「いただく」表示，但「くださる」比較有對方「自發性地想看」的意思。

例 かまいません　不會用於表示「気にしない（別在意）」的意思

✕ 私はどちらでも構いませんので、社長にお任せします。
（我都可以，交給社長決定就好。）

○ 私は社長のご意向に従います。　53
（我遵從社長的決定。）

用於表示沒問題之意的「かまわない」，其丁寧語為「かまいません」。因為詁意含有自己主張的意思，所以談話對象若為輩份及地位較高的人，就要改以其他的詞表達。

例 どうかいたしましたか？　「いたす」是謙讓語

✕ 顔色が悪いようですが、どうかいたしましたか？
（你看起來臉色不太好，我做了什麼事嗎？）

○ 顔色が優れませんが、どうかなさいましたか？　54
（您的臉色不太好，發生什麼事了嗎？）

いたす是謙讓語

なさる是尊敬語

「いたす」為「する」的謙讓語，是用於表示自己「做」的事，所以用於詢問別人時應該要用「どうかなさいましたか（發生什麼事了嗎）」，或者是「どうかされましたか（您怎麼了嗎？）」。

する（讀）」這種替換型的動詞，若加上「お／ご」，則是多餘的用法。

第1章 措辭的基礎知識
第2章 敬語的用法
第3章 客氣有禮的措辭
第4章 日常溝通用語
第5章 措辭的禮節
第6章 遇到困擾時的應對
第7章 利用測驗提升語彙能力

「申し訳ございません（非常抱歉）」與
「とんでもございません（不敢當）」

這兩個其實都是遭到「誤用」後卻被廣為使用的詞。

「申し訳ございません」和「申し訳ありません」二者都是經常用於道歉的用語。之所以說「申し訳ございません」是誤用，是因為「申し訳ない」這個字已經有否定的語意，又在語尾加上「ございません」、「ありません」等否定語意的詞，其實是很奇怪的用法。如果要以有禮貌的方式表示，「申し訳ないことでございます」才是正確的用法，「とんでもございません」也是相同的問題，到「とんでもない」為止是一個詞，如果要以有禮貌的方式表示，則應該是「とんでもないことでございます」才對。

不過，「申し訳」為藉口、辯解之意。「申し訳がない」若改成有禮貌的說法，即成為「申し訳ございません」，那麼這個用法也不能算是錯誤的用法。

而另一方面，「とんでもない」則是由「途（と）でもない」變化而來的。「途」是由道路、路程等語意轉化為用於表示方法或事物的道理之意。與「申し訳」不同，「とんでもない」並不能切割成「とんでも」和「ない」。關於「とんでもございません」的用法，在《敬語指南》（第三章　敬語具體的使用方式）中，曾提到文部科學大臣在2007年2月日本文化廳文化審議會的答詢中所做的解釋，而解釋的部份內容如下：「此語是用於表示輕微地否認對方的讚揚及稱讚，目前看來，我們認為此語在這類情境下使用沒有問題。」

因為是在「不勝惶恐的、慚愧的」心情下使用，就表達上來說的確是沒問題。不過，誤用就是誤用，還有很多其他的說法可以用來表達上述的情緒，如

「お褒めいただいて光栄です（能夠得到您的稱讚是我的光榮）」、「私にはもったいないお言葉です（這樣的話我真是不敢當）」等。不管怎麼說，一個語句的形成，是代表日語的歷史，千萬別忘了，「とんでもないことでございます」以及「とんでもないことです」才是有禮貌且正確的說法。

第 4 章

日常溝通用語

人與人之間的心靈交流是從對話開始。
尤其對商務人士而言，對話又是重要的工作技能之一。
與其埋怨「沒人懂」，
不如學會「別人能懂」的表達方式。

學習可提升溝通能力的說話方式

人與人的交流從對話開始

　　素不相識的二人，因為一次的交談而成為一輩子好友的例子不在少數。讓人心情平靜的一句話，有時卻會因為說法上的些許差異，導致對方接收到完全不同的訊息。

　　我們有時會一不小心就多嘴說了不該說的話，有時又會嘴笨說錯話，而且就算是相同的一句話，聽在不同的人耳裡，可能會有完全不同的解讀，這些都是很常見的情況。而像這樣因言詞上的差錯而導致失和的人際關係，最終還是得透過「對話」才能解開心結。

　　言語的力量真的很不可思議，不過，一個人能言善道，不代表這人就會受到眾人的喜愛，也不代表這人所說的話具有任何的「說服力」。說話要有說服力，先決條件是人際關係必須建立在互信的基礎上，其次才是說話方式。而有說服力的說話方式，則必須要透過「訓練」，才能學會如何將自己想傳達的訊息，轉化為讓人接受的說法。

一句話小教室 「タカビー」是指一個人態度傲慢、頤指氣使。這個詞是來自於將棋步法的術語「高飛車（たかびしゃ）」。江戶時

利用「緩衝用語」緩和語氣

商務上的會面或是與初次見面的對象進行交談時，若是立刻開門見山地說明來意，很容易讓人留下公事公辦、冷淡的印象。因此在對話一開始，必須先以「恐れ入りますが（不好意思）」、「よろしければ（可以的話）」等緩和語氣的用語當作開場白。

像是讓客人等待時所用的「恐れ入りますが（不好意思）」，以及詢問對方姓名所用的「失礼ですが（恕我冒昧）」，都是為了讓開始交談時的語氣顯得較為婉轉所使用的語句，而像這樣的語句就稱為「クッション言葉（緩衝用語）」。在商務場合中，接待客人或是進行電話應對時，別忘了要在對話的一開始，先加上一句「緩衝用語」，這是身為成熟大人應有的禮儀。

例 **詢問來客的姓名**

以有禮貌的言詞表達

開場白＝緩衝用語

失礼ですが（恕我冒昧）／恐れ入りますが（不好意思）

＋

事由　お名前を伺ってもよろしいでしょうか？
（可以請問您的大名嗎？）

＝

01
○ 失礼ですが、
お名前を伺ってもよろしいでしょうか？
（恕我冒昧，可以請問您的大名嗎？）

正因為簡短，所以更該用心說

在使用「緩衝用語」時，也一樣必須展現出態度。若非真心這麼想，只是照本宣科地說出口，只會適得其反。

代末期開始用於表示「專橫的」之意。

第1章 措辭的基礎知識
第2章 敬語的用法
第3章 客氣有禮的措辭
第4章 日常溝通用語
第5章 措辭的禮節
第6章 遇到困擾時的應對
第7章 利用測驗提升語彙能力

「緩衝用語」須視實際情況當作開場白或摻雜在句子的前後

　　使說話語氣較為和緩的「緩衝用語」，最基本的用法是作為開場白使用。在道歉或提出建議時，也可以在句末再加上一句「緩衝用語」，以有禮貌的說法表示關心對方。

緩衝用語

拜託
詢問

拒絕
道歉

建議
提醒

緩衝用語的內涵是什麼？

真誠的關懷

在道歉或提出建議時，最後也要加上「緩衝用語」

緩衝用語

02

常用的「緩衝用語」	
拜託、詢問 <ruby>失礼<rt>しつれい</rt></ruby>ですが、（恕我冒昧） <ruby>恐<rt>おそ</rt></ruby>れ<ruby>入<rt>い</rt></ruby>れますが、（不好意思） <ruby>大変恐縮<rt>たいへんきょうしゅく</rt></ruby>でございますが、 （真不好意思） お<ruby>手数<rt>てすう</rt></ruby>ですが、（麻煩您） <ruby>差支<rt>さしつか</rt></ruby>えなければ、 （若不會造成您的困擾） <ruby>申<rt>もう</rt></ruby>し<ruby>訳<rt>わけ</rt></ruby>ございませんが、（萬分抱歉） よろしければ、（可以的話）	**拒絕、道歉** せっかくでございますが、 （承蒙您的好意） <ruby>大変残念<rt>たいへんざんねん</rt></ruby>でございますが、（非常遺憾） <ruby>失礼<rt>しつれい</rt></ruby>ですが、（對不起） <ruby>失礼<rt>しつれい</rt></ruby>とは<ruby>存<rt>ぞん</rt></ruby>じますが、 （我知道這樣很失禮） <ruby>身<rt>み</rt></ruby>に<ruby>余<rt>あま</rt></ruby>るお<ruby>言葉<rt>ことば</rt></ruby>ですが、 （您的讚美我擔當不起） <ruby>申<rt>もう</rt></ruby>し<ruby>訳<rt>わけ</rt></ruby>ございませんが（非常抱歉）
建議、提醒 <ruby>恐<rt>おそ</rt></ruby>れ<ruby>入<rt>い</rt></ruby>りますが、（不好意思） お<ruby>手数<rt>てすう</rt></ruby>ですが、（麻煩您） **置於句末的緩衝用語** <ruby>遠慮願<rt>えんりょねが</rt></ruby>えませんでしょうか。 （能否請您不要） ご<ruby>容赦<rt>ようしゃ</rt></ruby>ください。（請多多包涵）	**置於句末的緩衝用語** ～いたしかねます。（我難以勝任～） ～できかねます。（無法～） ご<ruby>容赦<rt>ようしゃ</rt></ruby>ください。（請多多包涵） お<ruby>役<rt>やく</rt></ruby>に<ruby>立<rt>た</rt></ruby>てなくて、<ruby>申<rt>もう</rt></ruby>し<ruby>訳<rt>わけ</rt></ruby>ございません。 （很抱歉沒幫上您的忙）

　　雖然沒有規定「緩衝用語」一定要使用上表中的說法，不過最好還是把一些常用的說法記起來。當你想要向對方表達否定性質的意見或是難以啟齒的事，但又不想失禮時，就可以派上用場。不管是拜託、拒絕或是表達反對意見，只要慎選合適的說法，就能向對方傳達自己的誠意，也會讓對方留下更好的印象。

　一句話小教室　以下何者為不適當的敬語用法？　A：お<ruby>伝<rt>つた</rt></ruby>えください。　B：お<ruby>申<rt>もう</rt></ruby>し<ruby>伝<rt>つた</rt></ruby>えください。

緩衝用語的用法<基礎篇>

以「使用」或「不使用」緩衝用語來進行比較

山田部長（やまだぶちょう）のご依頼（いらい）で
商品（しょうひん）のサンプルを送（おく）りたいのですが
（應山田部長的要求，我想送商品的樣品過去。）

對方

不使用

それでは山田（やまだ）あてにお送（おく）りください。
（那麼請您直接寄給山田）。

使用

○ お手数（てすう）をおかけしますが、
山田（やまだ）あてにお送（おく）りいただけますか？ 03
（能否麻煩您直接寄給山田呢？）

　　沒有使用緩衝用語的例句，雖然用詞相當客氣有禮，但還是會給人冷淡的印象。

　　即使只加上開頭的緩衝用語「お手数（てすう）をおかけしますが、（麻煩您）」，給對方的印象就會完全不同。而語尾加上表示交由對方決定的「いただけますか？（能否）」，也可清楚傳達顧慮對方狀況的心意。

「すみません（不好意思）」不會當作「緩衝用語」用

× すみませんが、山田（やまだ）あてに
お送（おく）りいただけますでしょうか？
（不好意思，能否請您直接寄給山田呢？）

不要使用容易招致誤解的詞語

「すみません」的用法很多，除了「抱歉、不好意思」外還有「お願（ねが）いします（拜託您）」的意思，也可以當作「ありがとう（謝謝）」使用。這種容易招致誤解的詞語，在商務場合中並不適合用來當作「緩衝用語」。

（答案詳見下一頁）

第1章 措辭的基礎知識
第2章 敬語的用法
第3章 客氣有禮的措辭
第4章 日常溝通用語
第5章 措辭的禮節
第6章 遇到困擾時的應對
第7章 利用測驗提升語彙能力

緩衝用語的用法<應用篇>

拜託 希望對方在交貨期限前送達

✕ サンプルを届けていただきたいのですが、
明日の昼頃に間に合いますか？
（我想請你們送樣品過來，明天中午左右來得及嗎？）

○ ご面倒をおかけしますが、明日の昼までに
お届け願いませんでしょうか？　**04**
（不好意思給您添麻煩了，能請您在明天中午之前送達嗎？）

拜託 請客戶送過來

○ お使い立てして申し訳ございませんが、
私どもにお越しの際に
営業部にお立ち寄りいただけますか？　**05**
（總是麻煩您實在抱歉，當您來訪本公司時，能否請您順道移駕至營業部呢？）

拜託別人時絕對不能只提自己的請求。若你的請求會給對方添麻煩，則務必要說一句「お使い立てして申し訳ございません（總是麻煩您實在抱歉）」。

詢問 對方未告知姓名就打算掛斷電話

○ お客様、差し支えなければ、
お名前を伺ってもよろしいでしょうか？　**06**
（客人，若不會造成您的困擾，方便請問您的大名嗎？）

負責人不在時，若有客訴的電話打來就得特別小心。若對方未告知姓名，就要在告知對方自己的姓名後，詢問對方的名字。

一句話小教室 ［解答］B：お申し伝えてください。（請您轉達）　「申す」是用於表示「自己告訴對方」。不會用

第1章 措辭的基礎知識

第2章 敬語的用法

第3章 客氣有禮的措辭

第4章 日常溝通用語

第5章 措辭的禮節

第6章 遇到困擾時的應對

第7章 利用測驗提升語彙能力

拒絕 交涉不成功

07
○ ご期待に沿えず大変残念でございますが、
今回のお話は条件が合わず、
お断りせざるを得ない状況です。

（很遺憾未能符合您的期望，此次在條件上未能達到共識，我不得不婉拒此次的合作。）

即使非己方的錯，首先仍要向對方傳達道歉的心意。不要直接以「お断りします（我拒絕）」、「できません（辦不到）」這類否定語氣的用法表達，藉由「緩衝用語」，可在對話中讓對方留下今後仍有機會和他們合作的印象。

提醒 客人在禁煙區吸煙

✕ こちらは禁煙エリアになっております。
おタバコは喫煙室でお願いできますか？

（這裡是禁煙區。可以請您到吸煙室去抽嗎？）

08
○ 恐れ入りますが、
おタバコはあちらの喫煙室にて
お願いできますでしょうか？

（不好意思，能否請您到那裡的吸煙室去抽呢？）

當對方離開時

09
○ ご理解いただきまして、
ありがとうございます。

（非常謝謝您的諒解。）

除了必須避免嚴厲的口吻或用詞，其他像是「ここは○○禁止です。（這裡禁止○○）」這類過於直接的說話方式，由於可能會觸怒對方，當然也要避免使用。當在提醒對方的時候，要選擇不會影響對方心情的語句，可在句子的前後加入「緩衝用語」，並在最後添加一句感謝對方的話。

於表示拜託對方轉達留言。

日常溝通用語

接待、拜訪、電話應對
讓人喜歡的説話方式及禮儀

有禮貌地送客可讓人留下好印象

　　按鈴後卻遲遲沒人應門，或是對方送你出門，結果你才剛踏出玄關，他就立刻把燈關了，要是遭遇到這種情況，你心裡做何感想？即使拜訪的對象是自己親近的友人，我想你的心裡應該還是很不是滋味。若對方是商務往來的對象，心裡就更會覺得不舒服，前一刻還笑瞇瞇地向你道別，下一刻就像什麼事都沒發生過一樣地回到工作中，看到這樣的景象，大概很難對對方有什麼好印象。

　　從迎接到客人離開為止，都要以有禮的態度用心對待，是接待客人時應有的禮貌。與迎接來訪的客人相比，送客應該要更為客氣有禮。客人到訪時，到距離最近的車站迎接，送客時送至玄關門口；又或者是在玄關門口迎接，但對方離開時不只是送到距離最近的車站，還目送對方上電車離開為止。這二者相比之下，訪客對於後者的印象不但較好，甚至還會遠遠地超過前者。

　　相同的情境若將場景換成商務場合，結果又會如何？與送到會客室門口相比，送到手扶梯大廳甚至是大門口，會給人更為客氣有禮的印象。

目送太遠了！

我會目送課長到家門口為止！

一句話小教室　「当社（本公司）」在語感上具有「賦予對等地位」的意義，常用於對客戶描述與競爭對手公司之間

實踐講座　接待、拜訪、電話應對

第1章 措辭的基礎知識

第2章 敬語的用法

第3章 客氣有禮的措辭

第4章 日常溝通用語

第5章 措辭的禮節

第6章 遇到困擾時的應對

第7章 利用測驗提升語彙能力

接待　迎接賓客時的基本禮儀

迎接賓客

いらっしゃいませ。 ⑩
（歡迎光臨）

鞠躬敬禮的方式致意

正在講電話也要以點頭致意

因為不是自己的客人就「假裝沒看見」是很沒禮貌的行為。即使正埋首於工作中也要起身站好，帶著笑臉說聲「いらっしゃいませ（歡迎光臨）」。

迎接客人　客人前來拜訪自己或上司

いらっしゃいませ。お待ちしておりました。 ⑪
（歡迎光臨。我已恭候多時。）

如果事先知道對方要來，要追加一句「お待ちしておりました（我已恭候多時）」。

迎接客人　負責人剛好不在位子上

**いらっしゃいませ。お待ちしておりました。
誠に申し訳ございませんが、
山田はまもなく戻りますので、
中でお掛けになってお待ちいただけますか？** ⑫
（歡迎光臨。我已恭候多時。實在非常抱歉，山田很快就回來，能否請您到裡面稍待片刻呢？）

　　如果是自己的客人，即便正在與上司或同事開會，也要先交待一下並盡快去接待客人。若是前一場會面時間拖太長，或是正在開會無法脫身而必須讓客人等待時，也應該要中途先離席，由本人親自去道歉，或是請人代你去傳達歉意。

的比較時。

接待 引導賓客時的基本禮儀

　　一開始必須先告知對方目的地是在會客室、會議室或是其他任何地方，而在引導的過程中，要走在客人斜前方約二、三步遠的位置。最重要的是要隨時注意對方的狀況，以手掌指引方向的方式引導客人，並配合客人步調讓自己保持在客人斜前方約二、三步遠的位置。

引導 引導客人前往目的地

> 13
> 3_{さんがい}階の応_{おうせつしつ}接室へご案_{あんない}内いたします。
> どうぞこちらへ。
> （我帶您到三樓的會客室去。這邊請。）

引導的過程中若遇到上級長官也不能讓路

如果遇到社長或是部長就讓路，走在你身後的客人也得跟著讓路，這樣是很失禮的行為。如果對方是自己的上司，或是與該名客人有關的人士，可視情況向客人介紹對方的身份。

引導 提醒對方小心、提供建議

> 14
> 段_{だんさ}差がありますので、
> お足_{あしもと}元にお気_きを付けてください。
> （這裡有高低差，請小心您的腳步。）

> 15
> よろしければ、
> コートをお預_{あず}かりいたしましょうか？
> （如果您不介意的話，可否讓我為您保管大衣？）

隨時觀察客人，適時提醒或建議對方！

106

一句話小教室　「自社_{じしゃ}（本公司）」、「わが社_{しゃ}（我們公司）」與「当社_{とうしゃ}」相同，都未含有自謙的意思。在公司內

第**1**章
措辭的
基礎知識

第**2**章
敬語的用法

第**3**章
客氣有禮的措辭

第**4**章
日常溝通用語

第**5**章
措辭的禮節

第**6**章
遇到困擾時的應對

第**7**章
利用測驗提升語彙能力

引導時的禮儀 搭乗電梯升降

搭乘 引導人員要先進入電梯並按住門，再請客人進入電梯

> お先に失礼いたします。[16]
> さき　しつれい
> （不好意思，我先進去）

若已經有人在電梯內，則按住電梯外的按鍵，請客人先進電梯，最後自己再進去。

電梯內的位置

上位 內側依照 1、2 的順序表示席次的高低，客人要盡量引導至上位的區域。

下位 離操作面板較近的區域。負責導引的人要站在下位4的位置。

離開電梯 按住門請客人先出電梯

> どうぞ。応接室は左側でございます。[17]
> おうせつしつ　ひだりがわ
> （到了，您先請。會客室在左側。）

到達目的樓層要出電梯時，則是客人先出電梯。對客人說句「どうぞ（到了，您先請）」，並告知行進方向以免客人不知道該往哪邊走。

當輩份或地位較高的人站在電梯內下位的位置

> 代わっていただいてもよろしいですか？[18]
> か
> （換我來操作電梯，您意下如何？）

無論有無訪客在場，搭乘電梯時若遇到上司或其他輩份或地位較高的人站在下位的位置，都可以出聲請求對方讓自己站在下位的位置，引導他們換至正確的位置，是比較聰明的作法。

部則大多使用「わが社」。

引導時的禮儀 上下樓梯時

謝謝你
這麼體貼

基本上是上樓時讓客人走在前面，下樓時自己走在前面。

> この階段を上りきったところでございます。 [19]
> （目的地就在這個樓梯的最高處。）

引導人員所在的位置不能比客人高，所以上樓時要走在和客人同一階或低一階的位置，下樓時則由引導人員先走，一邊走若能一邊指引方向會顯得更為親切。和客人並行時，要讓客人站在有扶手的那一側。

引導 進入會客室

一定要仔細地
留意對方的需求

開門之前一定要先敲門確認

敲門
> 失礼いたします。 [20]
> （不好意思。）

請客人
進去
> どうぞお入りください。 [21]
> （請進。）

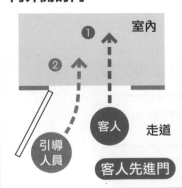

向外開的門

❶ 室內
❷
引導人員 ❷
客人 走道
客人先進門

把門往自己身體的方向拉開後，讓客人先進門。

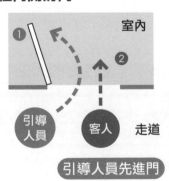

往內開的門

❶ 室內
引導人員 客人 ❷ 走道
引導人員先進門

引導人員進門後再轉身讓客人進入會客室。

一句話小教室 「自社（本公司）」主要用於書面。在公司的內部資料中，當在與其他的公司比較時，就會以「自

引導　請客人入座

引導客人至上位入座

座位順序非常重要

> こちらにお掛けください。 [22]
> （請坐。）

會客室的座位分配　基本範例　上位＝客人方　下位＝自己公司方

```
1
3
2
　　4
　　5
　　6
出入口
```

- 距離出入口最遠最安靜的位置為「上位」。
- 「下位」當中，距離出入口最近的位置為「末席」。
- 三人座的沙發，原則上正中央的位置為「下位」。依據不同情況，客人座位區入口附近的位置，也有可能是「下位」。

為客人著想

引導　離開會客室

要一直面帶笑容

> 失礼いたします。 [23]
> （我先告辭了。）

若客人正在與負責人談話，請安靜地先行個禮再退出會客室。若負責人尚未到達，則要說一句「○○はまもなく参りますので、少しお待ちくださいませ（○○（負責人）立刻就到，請您稍候）」。

引導　客人詢問洗手間的位置

> お手洗いは通路の突き当たりにございます。 [24]
> 応接室をお出になって
> 右手にお進みください。
> （洗手間位於走道的盡頭。出了會客室後，請往右手邊走。）

第1章 措辭的基礎知識
第2章 敬語的用法
第3章 客氣有禮的措辭
第4章 日常溝通用語
第5章 措辭的禮節
第6章 遇到困擾時的應對
第7章 利用測驗提升語彙能力

接待 送客時的基本禮儀

在與訪客應對的過程中，送客是最後收尾的工作，為了日後雙方關係能有良好的發展，無論當日客人來訪的結果如何，送客時都要盡量把禮數做足，以鄭重有禮的態度送別客人。

送客 離開會客室

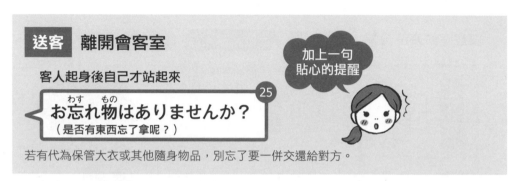

加上一句
貼心的提醒

客人起身後自己才站起來

お忘れ物はありませんか？ 25
（是否有東西忘了拿呢？）

若有代為保管大衣或其他隨身物品，別忘了要一併交還給對方。

離開會客室的禮儀 要讓客人先離開

○○（見送りの場所）まで私も参ります。 26
（我陪同您到○○（送客地點）。）

當客人表示「ここで結構です。（到這裡就好。）」

こちらで失礼いたします。 27
（那麼我就在此告辭。）

送到這裡
就好

把門打開並按住門直到來賓走出會客室。引導來賓到電梯大廳或大門等送別客人的位置。

「坐下」和「起身」都以客人優先

拜訪行程結束的時間應由「客人」決定。自己先行起身會給客人一種好像在催促他們離開的感覺，要特別小心別做出此類動作，當客人決定離開並起身時，自己才能跟著站起來是一種禮貌。

一句話小教室 可用於表示本公司的還有「弊社（敝公司）」及「小社（敝公司）」，兩者皆為謙讓語。「当社

第**1**章 措辭的 基礎知識

第**2**章 敬語的用法

第**3**章 客氣有禮的 措辭

第**4**章 日常溝通用語

第**5**章 措辭的禮節

第**6**章 遇到困擾時的 應對

第**7**章 利用測驗 提升語彙能力

送客 送別自己的訪客

ほんじつ
本日はありがとうございました。 28
こんご　　　　　　　　　　ねが
今後ともよろしくお願いいたします。

（今天非常謝謝您。今後也請多多指教。）

互相道別後，要保持鞠躬直到看不見客人為止，如果是送到電梯前，則到電梯門完全關上為止。

如果已經談定下次來訪的時間，可以再追加一句「○日にいらっしゃるのをお待ちしております
にち　　　　　　　　　　　　　　　　　　　　　　　ま
す。（○日恭候您的大駕光臨）」，藉此向對方確認目前所知的預定拜訪日期是否正確。

自己部門的訪客要離開

停下手邊的工作，若情況允許，最好可以起立

不好意思，
打擾了

ありがとうございました。 29

（非常謝謝您。）

若在來賓拜訪的這段期間中天空下起雨

あめ　　ふ　　　　まい
雨が降って参りましたが、 30
かさ　　　も
傘はお持ちでいらっしゃいますか？

（外面正在下雨，請問您是否有攜帶雨具呢？）

即使對方並非自己的訪客，也一定要好好地送客。

若所屬部門的訪客在離去時恰巧經過自己的身邊，這時就要先停下手邊的工作，若情況
允許，最好起身向對方打聲招呼並行個禮。只要見到訪客，無論對方正在講電話，或是
和自己的所在位置有些距離，最起碼都要點頭打個招呼，即使對方沒察覺也一樣，必須
要主動打招呼！

（本公司）」雖然可以用於對外，但並非謙讓語。另外還有歸屬於丁寧語的「私ども（我們）」。
わたくし

拜訪 拜訪其他公司時的基本禮儀

假設你與客戶約在上午十點見面，這是指開會或討論在「十點開始」，而不是指十點到達對方的公司。一般到達目的地後，通常必須透過櫃台轉達，有時為了取得臨時通行證，還得額外花時間辦手續，為了能在約定時間的前五分鐘抵達會面地點，並做好事前準備，一定要預留充裕的時間。

拜訪的禮儀 到達櫃台前的應確認事項

☐脫下大衣並將外套向背面對折（內裡朝外）後，
　再平放在其中一隻手的手臂上。

☐手套及帽子脫下後收入包包內。

☐檢查自己的儀容是否整齊（如領帶是否歪掉）。

☐確認名片及資料等必要的物品是否準備齊全。

拜訪 在櫃台的打招呼

打招呼
> 失礼いたします／
> お忙しいところをお邪魔いたします。　③
> （不好意思／在您百忙之中打擾了。）

報上姓名
> ○○（自社名）の△△と申します。　㉜
> （我是○○（公司名稱）的△△。）

一到櫃台就直接指名拜訪的對象絕對NG！

一到櫃台就直接問對方「○○先生在嗎」是很失禮的行為。無論是當面或是透過電話傳達，都應該要先說一句「失礼いたします（不好意思）」，再報上自己的公司名稱以及姓名。

一句話小教室 以下哪一種用法較不恰當？　A：お名前をお申しでください。　B：お名前をおっしゃってくだ

第1章 措辭的基礎知識

第2章 敬語的用法

第3章 客氣有禮的措辭

第4章 日常溝通用語

第5章 措辭的禮節

第6章 遇到困擾時的應對

第7章 利用測驗提升語彙能力

拜訪 **請對方轉達**

態度這麼有禮貌感覺真好！

有事先預約的情況

> 33
> 10時のお約束で伺いました。
> 営業部の□□様に
> お取次ぎをお願いいたします。
> （我十點與營業部的□□先生有約，麻煩請您轉達一下。）

未事先預約的情況

> 34
> お約束はいただいていないのですが、
> 営業部の○○様にお取り次ぎ願えますか？
> 転任のご挨拶に伺ったとお伝えください。
> （雖然沒有事先預約，能否麻煩您轉達營業部的○○先生呢？
> 因為即將調職，所以來打聲招呼。）

原則上不能在沒有事先預約的情況下，直接去拜訪沒見過面的人。即使是認識的人，若無事先預約，也要先簡短地敍述自己來訪的目的，再請人幫忙轉達。即使遭到拒絕，也不要責怪負責接待的人，或是執意要求見面，應向對方道謝後再離開。

拜訪 **向櫃台或引導人員道謝**

好感度UP！

離開櫃台前

向接待人員
> 35
> お手数をおかけいたしました。
> ありがとうございます。
> （麻煩您了，非常謝謝您。）

引導至會面場所之後

向引導人員
> 36
> ありがとうございます。
> よろしくお願いいたします。
> （非常謝謝您，請多多指教。）

さい。（答案詳見下一頁）

拜訪 與拜訪對象打招呼　　　　　　　初次拜訪

由拜訪的一方主動　原則上要由拜訪的這一方先打招呼

打招呼的語句 → 行禮 → 交換名片
　　　　↑
被動方　但若你是受邀而來，則由對方先打招呼

完全是初次見面

> 初めてお目にかかります。
> ○○社の△△と申します。
> （初次和您見面，我是○○公司的△△。）

看著對方的眼睛

笑容滿面

37

見面前已有電話或電子郵件往來

> ○○社の△△でございます。
> 電話（メール）では
> 何度かお世話になっておりますが、
> 本日はお目にかかる機会をいただき、
> ありがとうございます。
> （我是○○公司的△△。電話（郵件）中多次承蒙您的關照，今天有機會和您見面，真是非常感謝您。）

38

由別人介紹

> ○○社の△△と申します。
> 御社の□□（紹介者の名前）様には
> 大変お世話になっております。
> 本日はお時間いただき、
> ありがとうございます。
> （我是○○公司的△△。非常謝謝貴公司□□（介紹人的名字）的關照。今日謝謝您撥空與我見面。）

39

※關於交換名片以及介紹多人時該注意的禮儀，請詳閱「第5章　措辭的禮節／措辭注意事項之禮儀講座（商務篇）（P147～152）」。

一句話小教室 [解答]A：お名前を申し出てください。（請告訴我您的名字）。請對方「申し出る＝言ってもらう

拜訪 與拜訪對象打招呼　　已有往來

> いつもお世話になっております。
> 本日はお時間を頂戴いたしまして
> ありがとうございます。 〔40〕
> （一直承蒙您的關照，今日非常謝謝您撥空與我見面。）

追加一句
問候會更好

距離前一次見面已有一段時間

+ 追加一句

> ご無沙汰しております。 〔41〕
> （好久不見。）

拜訪 結束此次拜訪即將離去

結束談話（會面結束）

這也是拜訪
的禮貌

> そろそろ、失礼いたします。 〔42〕
> （我該告辭了。）

原則上結束會面由拜訪的一方提出是基本的禮貌。如果想繼續談，
一定要向對方確認。

一出會面場所

成熟大人
的體貼

> 〔43〕
> こちらで失礼いたします。
> 本日はありがとうございました。
> （那麼，我就此告辭。今天非常謝謝您。）

初次拜訪

一定要
記得道謝

> 〔44〕
> 本日はありがとうございました。
> 今後とも、お付き合いのほど
> よろしくお願いします。
> （今天真的非常謝謝您。今後也請您多多指教。）

第1章 措辭的基礎知識

第2章 敬語的用法

第3章 客氣有禮的措辭

第4章 日常溝通用語

第5章 措辭的禮節

第6章 遇到困擾時的應對

第7章 利用測驗提升語彙能力

（告訴自己）」時，應使用「言う」的尊敬語「おっしゃる」。

電話應對 撥打／接聽電話時的基本禮儀

接聽電話 接聽電話的基本禮儀

- 準備筆記本，寫下對方的名字或留言等資訊。
- 電話響三聲以內要接起來。
- 若過了三聲才接起來，要先說一句「お待たせいたしました。（讓您久等了）」。
- 報上自己公司名稱時，聲音要開朗清楚，應對時臉上要帶著笑容且姿勢要端正。
- 若有訂購或留言的要求，務必向對方複誦一次，並告知對方自己的名字。
- 確定與對方的通話結束後，再慢慢地放下話筒。

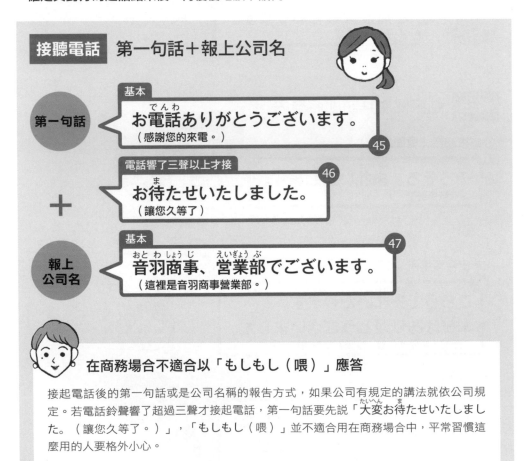

接聽電話 第一句話＋報上公司名

第一句話

基本
お電話ありがとうございます。
（感謝您的來電。）
45

＋

電話響了三聲以上才接
46
お待たせいたしました。
（讓您久等了）

報上公司名

基本
47
音羽商事、営業部でございます。
（這裡是音羽商事營業部。）

在商務場合不適合以「もしもし（喂）」應答

接起電話後的第一句話或是公司名稱的報告方式，如果公司有規定的講法就依公司規定。若電話鈴聲響了超過三聲才接起電話，第一句話要先說「大変お待たせいたしました。（讓您久等了。）」，「もしもし（喂）」並不適合用在商務場合中，平常習慣這麼用的人要格外小心。

116　一句話小教室　以下何者為不適當的敬語用法？　Ａ：おわかりになりにくいと存じます。　Ｂ：おわかりにくい

第1章 措辞的基礎知識

第2章 敬語的用法

第3章 客氣有禮的措辭

第4章 日常溝通用語

第5章 措辭的禮節

第6章 遇到困擾時的應對

第7章 利用測驗提升語彙能力

接聽電話 複誦對方的名字／轉接

48
講談物産（こうだんぶっさん）の江戸川様（えどがわさま）でいらっしゃいますね。
いつもお世話（せわ）になっております。
（講談物産的江戸川先生對吧。一直以來承蒙您的關照。）

山田部長（やまだぶちょう）はいらっしゃいますか？
（山田部長在嗎？）

對方

49
はい、山田（やまだ）でございますね。
少々（しょうしょう）お待（ま）ちくださいませ。
（是的，山田對吧。麻煩請您稍候。）

對方未自報姓名而指名找人時

50
恐（おそ）れ入（い）ります。
お名前（なまえ）をお教（おし）え願（ねが）えませんでしょうか？
（不好意思。能否請教您貴姓大名？）

接聽電話 當事人不在

51
あいにく山田（やまだ）は外出（がいしゅつ）しております。
よろしければ、山田（やまだ）から折（お）り返（かえ）し
お電話（でんわ）を差（さ）し上（あ）げるようにいたしますが、
いかがでしょうか？
（真是不巧，山田目前外出中。可以的話，請他馬上回您電話，您意下如何？）

當事人已經下班

52
大変（たいへん）申（もう）し訳（わけ）ございません。
山田（やまだ）は、本日（ほんじつ）は失礼（しつれい）させていただきました。
（真是非常抱歉。山田今天已經下班了。）

と存（ぞん）じます。（答案詳見下一頁）

接聽電話 接到轉接給自己的電話

お電話代わりました。○○でございます。 53
いつもお世話になっております。
（您好，電話已換人接聽，我是○○。一直以來承蒙您的關照。）

接聽電話 代為轉達留言

みょうごにちの会議につきまして、 54
山田より、江戸川様への伝言を預かっております。
（關於後天的會議，山田有留言要告知江戶川先生。）

撥打電話 撥打電話的基本禮儀

• 事先將欲傳達的重點或是時間日期等資訊整理成筆記。
• 加入「お世話になっております（承蒙您的關照）」這類問候的話語。
• 先報上自己的公司名稱及姓名後，再指名要找的對象。
• 要由撥打電話的這一方先掛斷，掛斷時話筒請輕放。

撥打電話 自報姓名＋道謝＋指名

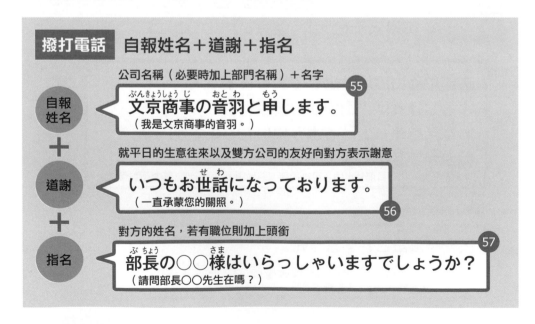

公司名稱（必要時加上部門名稱）＋名字
自報姓名
文京商事の音羽と申します。 55
（我是文京商事的音羽。）

＋

就平日的生意往來以及雙方公司的友好向對方表示謝意
道謝
いつもお世話になっております。
（一直承蒙您的關照。） 56

＋

對方的姓名，若有職位則加上頭銜
指名
部長の○○様はいらっしゃいますでしょうか？ 57
（請問部長○○先生在嗎？）

一句話小教室 ［解答］B：おわかりにくいと存じます。（我知道這很難理解。）動詞＋「やすい」、「にくい」

第1章 基礎知識 措辭的

第2章 敬語的用法

第3章 客氣有禮的措辭

第4章 日常溝通用語

第5章 措辭的禮節

第6章 遇到困擾時的應對

第7章 利用測驗提升語彙能力

撥打／接聽電話　負責人正在電話中

接聽方
あいにく山田はほかの電話に出ております。
少し長くなりそうですので、こちらからご連絡を
差し上げるようにいたしましょうか？　58
（很不巧，山田現在正好在電話中。短時間內無法接聽您的電話，
我請他再和您連絡好嗎？）

59　それではお願いいたします。
（那麼就麻煩您了。）　**撥打方**

接聽方
念のためお電話番号をお願いします。　60
（為求慎重起見，麻煩請留下您的電話號碼。）

61
１３時までは社内におります。
それ以降は、携帯電話にお願いします。
番号は、090の××××、××××、です。
（下午一點之前我都在公司。在那之後，麻煩請撥打手機，
電話號碼是：090-××××-××××。）　**撥打方**

接聽方　重複一次　→　**撥打方　進行確認**

接聽方
私、花木が承りました。山田に申し伝えます。　62
（敝姓花木，由我接聽您的電話。我會轉告山田。）

63
お手数ですが、よろしくお願いいたします。
失礼いたします。
（不好意思，那麼就麻煩您了，再見。）　**撥打方**

接聽方
こちらこそすぐにご対応できず申し訳
ございませんでした。では、失礼いたします。　64
（我才是，沒能及時回應您的要求，真的非常抱歉。那麼，再見。）

撥打方　掛斷電話　→　**接聽方　掛斷電話**

的形態若改成尊敬語時，動詞的部份要加上「〜になる」。

難以啟齒的話也能順利表達的「職場用語」

使用能展現誠意與表達感謝之情的語句

　　人與人之間的交際應對，最困難的要屬拒絕了。即使明白對方的提議是出於好意，還是有許多不得不拒絕的情況，這種時候，要是當下就直接以冷淡的語氣表示「結構<small>けっこう</small>です（不必了）」、「おかまいなく（不勞您費心）」，對方當然不可能高高興興地接受。

　　在商務場合也是一樣，並不會以過於直接的說話方式拒絕客戶。無論是公司間的往來或是平時工作上，常常都會遇到必須「拒絕」、「拜託」、「道歉」等情況，在處理這樣的情形時，必須要時時刻刻清楚意識到自己所說的一字一句都是代表公司，即使最後做決定的是上司，還是必須先好好地聆聽對方的提議，而當碰到必須拒絕對方的情況，就要以「私どもの力不足<small>かしちからぶそく</small>で（都是我們能力不足）」這類語感中傳達出責任不在對方的話來回應對方，或是以「今回<small>こんかい</small>は残念<small>ざんねん</small>な結果<small>けっか</small>になりましたが（這次實在很遺憾）」這類，對於維繫日後雙方關係有幫助的話做回應。就算錯不在己方，也一樣要向對方低頭道歉，並試著以「ご期待<small>きたい</small>に添<small>そ</small>えなくて申<small>もう</small>し訳<small>わけ</small>ございません（無法滿足您的期望，實在是相當抱歉）」之類的句子，向對方表達衷心的感謝。

一句話小教室 以下何者為正確的敬語用法？　A：ご紹介<small>しょうかい</small>いただく。　B：ご紹介<small>しょうかい</small>していただく。

社會人士的「拒絕、拜託、道歉」用語

（ 拒絕、拜託、道歉 ）措辭上的共通原則

- 開頭要先表示感謝之意，避免使用否定形。

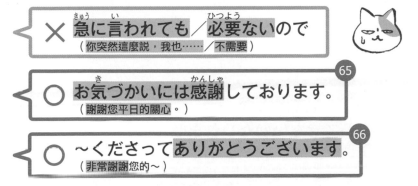

✕ 急に言われても／必要ないので
（你突然這麼說，我也……／不需要）

○ お気づかいには感謝しております。 ⑥⑤
（謝謝您平日的關心。）

○ ～くださってありがとうございます。 ⑥⑥
（非常謝謝您的～）

- 不要使用冷淡無情又直接的字眼。

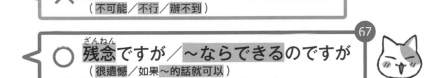

✕ 無理です／ダメです／できません
（不可能／不行／辦不到）

○ 残念ですが／～ならできるのですが ⑥⑦
（很遺憾／如果～的話就可以）

- 表達方式要婉轉但不能使用「模糊」的說法

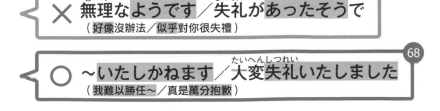

✕ 無理なようです／失礼があったそうで
（好像沒辦法／似乎對你很失禮）

○ ～いたしかねます／大変失礼いたしました ⑥⑧
（我難以勝任～／真是萬分抱歉）

不會讓對方感到不愉快 拒絕時的關鍵字

- 對於平日的往來表達感謝之意的言詞
- 無法答應對方要求的理由
- 道歉＋表達NO的意思
- 提供替代方案

拒絕的○與× 不清楚表明YES・NO

例 前輩要求加班幫忙工作

× 残業（ざんぎょう）してもかまいませんが、
もしかしたらできないかもしれません。
（要我加班我是無所謂啦，但可能沒辦法喔。）

○ できることならお手伝（てつだ）いしたいのですが、
今日（きょう）だけは申（もう）し訳（わけ）ないのですが、
ご勘弁（かんべん）ください。
（如果可以的話我很想幫忙，但今天真的沒辦法。請您諒解。）

69

拒絕的○與× 拒絕的理由不明確

例 客戶要求提前交貨

× 検討（けんとう）してみますが、たぶん無理（むり）です。
（我們做過內部討論，大概不太可能。）

○ 当社（とうしゃ）もギリギリのところでやっておりまして…。
ご理解（りかい）いただけると助（たす）かります。
（本公司目前已處於加緊趕工的狀態，您若能理解就太好了。）

70

一句話小教室 [解答]A：ご紹介いただく。（請您介紹）。這是將「紹介（しょうかい）」、「説明（せつめい）」等對方

第1章 措辭的基礎知識

第2章 敬語的用法

第3章 客氣有禮的措辭

第4章 日常溝通用語

第5章 措辭的禮節

第6章 遇到困擾時的應對

第7章 利用測驗提升語彙能力

拒絕的○與✕ 將責任歸咎於對方

例 向客戶告知要取消追加的訂單

✕ あの商品は品薄で納入が
間に合わないかもしれないと
おっしゃっていましたよね。
だから、追加はキャンセル
することになりました。

（您先前説過那件商品缺貨，所以可能會無法及時交貨對吧。
所以我們決定取消追加的那份訂單。）

是我的錯囉？

71

○ 大変申し訳ございません。
こちらから無理をお願いしておきながら
心苦しいのですが、今から追加注文の
取り消しはできますでしょうか？

（真是非常抱歉。對於我們提出的無理要求，雖然感到相當的過意不去，
能否取消追加的那份訂單呢？）

拒絕的○與✕ 未試著提出替代方案

例 客戶有事要商量

✕ お話聞くまでもなく、
私ではお力になれそうにありません。

（沒必要聽你説，我又幫不上忙。）

72

○ 本日のところはひとまず
お話を伺うだけでもかまいませんか？
私でお力になれるかどうかわかりませんが、
上司にも相談してみます。

（今天我只能先聽您説，不知您是否介意？還不知道我能不能幫上您的忙，
但我會試著和上司商量。）

的動作當作一件「物品」，以「もらう→いただく」的用法表示敬意的説法。

拝託 ○✕比一比「用於拜託的言詞」

讓對方欣然接受 拜託時的關鍵字

- 提出要求時務必加上「緩衝用語」
- 拜託的內容不能只以電子郵件或電話傳達
- 以對方情況為優先
- 態度要謙虛

拜託的○與✕ 省略對方的姓名

例 請人為客人上茶

✕ ちょっと、きみ、悪いけど
応接室にお茶を出してもらえるかな。
（喂！你，幫我送茶到會客室好嗎？）

○ △△さん、申し訳ないけれど
応接室にお茶をお願いできますか？
（△△先生，不好意思，能否請你送茶到會客室去呢？）

拜託的○與✕ 以自己方便為優先

例 向客戶提出更改開會的日程

✕ 急な出張が入ってしまったので、
来週火曜日に変更していただけますか？
（因為我突然要出差，能否改為下週二開會呢？）

○ 申し訳ありません。
急な出張が入ったもので、
来週のご都合がよい日に
変更していただけると助かります。
（非常抱歉。因為突然要出差，若能改為下週您方便的時間，那真是幫了大忙。）

一句話小教室 若要對輩份或地位較高的人表示「一起去」時，以下何者為適當的說法？ A：お供させていただ

第1章 措辭的基礎知識

第2章 敬語的用法

第3章 客氣有禮的措辭

第4章 日常溝通用語

第5章 措辭的禮節

第6章 遇到困擾時的應對

第7章 利用測驗提升語彙能力

拜託的○與✕ 未展現出有求於人的態度

例 催促對方回覆電子郵件上的拜託事項

> ✕ 先日メールでお願いした件ですが、
> 本日はいいお返事をいただけると
> 期待して伺いました。
>
> （先前在電子郵件拜託您的事，我期待今天能夠收到好消息。）

> ○ 先日はメールでお願い事をして失礼いたしました。
> 本日は、改めてお願いに参りました。
> お返事は急ぎませんので、話だけでも
> 聞いていただけませんでしょうか？
>
> （前幾天以電子郵件向您提出請求，真是不好意思。今天再次拜託您。沒辦法立刻答覆我也沒關係，能否請您先聽聽就好？）

75

拜託的○與✕ 帶有強迫口吻的拜託方式

例 拜託同事協助工作

> ✕ 前に倉庫整理を手伝ってあげましたよね。
> そのお返しといってはなんだけど、
> 資料作り、一緒にやってもらえません？
>
> （之前我有幫你整理倉庫對吧。雖然不能說是回報，但你可以和我一起準備資料嗎？）

> ○ 明日の会議用の資料作りが
> 間に合いそうになくて……。
> 手が空いてる時でかまいませんので、
> コピーとりだけでも手を貸していただけませんか？
>
> （明天開會要用的資料快來不及了……等你有空的時候也沒關係，就算只是幫我拿複印也好能幫我嗎？）

76

きます。　Ｂ：ご一緒いたします。（答案詳見下一頁）

道歉 ○×比一比「用於道歉的言詞」

取得對方諒解 道歉時的關鍵字

- 清楚明瞭地表達歉意
- 無論對方多生氣都要忍受
- 別一開口就找藉口
- 提出解決方案

道歉的○與× 只在形式上賠罪，自己一點錯都沒有

例 給客戶的商品有誤

× 申（もう）し訳（わけ）ございません。
きっと配送業者（はいそうぎょうしゃ）の誤送（ごそう）ですね。
（真的非常抱歉。一定是貨運公司送錯了。）

○ ご迷惑（めいわく）をおかけして、
大変申（たいへんもう）し訳（わけ）ございません。
本日着（ほんじつちゃく）で再配送（さいはいそう）の手配（てはい）をいたしました。
（給您添麻煩了，真是非常抱歉。我安排了再次配送，預計今日送達。） 77

道歉的○與× 只是希望對方原諒，毫無反省之意

例 上司指出文件上的錯誤

× ごめんなさい。部長（ぶちょう）に頼（たの）まれた仕事（しごと）だけに、
少（すこ）しでも早（はや）く終（お）わらせたいと思（おも）いまして。
（對不起。因為這是部長交辦的工作，所以我想盡早完成。）

○ 確認不足（かくにんぶそく）で申（もう）し訳（わけ）ございません。
以後気（いごき）をつけます。
ご指摘（してき）ありがとうございました。
（沒有好好確認，非常抱歉。日後我會小心。謝謝您的指教。） 78

一句話小教室 [解答]A：お供（とも）させていただきます。（請讓我與您同行。） B只是「一緒（いっしょ）に行（い）く」較有禮貌的

第1章 措辭的基礎知識

第2章 敬語的用法

第3章 客氣有禮的措辭

第4章 日常溝通用語

第5章 措辭的禮節

第6章 遇到困擾時的應對

第7章 利用測驗提升語彙能力

道歉的○與✕ 滿嘴藉口不能算是道歉

例 與客戶約好卻遲到了

> ✕ 道が混んでいてタクシーの中でハラハラ
> し通しでした。お待たせしましたが、
> さっそく打ち合わせを始めましょうか。
>
> （路上塞車，我在計程車上一直提心吊膽的。讓您久等了，我們立刻開始開會吧。）

> ○ 大変お待たせして申し訳ございません。
> 先ほどご連絡した予定より20分も
> 遅れてしまいました。
> この後に何かご予定があるようでしたら、
> また日を改めてお伺いいたしますが……。
>
> （讓您久等了真是萬分抱歉。我比先前連絡時所約定的時間晚到了20分鐘。若您之後還有其他的計畫，那我可以擇日再來拜訪……。）

79

道歉的○與✕ 根本沒搞清楚對方生氣的理由

例 由於自己在連絡上的失誤，導致上司在與客戶開會時遲到

> ✕ いつも早めに到着されているので間に合うかなと。
> でも、5分遅刻ですむなんてさすがは部長ですね。
>
> （因為平時都會提前到，我還想說應該來得及。不過，只遲到了五分鐘而已，真不愧是部長。）

> ○ 大変申し訳ございません。
> 念のため朝にも確認の電話を入れるべきでした。
> 今後は、このようなことはいたしませんので、
> どうかお許しください。
>
> （真是非常抱歉。以防萬一早上我應該再次打電話確認才是。今後我不會再犯這種錯。請您原諒我。）

80

說法，並非尊敬用法。

緩衝用語　拒絕、拜託、道歉　基本用法例句集

拒＝拒絕　託＝拜託／詢問　歉＝道歉

81

緩衝用語		搭配例句
あいにくですが（真是不巧，）	拒	明日は先約が入っております。（我明天已經有約了。）
	歉	席を外しております。（他現在不在位子上。）
ありがたいお話ではございますが（您提出的條件很令人感謝，）	拒	ご辞退させていただきます。（但請恕我拒絕。）
お忙しいこととは存じますが（百忙之中打擾，）	託	よろしくお願いいたします。（請您多多指教。）
恐れ入りますが（不好意思，）	託	お名前を伺ってもよろしいでしょうか？（方便請問您的大名嗎？）
	歉	少々お待ちくださいませ。（請您稍候。）
お使い立てして申し訳ございませんが（總是麻煩您真是非常抱歉，）	託	～していただけますか？（可以請您～？）
お手数ですが（麻煩您，）	託	ご記入をお願いいたします。（請您填寫一下。）
お役に立てず大変恐縮でございますが（沒能幫上您的忙，實在十分抱歉。）	拒	ご了承ください。（請您諒解。）
	歉	ご容赦ください。（請您多多包涵。）
勝手申し上げますが（提出這樣的要求有些任性，但）	託	本日はご都合よろしいでしょうか？（不知您今天是否方便？）
	歉	ご理解ください。（請您理解。）
ご期待に添えず大変申し訳ございませんが（無法回應您的期待，我感到萬分抱歉，）	拒	今回は見送らせていただけますか？（這次能否讓我暫緩考慮呢？）
	歉	なにとぞご容赦ください。（請您多多包涵。）
ご足労をおかけいたしますが（要勞煩您過來不好意思，）	託	お越しいただけますか？（但可以請您過來一趟嗎？）
ご面倒をおかけいたしますが（不好意思給您添麻煩了，）	歉	よろしくお願いいたします。（請多多指教。）
差し支えなければ（若不會造成您的困擾，）	託	ご連絡先を伺えますでしょうか？（可以請教您的聯絡方式嗎？）
残念ながら（雖然很遺憾，）	拒	今回は見送らせていただきます。（但這次請恕我暫緩考慮）
失礼ですが／失礼とは存じますが（不好意思／我知道這樣很失禮，但）	拒	欠席させていただきます。（請恕我缺席。）
	託	○○様でいらっしゃいますか？（○○（先生／小姐）在嗎？）
せっかくですが（雖然機會難得，）	拒	今回はお受けいたしかねます。（但此次恕我無法接受。）
大変恐縮ですが（不好意思，）	託	もう一度ご確認いただけますか？（可以讓我再確認一次嗎？）
大変心苦しいのですが（雖然這麼做過意不去，）	拒	お断りさせていただきます。（但請容我拒絕您的提議。）
大変残念ですが（很遺憾地，）	拒	ご期待には添いかねます。（我無法回應您的期待。）
大変申し訳ございませんが／申し訳ございませんが（我感到萬分抱歉／非常抱歉，）	拒	わかりかねます／いたしかねます。（我實在難以理解／我實在難以勝任。）
	託	～していただけますでしょうか？（能否請您～？）
	歉	ただ今在庫を切らしております。（目前正在缺貨中。）
私どもの力不足で申し訳ございませんが（都是我們的能力不足，我感到非常抱歉。）	拒	ご了承ください。（請您諒解。）
	歉	ご勘弁ください。（請您寬恕。）

128

第 **5** 章

措辭的禮節

祝賀、哀悼等正式場合，
都有符合成熟大人的應對方式，
而參與這些場合應有的措辭及禮節，
身為社會人士可不能用一句「我不懂」就搪塞過去，
先學起來以備不時之需吧。

重要時刻能派上用場的詞句以及舉止上需注意的禮節

社會人士展現禮節的基礎在於「心」

　　一旦出了社會，就有很多的機會受邀出席各種聚會。婚宴、葬禮這類婚喪喜慶的儀式，從身上的飾品到到言行舉止，都有既定的禮俗規範，最好把儀式的流程及細節規範都牢記在心。

　　一提到禮俗及禮節，大部份的人腦中的印象多半是既複雜而且限制又多。若各位都將禮俗及禮節想成是「不知為何卻非這麼做」的「規定」，自然會因為必須硬記的細節太多而感到麻煩，最後便「舉手投降」或是產生排斥感。

　　其實若對於禮俗及禮節有任何不懂的地方，別害羞，直接詢問身邊的人「請問該怎麼做才對？」就行了，要是在不知情的狀況下，不小心做了失禮的行為，只要誠心為自己的失禮行為道歉，並且別再犯相同的錯就好了。其實禮俗及禮節不過就是把對別人的體貼以「形式」表達出來而已，因此重要的是你對對方的「心意」，而這份「心意」正是禮俗及禮節形成的基礎。只要能夠理解其背後所代表的意義，剩下的問題就只在於懂不懂得隨機應變而已了。

措辭注意事項之禮儀講座（交際篇）

第1章 措辭的基礎知識

第2章 敬語的用法

第3章 客氣有禮的措辭

第4章 日常溝通用語

第5章 措辭的禮節

第6章 遇到困擾時的應對

第7章 利用測驗提升語彙能力

婚喪喜慶　出席重要對象的人生大事

　　「婚喪喜慶」（注：日文為「冠婚葬祭」）是用來泛指人生中各個階段的重要儀式。基本上涵蓋一個人從出生到死亡的所有儀式，甚至是死亡之後遺族所辦的祭祀都包含在內。一直以來，一般人普遍都有個觀念，認為人生只有在圓滿完成這四字所指的各項儀式，才算是「完成人生應盡的義務」。

 冠（かん）　

> **成人式的賀詞**　01
> ご成人おめでとうございます。
> （恭喜你成年。）

此指「成人式」。另外還包括「合格、進学祝い（祝賀金榜題名、升學）」、「就職祝い（祝賀就職）」，以及「七五三（十五三節）」、「還暦（六十壽誕）」等賀詞。

 婚（こん）

> **結婚的賀詞**　02
> ご結婚おめでとうございます。
> （恭喜你結婚。）

此指「婚禮」。包括確認婚姻生效的「挙式（結婚典禮）」，以及祝賀新人展開新生活的「披露宴（婚宴）」。

 葬（そう）

> **悼念詞**　03
> 心からお悔やみ申し上げます。
> （誠摯地向您表示哀悼之意。）

此指「悼念亡者的儀式」。依亡者的宗教以及各地的風俗習慣不同，儀式的內容也會不同。

 祭（さい）

> **受邀參加法事時的打招呼**　04
> お招きいただき恐れ入ります。
> （謝謝您的邀請。）

指「佛事」、「法事」等祭祀祖先之靈的儀式。還有「お盆（中元節）」、「正月（過年）」、「七夕（七夕）」等傳統節慶也包含在內。

131

婚喪喜慶 「慶祝及弔唁」的場合應避免使用的話

　　即使是現代，「婚禮」、「喪禮」仍舊是相當重視傳統的「儀式」，雖然一般人現在多以「慶弔的儀式」稱之，但還是相當重視那些自古流傳下來的禮儀規範，對於儀式中的一切言行舉止，都會依規範行事。

　　自古以來，在婚宴或是慶祝活動等等的喜事場合，不使用會破壞氣氛的「忌み言葉（忌諱用語）」是基本禮貌。尤其是婚禮，一般人出席婚宴場合，心裡總是會期盼著新郎新娘兩家的緣份能夠長長久久，所以無論是在致詞或是宴席中與人交談，都會刻意使用帶有好兆頭的詞語，至於像是「別れる（分開）」、「切れる（切斷）」這類與分手有關，或是像是「重ね言葉（疊字）」這類會讓人聯想到再婚的詞彙，在婚禮上都不能使用。

在慶祝活動上應避免使用的「忌諱用語」以及「疊字」

結婚賀詞

忌諱用語

浅い（淺的）／痛い（痛的）／飽きる（厭煩）
薄い（薄的）／衰える（衰弱）／折る（折斷）
終わる（結束）／帰る（回去）／変わる（改變）
消える（消失）／切れる（切斷）／苦しい（痛苦的）
壊れる（壞掉）／去る（離開）／死ぬ（死亡）
倒れる（倒下）／散る（離散）／出る（離開）
閉じる（結束）／流れる（停止）／何度も（好幾次）
逃げる（逃跑）／離れる（離開）／冷える（變冷淡）
ほどく（解開）／戻る（退回）／破れる（破裂）
やめる（停止）／別れる（分開）／われる（破裂）等。

疊字

返す返す（再三地）／重ね重ね（三番兩次）
重々（再三）／たびたび（屢次）／またまた（一再）
皆々樣（各位）等。

●會使人聯想到「反覆」之意的詞　くり返す（重複）
もう一度（再一次）／再び（再次）／再三（再三）
再三再四（屢次）等詞彙。

懷孕、生產的賀詞

流れる（流產）／落ちる（掉落）／失う（失去）
消える（消失）／枯れる（枯萎）／四（死的諧音）
／だめ（無望）／滅びる（滅亡）／敗れる（敗北）
／弱い（弱的）等會讓人聯想到流產的詞彙。

長壽的賀詞

衰える（衰弱）／折れる（折斷）／枯れる（枯萎）
／切れる（切斷）／朽ちる（腐朽）／死（死亡）
倒れる（倒下）／根づく（生根）／寝る（睡覺）
病気（生病）／曲がる（傾斜）等詞彙。

入學、就職、升遷的賀詞

失う（失去）／落ちる（掉落）／終わる（結束）
消える（消失）／崩れる（崩場）／壊れる（壞掉）
倒れる（倒下）／中止（中止）／中途半端（半途而廢）／取り消し（取消）／流れる（停止）／変更（變更）／破る（弄破）／やめる（停止）等詞彙。

開店、開業的賀詞

失う（失去）／傾く（衰微）／さびれる（蕭條）／
倒れる（倒閉）／つぶれる（弄壞）／詰まる（拮据）／
閉じる（關閉）／負ける（輸）／破れる（破裂）／
敗れる（敗北）等詞彙。

●讓人聯想到「赤字」等經營困難的詞彙
赤（紅色）／紅（鮮紅色）等詞彙。

新居落成的賀詞

焼ける（著火）／燃える（燃燒）／倒れる（倒場）／
壊れる（壞掉）／流れる（沖走）／飛ぶ（飛）／
傾く（傾斜）／つぶれる（壓碎）等詞彙。

●讓人聯想到火災的詞彙
火（火）／煙（煙）／赤（紅色）／
燃える（燃燒）／焼ける（著火）等詞彙。

　　「忌諱用語」及「疊字」不只不能用在宴席之類的場合，在賀電、賀卡以及祝賀有關信件中也不能使用，要特別小心。

一句話小教室　[解答]「社長がお見えになった時には、A部長はすでに来られていました。（我見到社長時，A

將忌諱用語改為其他的説法

例 婚宴的致詞

× お二人が新しいスタートを切った……
（二位即將有新的開始……）

○ お二人が新しいスタートラインに立った…… 05
（二位即將站上人生中的新起點……）

例 賀壽的宴席中

× 私が寝る間も惜しいんで編んだ……
（我廢寢忘食努力所編織的……）

○ 私が精一杯頑張って編んだ…… 06
（我竭盡全力編織的……）

<table>
<tr><td colspan="2" align="center">喪禮上應避免使用的「忌諱用語」與「疊字」</td></tr>
<tr><td>忌諱用語</td><td>疊字</td></tr>
<tr>
<td>

浮かばれない（死不瞑目）／追って（隨後）／続く（跟著）／なおも（仍舊）／また（又）／迷う（沒成佛）等詞彙。

●過於直白的説法　生きる（活著）／死ぬ（死）／死亡（死亡）／生存（生存）等詞彙。

●讓人聯想到「死亡」、「痛苦」的數字　四（四）／九（九）

</td>
<td>

●使人聯想到一再發生不幸的詞彙　重なる（重疊）／重ね重ね（三番兩次）／くれぐれも（反覆）／再三（再三）／次々（接連不斷）等詞彙。

●使人聯想到不幸再度降臨的詞彙　いよいよ（終於）／返す返す（一再）／しばしば（頻繁）／たびたび（屢次）等詞彙。

</td>
</tr>
</table>

將喪禮的忌諱用語改為其他的説法

「死亡」 → 「ご逝去（逝世）」　若亡者是親屬時，則改為「永眠（長眠）」、「身罷る（逝世）」等詞彙。

「生きている頃（還活著的時候）」 → 「お元気な頃（尚健在的時候）」、「ご生前（生前）」等詞彙。

※隨著宗教教派的不同，喪禮中的「忌諱用語」也有所不同。

部長已經來了）」。對於上級要使用最有禮貌的尊敬語。

第1章 措辭的基礎知識
第2章 敬語的用法
第3章 客氣有禮的措辭
第4章 日常溝通用語
第5章 措辭的禮節
第6章 遇到困擾時的應對
第7章 利用測驗提升語彙能力

喜事 傳達祝賀之意的用語及禮節

收到喜帖的人之中，有些人會在當天擔任接待、司儀、或是受邀在婚宴中致詞，新郎及新娘是出於對這些人的信賴及瞭解，並且真心相信他們都是最適合的人選，才會將這些工作託付給他們，所以接到委託的人，也應該要開心地接下這份工作。不過受託擔任主辦方的接待以及司儀者要特別注意，不要一個不小心就把「忌諱用語」及「疊字」說出口。

07

擔任接待、司儀、致詞者　忌諱用語的替換	
忌諱用語及例句	**替換後的例句**
結束	～終わらせていただきます （請容我結束～。）	→	お開きとさせていただきます（宴席）（喜宴已到了尾聲。） 私のお祝いの言葉といたします（我要說句祝福的話。）
最後	最後になりますが、お幸せに 最後に私から…… （最後，我要祝二位過得幸福美滿。） （最後再由我來～。）	→	結びの言葉になりますが、お幸せに。 それでは私から…… （以上是我的致詞，祝二位幸福美滿。） （接下來由我來～。）
過去	今を去ること10年前（距今十年前的事。）	→	今から10年前のことです（距今十年前的事。）
去年	新郎は去年10月に～（新郎在去年的十月～）	→	新郎は昨年10月に～（新郎在去年的十月～）
切	お二人で切ったケーキを～ （將二位切好的蛋糕～）	→	お二人でナイフを入れたケーキを～ （將二位已處理好的蛋糕～）
返還	こちらはお返しいたします （這是要還給您的。）	→	こちらはお納めください （請您收下。）
再次	重ねてよろしく～（再次說聲請多多指教。）	→	改めてよろしく～（再次說聲請多多指教。）
快死了	死ぬほど驚きました（真是嚇死我了。）	→	大変驚きました（真是嚇了我一大跳。）
懇切	くれぐれもよろしく（請您務必多多指教。）	→	どうぞよろしく（請多多指教。）
四	イチ、ニ、サン、シ……	→	イチ、ニ、サン、ヨン……（し改唸よん。）
九	……ニジュウク、サンジュウ	→	……ニジュウキュウ、サンジュウ （く改唸きゅう。）

司儀 要站在「自家人」的立場進行問候與介紹

- 不需加上敬稱，以全名介紹新郎新娘的雙親或親人

  例 新郎の父、△△□□。（新郎的父親△△□□。）新婦の叔父の△△□□。（新娘的伯父△△□□。）

- 介紹客人時，基本上要以「頭銜＋全名＋様」

  例 新婦の勤務先、○○株式会社専務取締役、△△□□様。
（新娘工作的公司，○○股份有限公司副總，△△□□先生／女士。）

  新郎の恩師、○○大学○○学部教授、△△□□様。
（新郎的恩師，○○大學○○學系教授，△△□□先生／女士。）

134 　一句話小教室　「以上で終わりです（我的致詞到此結束）」、「出口から（從出口～）」也是喜事的忌諱用語。

第1章 基礎知識 措辭的

第2章 敬語的用法

第3章 客氣有禮的 措辭

第4章 日常溝通用語

第5章 措辭的禮節

第6章 遇到困擾時的 應對

第7章 利用測驗 提升語彙能力

接待人員／來賓　接待人員要以主辦方的立場接待來賓

※若人多忙碌時，（　）內的部份可省略不説

來賓

06
本日はおめでとうございます。
（新郎の友人の○○と申します）
（今日恭喜兩位新人。（我是新郎的朋友○○。））

> 充滿朝氣
> 並面帶笑容

接待人員

09
（本日はお忙しい中、ご出席いただき）
ありがとうございます。
（（今日能在百忙之中出席婚宴，）非常謝謝您。）

若認出對方是主辦人的親戚時

10
本日は誠におめでとうございます。
（今日誠摯恭喜兩位新人。）

> 恭喜兩位
> 新人

來賓
禮金袋由「袱紗（小綢包）」中取出，
正面朝向接待人員交給對方。

接待人員

11
ありがとうございます。お預かりいたします。
（非常謝謝您，我收下了。）

以雙手接過禮金袋，鄭重地放在托盤上。

12
恐れ入りますが、こちらにご記帳をお願いいたします。
（不好意思，請您在此記下您的金額及相關資料。）

> 動作也要
> 很有禮貌

請對方簽名時，要以簽到本的正面對著來賓，並以
手指併攏，手心向上的手勢指示簽名的位置。

來賓
寫下住址及姓名

接待人員

13
開宴までしばらくお待ちいただけますでしょうか？
控え室は△△の間となっております。
（在開席之前能否麻煩您稍待片刻呢？休息室就位於△△（房間名稱）。）

將座位表交給對方，並以手勢指示休息室的方向。若新人有額外準備「車資補助」或
「停車券」，也要在此時交給對方。

來賓

14
ありがとうございます。
（非常謝謝您。）

> 一起
> 行禮

這類詞彙很容易在喝酒過後從嘴巴裡説出，擔任司儀的人要特別注意。

休息室 向新郎新娘的雙親及親人打招呼

> おめでとうございます。 [15]
> 本日（ほんじつ）はお招（まね）きいただきありがとうございます。
> （恭喜二位新人。今天非常感謝您們的邀請。）

如果見到新郎新娘的雙親一定要打招呼。若與對方是初次見面，別忘了要自我介紹。

入席 向同桌的人打招呼

> ✗ …………。（黙（だま）って席（せき）に着（つ）く）
> ………。（默不作聲地入座）

> ○ 失礼（しつれい）いたします。（一礼（いちれい）して着席（ちゃくせき）） [16]
> （失禮了。（行禮後再入座））

即使同桌的都是認識的人，入座前也要打聲招呼，這是基本的禮貌。若與對方是初次見面，入座之後則要做個簡短的自我介紹。

> 新郎（しんろう）と高校時代（こうこうじだい）からの友人（ゆうじん）の○○です。 [17]
> （我是○○，和新郎是高中時代的朋友。）

離場 向送客的主辦人道謝

向新郎新娘
> お幸（しあわ）せに。本日（ほんじつ）はありがとうございました。 [18]
> （祝你們幸福美滿。今天謝謝你們。）

向新人的雙親、媒人
> ありがとうございました。 [19]
> 素晴（すば）らしい披露宴（ひろうえん）でした。
> （非常感謝您。很棒的一場婚宴。）

行禮後離開

一句話小教室 出席婚宴時，若已在事前送上賀禮，可以在櫃檯向對方說明「お祝（いわ）いはお届（とど）けしております。」

第**1**章 措辭的基礎知識

第**2**章 敬語的用法

第**3**章 客氣有禮的措辭

第**4**章 日常溝通用語

第**5**章 措辭的禮節

第**6**章 遇到困擾時的應對

第**7**章 利用測驗提升語彙能力

祝賀 謝禮時的用語以及禮節

　　不只是收到賀禮或賀卡，只要收到別人送的東西，就一定要回覆謝卡表示感謝。若情況允許，最好在收到之後立刻撥打電話給對方，向對方表達收到禮物的欣喜。

例 **收到親戚送來的祝賀升遷的賀禮**

道謝

[20]
お祝いの品がついさきほど届きました。
ありがとうございます。
（剛才收到了您寄來的賀禮。非常謝謝您。）

＋

感想

[21]
以前から欲しいと思っていたものなので、
大変喜んでおります。
（這我之前就一直很想要，真的很開心。）

祝賀、贈禮　送禮以及回禮		
送禮原因	送禮的時間點	同禮
結婚	最晚在婚禮的一週前	最晚要在婚禮後的一個月內
生產	命名日（第七日）之後，但最晚的時間點約在產後一個月左右	收到賀禮後的一個月以內
初節句（嬰兒出生後遇到的第一個節日）／七五三	從一～二個月前開始，最晚到當天為止	不需要
壽辰（60歲等）	從一～二個月前開始，最晚到當天為止	不需要
入園／入學	從一～二個月前開始，最晚到當天為止	不需要
畢業	最好在畢業典禮前後一個月。若立刻就要就職，則要再加上「就職祝賀禮」	不需要
就職	收到通知之後盡快送出	不需要
升遷	職位調動決定後，盡快送出	不需要
退休	工作單位的送別會最晚要在退休日之前	不需要
開店／開業	在開店或開業之後盡快	發送紀念品、舉行派對
新屋落成	落成後盡快	收到賀禮後的一個月以內
中元禮品／年終禮品	中元　7月1日～8月15日※ 年終　12月1日～12月23日左右※	不需要

※依地區不同而有差異

（我已經送過賀禮了）」。

一般往來 探病時的禮節

　　如果認識的人是公司的上司、同事、工作上往來對象，因為生病或受傷而住院治療，首先要向對方的家人或是公司的同事確認對方的情況，通常在對方情況開始好轉時，是最適合探病的時間點，但還是要優先考慮患者的心情。去探病之前，還是要先取得本人或家人的同意後再去。

探病的禮節 可以做與不能做的事

✕ 覺得對方可能很無聊就擅作主張帶了一堆人去探病
○ 探病時，請在旁陪伴的家人去用餐或休息
✕ 向患者本人詢問病名或病情
○ 可以送上現金，或是在醫院也能使用的電視卡、圖書卡作為探病的禮品。
✕ 去探病時以自己方便的時間為主
○ 因工作在身而不方便去探病時，可以寄明信片慰問

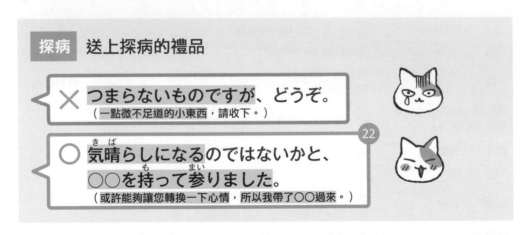

探病 送上探病的禮品

✕ つまらないものですが、どうぞ。
（一點微不足道的小東西，請收下。）

22

○ 気晴（きば）らしになるのではないかと、○○を持（も）って参（まい）りました。
（或許能夠讓您轉換一下心情，所以我帶了○○過來。）

探病的禮節 探病時要避免數字的「四（し）」、「九（く）」

　　在遞交探病的禮品時，不妨有意無意地將自己選擇這份禮物時的心情與想法透露給對方知道。這麼做不但可以替病人打氣，當對方實際看到或接觸禮物時，就能感受到送禮人為自己設想的心意。不過，若是以現金或禮品卡當作禮物，要注意金額的數字不能有「四」與「九」的數字，因為會使人聯想到不吉利的「死亡」與「痛苦」。

一句話小教室 在進行電話應對的時候，若是由輩份或地位較高的人打來的，就要等到對方先掛斷電話後，

第**1**章 措辭的基礎知識

第**2**章 敬語的用法

第**3**章 客氣有禮的措辭

第**4**章 日常溝通用語

第**5**章 措辭的禮節

第**6**章 遇到困擾時的應對

第**7**章 利用測驗提升語彙能力

探病 見到病人時開口說的第一句話

× やっぱり顔色（かおいろ）がよくないですね。
少（すこ）しやせましたか？
（你的臉色果然不太好呢。是不是瘦了？）

○ 思（おも）ったよりお元気（げんき）そうで安心（あんしん）しました。
もう落（お）ち着（つ）かれましたか？
（看您比我想像中的還要有精神，我放心了。您覺得好點了嗎？）

23

盡量避免談到與生病有關的話題是比較安全的做法。

探病 住院中的上司詢問工作上的事

× 大丈夫（だいじょうぶ）、心配（しんぱい）しないでください。万事順調（ばんじじゅんちょう）です。
（沒問題的，請不用擔心。一切都很順利。）

○ 部長（ぶちょう）のようにはできませんが、
みんなで頑張（がんば）ってなんとかやっています。
（雖然不像部長做得那麼好，不過大家一起努力也算是做得不錯。）

21

探病 對陪伴在旁的家人表達慰問之意

× 奥様（おくさま）も大変（たいへん）ですね。看病（かんびょう）でお疲（つか）れではないですか？
（夫人也真是辛苦。照顧病人您不覺得累嗎？）

○ 奥様（おくさま）もお疲（つか）れでしょう。私（わたくし）どもで
お手伝（てつだ）いできることがありましたら
おっしゃってください。
（夫人也很辛苦吧。如果有什麼我們幫得上忙的地方，請儘管開口。）

25

※這些話別在病人的面前說

弔唁 從收到訃聞到葬禮結束為止，喪事上需注意的禮節

　　喪事是無法容許失禮行為的嚴肅場合。從突然收到訃聞一直到告別式結束為止，不做出任何失禮的言行舉止，是身為社會人士應該要遵守的禮貌。特別是在日常生活不會用到的「悼詞」，若沒有一定程度的瞭解，不可能說得出口。為了讓自己在面臨這類場合時能夠正確地應對，最好事先掌握完整的相關禮節。

收到訃聞　道謝與慰問的話語

× お知（し）らせありがとうございます。
さぞ悲（かな）しいことでしょう。
（謝謝您通知我。這件事真是讓人悲傷。）

○ ご連絡（れんらく）いただき、恐（おそ）れ入（い）ります。
突然（とつぜん）のことで言葉（ことば）も見（み）つかりません。
（不好意思，還要特別勞煩您通知我。突然發生這樣的事，不知該說什麼才好。）　26

當收到訃聞時，如果和你連絡的人並非亡者的親人，以「ありがとう（謝謝）」回應或許勉強可以接受，但實在不是恰當的回應方式，所以還是盡量不要使用。在表達慰問之意時，不要使用「悲（かな）しい（悲傷）」、「つらい（痛苦）」這類會使家屬更難過的詞彙。

接到訃聞時　詢問是否可以前往府上表達哀悼之意

お差（さ）し支（つか）えなければ、これからご自宅（じたく）に
伺（うかが）ってもよろしいでしょうか？　27
（若不會造成您的困擾，稍後是否可以到府上致意呢？）

若對方拒絕也別勉強。

お気持（きも）ちも考（かんが）えず、申（もう）し訳（わけ）ありませんでした。　28
（沒考慮到您的心情，真是非常抱歉。）

　一句話小教室　悼詞會因宗教及教派而異，如果不知道說什麼才對，安靜地行鞠躬禮也可以。

第1章 措辭的基礎知識

第2章 敬語的用法

第3章 客氣有禮的措辭

第4章 日常溝通用語

第5章 措辭的禮節

第6章 遇到困擾時的應對

第7章 利用測驗提升語彙能力

接到訃聞時 詢問葬禮的日程、對方的宗教或教派

> ㉙
> 恐れ入ります。ご葬儀の日程がおわかりでしたら教えていただけますでしょうか？
> （不好意思。能否請教您有關葬禮的日程安排呢？）

　　若是工作往來對象的喪事，而自己又是第一個接到訃聞的人，一定要清楚地確認葬禮的時間日期、地點、喪禮司儀、宗教或教派。

訃聞 收到自己家人的不幸消息

㉚

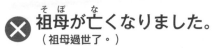 祖母が亡くなりました。
（祖母過世了。）

◎ 祖母が他界いたしました。
（祖母逝世了。）

「亡くなる（過世）」這種說法，原本就是對輩份或地位較高的外人使用，並不適合用在自己的家人身上。說話時要盡量避免「死（死）」、「死亡（死亡）」這類較直接的說法，可以用「身罷る（逝世）」、「他界（逝世）」、「永眠（長眠）」之類的詞彙代換。

唁電所使用的敬稱 ㉛			
與喪禮司儀之間的親屬關係	敬稱	與喪禮司儀之間的親屬關係	敬稱
父親	ご尊父様（令尊）	母親	ご母堂様（令堂）
祖父	ご祖父様（令祖父）	祖母	ご祖母様（令祖母）
兄長、大舅子	ご令兄様（令兄）	姊姊、大姨子	ご令姉様（令姐）
弟弟、小舅子	ご令弟様（令弟）	妹妹、小姨子	ご令妹様（令妹）
丈夫	ご夫君様（尊夫君）	妻子	ご令室様（尊夫人）
兒子	ご令息様（令郎）	女兒	ご令嬢様（令嬡）

姻親的父母過世，寄送唁電給對方

丈夫的父親	お舅様（公公）	丈夫的母親	お姑様（婆婆）
妻子的父親	御外父様（令岳丈）	妻子的母親	御外母様（令岳母）

唁電（用電報或書信向家屬表示慰問之意）基本上是以喪禮司儀為收件人，並依照與喪禮司儀之間的親屬關係，來敬稱亡者。

同事的兄長過世 ●同事的父親為喪禮司儀＝ご令息様（令郎）　●同事為喪禮司儀＝ご令兄様（令兄）

同事的岳父過世 ●同事妻子的兄長為喪禮司儀＝ご尊父様（令尊）　●同事為喪禮司儀＝御外父様（令岳丈）

匆忙前往弔唁時的禮節

> **在玄關的問候** 32
>
> このたびはご愁傷様（しゅうしょうさま）でございます。
> おとりこみ中失礼（ちゅうしつれい）いたします。
> （請節哀順變。百忙之中打擾您，不好意思。）

遞上要放
在靈前的
供花

> **將供花或供品交給對方時** 33
>
> ご霊前（れいぜん）にお供（そな）えください。
> （敬請供奉在靈前。）

在過世四十九日的祭祀法會之前，白包的封面要寫上「御霊前（ごれいぜん）」。
※白包封面的形式會因宗教／教派而異，要特別注意。

> **提出協助** 34
>
> 何（なに）かお手伝（てつだ）いすることがございましたら、
> ご遠慮（えんりょ）なくお申（もう）し付（つ）けください。
> （如果有任何我能幫得上忙之處，請別客氣儘管開口。）

如果是和自己有私交的對象，就要由自己先開口表示願意幫忙。如果是工作上的往來對
象，就要向上司或負責人請求指示。

> **離開時的問候** 35
>
> お力落（ちからお）としのこととは存（ぞん）じますが、
> 私（わたくし）にできることがございましたら
> なんなりとおっしゃってください。
> （我能夠想像您有多麼悲傷，如果有任何我能做的事，請別客氣儘管開口。）

鼓勵家屬，再一次提出希望提供協助，深深地一鞠躬。

弔唁時應注意的禮儀

- 若還未到守靈夜，別只貪圖自己方便就擅自跑去弔唁。
- 守靈夜前到對方家中弔唁時，在前門向對方道別為基本禮貌。
- 只有在家屬允許時才能瞻仰遺容。
- 若想要推辭瞻仰遺容，要以委婉的說法傳達拒絕之意。

例 悲（かな）しさが増（ふ）えますので…、お線香（せんこう）だけあげさせていただきます。
（若看到他我會更難過……。請恕我只能上香致意。）

一句話小教室 本來「亡（な）くなる（過世）」一直都是作為尊敬語使用，到江戶時代末期至明治時代初期才有轉化為

第1章 措辭的基礎知識

第2章 敬語的用法

第3章 客氣有禮的措辭

第4章 日常溝通用語

第5章 措辭的禮節

第6章 遇到困擾時的應對

第7章 利用測驗提升話彙能力

弔唁 接待人員／弔唁者應有的行為舉止

弔唁者

在櫃台的問候 ③36

このたびは、ご愁傷様でございます。（請節哀順變。）

説完悼詞後一鞠躬。

接待人員

向弔唁者道謝 ※人多時（ ）內的部份可省略 ③37

（本日は多用の中、お越しいただきまして）
恐れ入ります。（百忙之中，勞煩您前來），不好意思。

代替家屬向弔唁者道謝。

弔唁者 從袱紗中取出奠儀，將奠儀正面朝向接待人員，並以雙手奉上。

接待人員

收下奠儀 ③38

ご丁寧に恐れ入ります。お預かりいたします。
（您這麼客氣，實在不好意思。我收下了。）

以雙手接過奠儀，再一鞠躬。

接待人員

③39

お手数ですが、こちらにお名前をご記入ください。
（麻煩請您在這裡寫下您的姓名。）

以手掌五指併攏的手勢指向簽到本，請對方簽名。

弔唁者 在簽到本上寫下公司名稱以及全名

若為私人身份而非代表公司，可以只填入姓氏

接待人員

將謝禮交給對方 ④40

ありがとうございます。（非常感謝您。）

謝謝對方簽名，並將家屬感謝函之類的謝禮交給對方。

接待人員

④41

告別式はあちらで行います。
恐れ入りますが、靴を脱いでお進みくださいませ。
（告別式將在那裡舉行。不好意思，要麻煩您脱下鞋子後再進入。）

可酌情代換為「通夜のお席（守靈夜的座位）」、「葬儀会場（葬禮的會場）」等。

弔唁者

④42

お参りさせていただきます。（請容我去見他最後一面。）

接待人員 弔唁者 一起行鞠躬禮

丁寧語的傾向。

弔唁 參加守靈夜、葬禮、告別式時應具備的知識

- 奠儀之類的禮金，一定要包在袱紗內帶去，而非直接帶去。
- 別將不符合喪家信仰的宗教／教派所使用的奠儀袋交給接待人員。
- 若當天無法取得符合喪家信仰的奠儀袋，則先將金額記入禮金簿，日後再補送過去。
- 若獲邀參加守靈宴，一定要參加，不推辭並依約入席就是基本的禮貌。
- 悼詞會依宗教／教派而異，務必要事前先確認清楚。

例 一般佛教喪禮

「このたびはご愁傷様でございます。（請節哀順變）」、「心からお悔やみ申し上げます。（衷心獻上悼念之意）」

基督教喪禮

「心よりお慰め申し上げます。（衷心致上慰問之意）」、「安らかに召されますように。（願逝者安息）」

悼念之辭與慰問之辭

悼念之辭

× ご愁傷様／ご愁傷様です。（我深表哀悼。）

○ このたびは、ご愁傷様でございます。（請節哀順變。） 43

話別説一半，要鄭重地把話説完

因為是莊嚴的場合，説話時應以誠心鄭重的表達方式將話完整地説完「このたびは、ご愁傷様でございます。（請節哀順變。）」。

慰問之辭 44

○○様が亡くなられて、
残念なことでございます。
心からお悔やみ申し上げます。
（○○先生／女士過世，我感到很遺憾。衷心表達悼念之意。）

參加守靈夜、葬禮及告別式時，與其説些詞不達意的話，不如以簡潔有禮的語句，鄭重地表達哀悼之意。

一句話小教室 在公開的訃聞、唁電所使用的詞彙，會以「逝去（逝去）」、「お亡くなりになる（過世）」、

第1章 措辭的基礎知識

第2章 敬語的用法

第3章 客氣有禮的措辭

第4章 日常溝通用語

第5章 措辭的禮節

第6章 遇到困擾時的應對

第7章 利用測驗提升語彙能力

代為弔唁時的禮節 代替上司前往弔唁

在櫃台交付奠儀

到櫃台後，先向接待的人員打個招呼，等到交付奠儀之時，再告知對方自己是受託前來弔唁的。

> **本日は、山田の代理で参りました。** [45]
> （今天我是代替山田前來弔唁。）

奠儀要附上名片

將上司的名片連同奠儀一同交給對方。原則上，代理弔唁者只有在接待人員提出要求時，才需要交出自己的名片（要寫上「代理」）。

委託人

「弔」寫在公司名稱上方

代理人

「代理」寫在公司名稱上方

在簽到本上簽名

寫下上司（委託人）的全名，並於左下方寫上「代」字。若為橫式書寫，則寫在名字的右下方。

簽到本

在全名的左下角寫下「代」字

若為橫式書寫，「代」則是寫在姓名的右下角

向家屬表達哀悼之意的語句

代替上司向喪禮司儀及家屬表達問候及哀悼之意，切記一定要把上司交代的話完整傳達。

> **山田がただ今出張中でございますので、** [46]
> **本日は私が代理で参りました。**
> **このたびは、誠にご愁傷様でございます。**
> **山田もこの大事の時に**
> **申し訳ないと申しておりました。**
> （山田目前正在出差中，所以今天由我代替他前來。誠心向您致意，請節哀順變。
> 山田也要我轉達，對於在這麼重要的時刻，自己沒能親自到場，感到非常抱歉。）

一定要收下謝禮

家屬感謝函與謝禮一定要收下，等到之後向上司報告葬禮的狀況時，再一併親手交給上司。

「帰らぬ人となられる（不歸人）」、「不帰の客（不歸客）」等詞彙來代替「死ぬ（死）」、「死亡（死亡）」。

「打招呼、守時、基本禮節」是社會人士在深入學習各項禮儀之前，應具備的基本常識

握手時要聰明地配合對方的作風

日本在禮儀上非常重視鞠躬，歐美人士則較重視「握手」，這兩種方式都是用於向對方表達敬意，雖說因為商業環境的國際化使得握手的機會變多，但在日本仍舊是以鞠躬為主流。不知是不是因為習慣鞠躬的關係，所以有的人會一邊握手一邊行鞠躬禮，但其實並不需要這麼做。

「鞠躬」是壓低頭部向對方表示敬意，「握手」則是透過握住對方的手，向對方傳達信賴及期盼與對方一起努力的心情，這二種方式無所謂好或不好，只是各自的文化及習慣不同而已。有句話叫「入境隨俗」，歐美國家的外交官，在面對有鞠躬習慣的國家，也會藉由鄭重的鞠躬來表達敬意。

只不過，在商務場合又是另外一回事，在歐美的社會裡，鞠躬這個行為會被解讀為「賠罪」的意思。若你真心想要以敬意迎接來自國外的客人，那麼事先瞭解對方的文化背景也很重要，在互相握手時，判讀現場的氛圍並依對方的國家習慣來表達敬意，是身為社會人士應該學會的禮儀。

一句話小教室 對於輩份或地位較高的人，以下何種說法會讓對方反感？　Ａ：英語にご堪能と伺っております。

措辭注意事項之禮儀講座（商務篇）

第1章 措辭的基礎知識

第2章 敬語的用法

第3章 客氣有禮的措辭

第4章 日常溝通用語

第5章 措辭的禮節

第6章 遇到困擾時的應對

第7章 利用測驗提升語彙能力

  **商務禮儀** 聰明的握手方式

- 由輩份或地位較高的人先伸出手。
- 商務場合中，即使對象是女性，
  決定握手的先後順序也要以「地位」為優先考量。
- 即使是左撇子，握手時也要用「右手」。
- 在手放開之前都要看著對方的眼睛。

打招呼
↓
握手

> ようこそいらっしゃいました。47
> 私は○○と申します。
> （歡迎您，我是○○）

①打完招呼後立刻伸出手。

看著對方的眼睛，同時面帶微笑地靠近對方並伸出右手。不過要先考量輩份或地位，其次考量若對方是女性時，就要等對方先伸出手。

②握住對方的手時要微微地施力，輕輕地上下搖晃。

背要打直，握手的位置剛好在兩人之間的中間點。握手時臉上要帶著微笑看著對方的眼睛，微微地點個頭也OK。

↓

③眼睛看著對方，輕輕地放開手。

若對方的手放緩力道後再度用力，就再次輕輕地回握。握完後再輕輕地放開並站回到原本的位置。

注意！握手時的NG行為

× 一邊握手一邊鞠躬 → 給人卑躬屈膝的印象

× 握手時視線遊移不定 → 給人不實在的印象

× 握手時未施力 → 沒有熱情

> 別忘了要
> 先洗手喔。

B：英語にご堪能でいらっしゃるんですか？（答案詳見下一頁）

商務禮儀　介紹及交換名片的順序

　　不管是公事或私事，都常會有「介紹及被介紹」的機會。因此，最好能將「介紹的順序」記起來以備不時之需，因為不管是在公事上擔任公司和客戶之間溝通窗口、或是私人的介紹時一定會派上用場。

介紹的禮儀　介紹的順序　基本原則及六大原則

基本　介紹人 要將 尊敬的對象 放在 最後 才介紹

原則　介紹的順序會依介紹對象的人數與狀況而有不同，可參考以下的六大原則隨機應變。

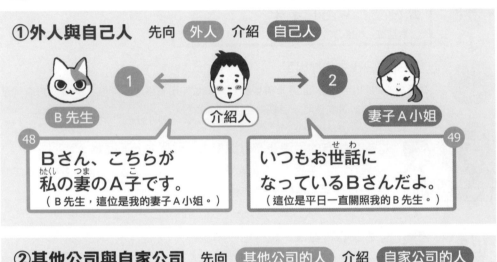

①外人與自己人　先向 外人 介紹 自己人

B 先生　　介紹人　　妻子 A 小姐

48
Bさん、こちらが
私（わたくし）の妻（つま）のA子（こ）です。
（B 先生，這位是我的妻子 A 小姐。）

49
いつもお世話（せわ）に
なっているBさんだよ。
（這位是平日一直關照我的 B 先生。）

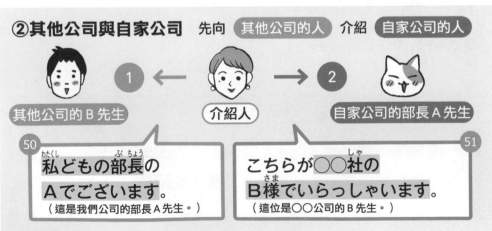

②其他公司與自家公司　先向 其他公司的人 介紹 自家公司的人

其他公司的 B 先生　　介紹人　　自家公司的部長 A 先生

50
私（わたくし）どもの部長（ぶちょう）の
Aでございます。
（這是我們公司的部長 A 先生。）

51
こちらが○○社（しゃ）の
B様（さま）でいらっしゃいます。
（這位是○○公司的 B 先生。）

歐美的商務場合也是採取相同的做法。

一句話小教室　[解答]B：英語（えいご）にご堪能（たんのう）でいらっしゃるんですか？（您會英語嗎？）　即使敬語的用法無誤，但

③地位的高低　先向 地位較高的人 介紹 地位較低的人

△公司的年輕社長 B 先生　　1 ← 介紹人 → 2　　□公司的部長 A 先生

52

> こちらが□社の部長の
> A様<ruby>でいらっしゃいます。
> （しゃ・ぶちょう・さま）
> （這位是□公司的部長A先生。）

53

> こちらは△社の社長の
> B様でいらっしゃいます。
> （しゃ・しゃちょう・さま）
> （這位是△公司的社長B先生。）

若地位相同，則依據交易往來的關係及年齡等資訊做判斷。

④年齡差距　先向 年長者 介紹 年紀較輕的人

年長者 B 先生　　1 ← 介紹人 → 2　　年紀較輕的 A 先生

若無法依年齡作判斷時，就先向交情較淺的人介紹關係較親近的人。

⑤同行的人　先向 拜訪對象 介紹 同行的人

拜訪對象　　1 ← 介紹人 → 2　　同行的人

⑥女性與男性　先向 女性 介紹 男性

女性　　1 ← 介紹人 → 2　　男性

在商務場合，地位高低是判斷順序時最優先考慮的條件。私人交際時則以
年長者、交情較淺的人為優先。實際在進行介紹時仍須依狀況做判斷。

第1章 措辭的基礎知識
第2章 敬語的用法
第3章 客氣有禮的措辭
第4章 日常溝通用語
第5章 措辭的禮節
第6章 遇到困擾時的應對
第7章 利用測驗提升語彙能力

向輩份或地位較高的人詢問「你會不會～」是很失禮的行為。

交換名片的禮儀 讓人產生好感的名片交換

　　交換名片背負著公司的信用。因此初次和對方交換名片時，可說是彼此交換「第一印象」的重要時刻，所以一定要把交換名片的基本禮儀牢牢地記在腦中。

- 交換名片時不要隔著一張桌子坐著交換，而是站起來直接面對面交換。
- 一定要放在名片夾內。不要直接從口袋或錢包中拿出名片。
- 交換名片時要使用乾淨的名片。不能使用有凹折、髒污的名片。
- 拿出名片時，位置要比對方拿出名片的位置低。
- 拿到對方的名片後不要立刻收起來或是放在桌上。
- 對方的名片要以雙手拿，位置要維持在胸部的高度。

交換名片的基本規則 遞出／收下要一對一進行

①以雙手拿著名片，面對面站好

對方

> 54
> 初めまして。○○と申します。
> （很高興認識你，我是○○。）

名片要用雙手拿著並以正面朝向對方，看著對方的眼睛，說完問候的話後，輕輕點個頭。

②名片以雙手拿著，交給對方時以右手遞出。

右手

> 55
> 恐れ入ります。頂戴いたします。
> （不好意思，那麼我收下了）

以雙手拿出名片，遞出時用右手，放在對方的左手上。對方的名片則以左手收下。

③收到的名片要以雙手拿著，維持在胸前的高度。

收到名片後，要以雙手將名片維持在胸前的高度後往後退一步。接著確認名片上的內容，確認完畢後再行禮。

一句話小教室 記錄賓客姓名的簽到簿若為對開的型式，則只能使用一面。這麼做是為了預防內容轉印到另一面。

第1章 措辭的基礎知識

第2章 敬語的用法

第3章 客氣有禮的措辭

第4章 日常溝通用語

第5章 **措辭的禮節**

第6章 遇到困擾時的應對

第7章 利用測驗提升語彙能力

商務場合 與上司和別間公司的人交換名片

例 部下Ａ與上司Ｂ初次拜訪別間公司的Ｃ ●二人皆和對方為初次見面

① Ｂ和Ｃ先互相打招呼、交換名片。
② Ａ和Ｃ打招呼後交換名片。

交換名片的順序，與「介紹的順序」（P148～149）基本上相同。如果像這個例子一樣，二人和對方都是初次見面時，首先要由地位較高的人先打招呼及交換名片。

例 不適合以「初(はじ)めまして（很高興認識你）」向對方打招呼時的說法

> ⑤⑥
> 電話(でんわ)では何度(なんど)かお話(はな)しさせていただきましたが、
> 改(あらた)めてご挨拶(あいさつ)申(もう)し上(あ)げます。
> （雖然在電話中已多次交談，在此正式向您致上問候。）

商務場合 將上司介紹給別間公司的人

例 由部下Ａ擔任介紹人，將自家公司的部長Ｂ介紹給別間公司的Ｃ

① Ａ先和Ｃ打招呼後介紹Ｂ。
② Ｂ和Ｃ互相打招呼之後交換名片。

Ｃ就算沒有稱謂或比上司年輕，介紹人都應該先向Ｃ介紹上司。然後Ｂ要比Ｃ先報上名字並拿出名片。

例 將上司介紹給其他公司的人

> ⑤⑦
> お引(ひ)き合(あ)わせする機会(きかい)がないまま、
> ご紹介(しょうかい)が遅(おそ)くなりましたが、
> こちらが私(わたくし)どもの部長(ぶちょう)のＢでございます。
> （因為一直沒有機會，所以遲至今日才向您介紹，這位是我們公司的部長Ｂ。）

而且也含有展現主人的個性是「表裡如一」的意思。

同時介紹多人

例 介紹人Ａ帶領著關係企業Ｂ公司的人，與客戶Ｃ公司的人見面

①Ａ先向Ｃ公司的人介紹Ｂ公司的人。

　介紹Ｂ公司時要依照社長、部長、職員的順序。

②接著向Ｂ公司的人介紹Ｃ公司的人。

　介紹Ｃ公司時要依照部長、職員、新職員的順序。

③Ｂ公司與Ｃ公司的人互相打招呼並交換名片。

Ｂ公司要由地位較高的人向Ｃ公司的部長、職員、新職員依序交換名片。Ａ在兩家公司之間居中介紹時，要把關係較緊密的公司想成「己方」，所以會先介紹關係企業的Ｂ公司。

商務場合 委託中間人進行介紹

例 Ａ受別間公司的Ｂ社長拜託介紹可能會成為客戶的Ｃ部長

①先由Ａ向Ｃ部長介紹Ｂ社長。
②然後Ａ再向Ｂ社長介紹Ｃ部長。
③最後由Ｂ社長與Ｃ部長互相打招呼並交換名片。

這種情況下，雖然Ｂ社長的地位較高，但Ｃ部長是「尊敬的對象」。因此，介紹人要先將委託人，或者說是同行的Ｂ社長介紹給另一方認識。介紹時，負責居中介紹的人可以加一句話，讓對方可以對Ｂ社長的人品有多一點的瞭解，這也是介紹人很重要的任務。

> 58
> ○○社の社長、Ｂ様でいらっしゃいます。
> 私が右も左もわからない新入社員時代に
> ご指導いただいて以来のお付き合いです。
> （這位是○○公司的**Ｂ社長**。在我還是左右都分不清楚的新人時就一直教導我至今。）

一句話小教室 日本握手禮的歷史是隨著西歐文化進入才開始。據說是幕府末期至明治初期這段期間，去歐美留學

第1章 措辭的基礎知識
第2章 敬語的用法
第3章 措辭客氣有禮的
第4章 日常溝通用語
第5章 措辭的禮節
第6章 遇到困擾時的應對
第7章 利用測驗提升語彙能力

電話禮儀 不可或缺的電話更彰顯電話應對禮儀的重要

　　行動電話或智慧型手機，對於商務人士而言，是工作中不可或缺的工具，無論身在何處都可以打電話，甚至還能瀏覽網頁及收發電子郵件。或許正是因為太過方便，我們似乎可以看到一股趨勢逐漸成形，那就是人人開始以自己的方便為主，而不再顧慮別人、以別人的情況為優先。正因為不管在工作及日常生活上，行動電話都是不可或缺的工具，在使用時才更需要注意除了「不給人添麻煩」之外，還有哪些重要的基本禮儀。

公司電話／行動電話 利用電話聯絡的基本禮貌

- 以對方公司的電話作為主要的聯絡工具是基本原則。
- 基本上只限於緊急情況時，才能使用行動電話作為聯絡工具。
- 撥打公司電話及行動電話前，要考慮當下的時間點。
- 就算名片上列有對方的行動電話號碼，也要取得對方的許可才能撥打。
- 在會議中或接待客人時，要將行動電話調整為靜音的模式。
- 撥打行動電話時，接通後要先確認對方是否方便講電話。

電話禮儀 各時段打電話時該說的「一句貼心問候」

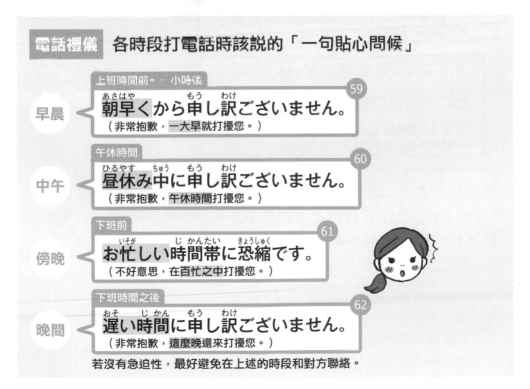

早晨　上班時間前～一小時後
59
朝早くから申し訳ございません。
（非常抱歉，一大早就打擾您。）

中午　午休時間
60
昼休み中に申し訳ございません。
（非常抱歉，午休時間打擾您。）

傍晚　下班前
61
お忙しい時間帯に恐縮です。
（不好意思，在百忙之中打擾您。）

晚間　下班時間之後
62
遅い時間に申し訳ございません。
（非常抱歉，這麼晚還來打擾您。）

若沒有急迫性，最好避免在上述的時段和對方聯絡。

例 因緊急情況而打電話給出差中的人

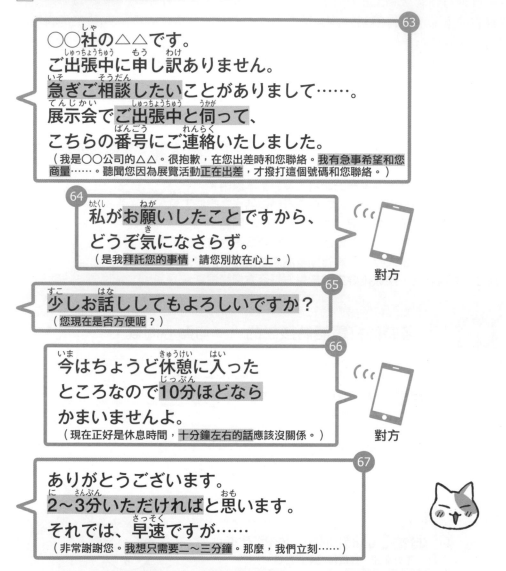

63
○○社の△△です。
ご出張中に申し訳ありません。
急ぎご相談したいことがありまして……。
展示会でご出張中と伺って、
こちらの番号にご連絡いたしました。
（我是○○公司的△△。很抱歉，在您出差時和您聯絡。我有急事希望和您商量……。聽聞您因為展覽活動正在出差，才撥打這個號碼和您聯絡。）

64
私がお願いしたことですから、
どうぞ気になさらず。
（是我拜託您的事情，請您別放在心上。）

對方

65
少しお話ししてもよろしいですか？
（您現在是否方便呢？）

66
今はちょうど休憩に入った
ところなので10分ほどなら
かまいませんよ。
（現在正好是休息時間，十分鐘左右的話應該沒關係。）

對方

67
ありがとうございます。
2〜3分いただければと思います。
それでは、早速ですが……
（非常謝謝您。我想只需要二〜三分鐘。那麼，我們立刻……）

　　商務場合的電話聯絡，通常是公司之間的往來。要知道，隨意地撥打對方的行動電話，是很沒有禮貌的行為。除非那是對方告訴你當他不在公司時的聯絡方式，否則就算知道對方的行動電話號碼，只要非緊急狀況，還是要以公司的電話作為主要的聯絡工具。

一句話小教室 以公司電話通話，掛斷時也要特別注意。必須先確定通話已完全結束，才能以手指按下掛斷鍵並放

第1章 措辭的基礎知識

第2章 敬語的用法

第3章 客氣有禮的措辭

第4章 日常溝通用語

第5章 措辭的禮節

第6章 遇到困擾時的應對

第7章 利用測驗提升語彙能力

電話禮儀 須配合對方的狀況

例 對方無法繼續通話

68
10分ほどしたら、こちらから
ご連絡してもよろしいですか？
（大約十分鐘後，再由我和您聯絡可以嗎？）

對方

× それほど急ぎではないので、
時間がある時にまたかけ直します。
（反正也沒有什麼急事，有時間的話我再打給你。）

○ それでは申し訳ないので、
明日、改めてご連絡差し上げます。
69
（那太不好意思了，我明天再和您聯絡。）

例 對方正處於移動的狀態，並表示希望你之後再和他聯絡時

70
まもなく社に戻ります。
恐れ入りますが、30分後くらいに
もう一度お電話いただけますか？
（我很快就回公司。不好意思，能否麻煩您大約三十分鐘後再打電話過來呢？）

對方

71
承知しました。ご連絡先は営業部でよろしいですか？
（我瞭解了。那麼撥打至營業部可以嗎？）

72
席を外していると申し訳ないので、
こちらの番号へお願いいたします。
（萬一我還沒回到位子上就太不好意思了，所以希望您打到這支電話。）

對方

　　若在不得已的情況下必須撥打行動電話，要先確認對方目前的狀況，詢問對方目前是否方便通話；或是需不需要晚點再打來，必須要優先考量對方的情況。

商務禮儀 鍛鍊「正確傳達訊息」的對話能力

　　無論公司的規模大小或營業項目為何，真正支撐商業發展的，是人與人之間的交流。因此，學會有效傳達訊息給對方的說話方式就更顯重要，這不只是一種「商業技能」，更應該視為社會人士必須要知道的「基本常識」。

　　而除了對話能力，在與人有關的環境中工作不可或缺的，還有所謂的「六大準則」，簡稱「ホウレンソウ（菠菜）」與「ソーセージ（香腸）」準則。這六大準則可說是基本中的基本，大原則就和打招呼一樣，不要被動地「等別人來找你」，而是要主動地「自己先開口」。

商務禮儀 工作的六大準則

總是由自己主動 ホウ・レン・ソウ

ほうこく
報告
（報告）
業務或工作進行時的概況、中間出的差錯以及最終的結果都要向上司報告。
一旦察覺出了錯，不要隱瞞立刻通報。

れんらく
連絡
（聯絡）
對於業務或工作進行不可或缺的資訊，要通知相關人員。
所有的事都要和相關人員及部門聯絡。

そうだん
相談
（商量）
需要建議時，要向上司及同事尋求意見。
別擅作主張，要與上司商量並聽從指示。

對任何事都要做好 ソー・セー・ジ **的心理準備**

そうきゅう
早急
（火速）
非做不可的事，就要盡早處理好。
火速進行，不要拖延。

せいかく
正確
（正確）
必須以正確的資訊用客觀的角度做判斷。
不摻雜個人的臆測及感情，正確地掌握事實。

じき
時期
（時機）
面對工作時經常以「現在是否是做這件事的正確時機」做為判斷的基準。
別讓時機從手中溜走。

一句話小教室　詢問對方姓名時，以「頂戴します（我收下了）」提問是錯誤的說法。當要詢問對方時，要用「伺

第**1**章 措辭的基礎知識

第**2**章 敬語的用法

第**3**章 客氣有禮的措辭

第**4**章 日常溝通用語

第**5**章 措辭的禮節

第**6**章 遇到困擾時的應對

第**7**章 利用測驗提升語彙能力

磨鍊對話能力 讓對方更能聽懂的「說話技巧」三原則

對於對方說的話表達興趣及關注 雙方對同一話題有共鳴有助於建立彼此間的信賴感及親近感。

選用簡單易懂的詞彙 把自己想說的話及感受，傳達到對方的心裡。

發揮想像力 透過猜測對方在想什麼來加深理解能力。

　　在社會上與人交往、一起生活所需的能力稱為「社交技巧」或「生活技巧」。對話能力也是其中的一種，所謂的「技巧」，就是「技術」，即使天生就具備某項才能，要是不磨鍊也一樣會生鏽，一個人要成長為獨當一面的人，就要磨鍊自己的對話能力。

敬語は難しい。たまに間違えそうになります。
（敬語好難。時不時就會差點用錯。）

表示共鳴的「回應」 73
そうそう。私もたまに間違えそうになります。
（沒錯沒錯。我也一樣三不五時就會差點用錯。）

ハナコさんも？私だけだと思っていました。
（花子小姐也是嗎？我還以為只有我會這樣。）

不要用是非題的方式「提問」 74
ケイゴさんは、どんな時に間違えそうになりますか？
（敬吾先生，通常你都在什麼時候會差點用錯？）

そうですね……周りが目上の人ばかりの時かな。
（我想想……應該是身邊都是上司的時候吧。）

表示贊同並展現同理心 75
確かに……緊張しますよね。 （的確……那種場面會讓人很緊張呢。）

ただでさえ言葉づかいに自信がないのに……。
（而且我本來就對自己的措辭能力沒什麼自信……。）

「稱讚」對方並藉此向對方傳達「我懂」的訊息 76
ケイゴさんの話し方は丁寧で感じがいいと私は思います。
（我覺得敬吾先生的說話方式很有禮貌，讓人聽得很舒服。）

うれしいなぁ。そういえば、この間、部長にも……。
（我好開心喔。說到這個，之前部長也……。）

首先要在平常的對話中利用「回應」與「提問」，讓自己成為一個「善於聆聽」的人。

えますか（可以請問～嗎？）」。當要請對方寫下金額時，可以用「ご記入いただけますか（能否請您寫下～）」表達。

磨鍊對話能力　選用簡單易懂的詞彙

- 不要使用困難的詞彙，說話要力求簡單易懂

> ✕ 一意専心の思いで刻苦勉励いたしました。
> （我一心一意地刻苦勤奮。）

> ○ 私なりに精一杯の努力を積み重ねました。 ⑦⑦
> （我一直以來都拼盡全力。）

- 不易有實感的事物要利用身邊具體的實例來表達

我聽不懂

> ✕ 約7万坪の広大な敷地です。
> （約七萬坪的廣大場地。）

> ○ ○○スタジアム5つ分、約7万坪の敷地です。 ⑦⑧
> （差不多五座○○體育館，約七萬坪大的場地。）

- 同行間或是公司內部的習慣用語在使用前，須確定對方能聽懂

> ✕ 町内会の花見はオンスケです。
> （鎮上的賞花活動照計劃舉行。）

懂了！

> ○ 町内会の花見は予定通りです。 ⑦⑨
> （鎮上的賞花活動依預定舉行。）

- 別使用大量的片假名詞彙

我聽不懂

> ✕ リッチなシルバーエイジのニーズにフィットしたアメニティグッズです。
> （適合富裕銀髮族需求的生活備品。）

> ○ ゆとりのある生活を楽しむ方々のご要望に応えた、快適さを追求した生活雑貨です。 ⑧⓪
> （滿足人們對於富裕生活的需求，追求舒適性的生活用品。）

158　一句話小教室　尊敬語是用於表示「對方做的事」。所以「猫を何匹飼っていらっしゃるのですか（您養了幾隻

第1章 措辭的基礎知識

第2章 敬語的用法

第3章 客氣有禮的措辭

第4章 日常溝通用話

第5章 措辭的禮節

第6章 遇到困擾時的應對

第7章 利用測驗提升語彙能力

磨鍊對話能力 對話無法持續的原因與對策

例 與交情尚淺的客戶之間的閒聊

> 夏休みに、家族で北海道へ行ったんですよ。
> （暑假時，我和家人去了一趟北海道。）

NG①　搶話題

> ✕ 私は何度も行ったことがあります。
> とくに函館は夜景がきれいで……
> （我也去過好幾次。尤其是函館的夜景好美……）

> 私たちは、札幌から車で……（我們從札幌開車……）

NG②　插話

> ✕ 札幌もよく行きます。ジンギスカンが
> おいしい店を今度ご紹介しますね。
> （我也常去札幌。下次我介紹你一間好吃的成吉思汗烤肉。）

> 実は、子ども達が羊の肉が苦手でして。　（其實，我的小孩不喜歡吃羊肉。）

NG③　以否定又失禮的語氣批評對方

> ✕ 好き嫌いは直したほうがいいですよ。
> （挑食的習慣還是改過來比較好。）

> ……（偉そうに。感じ悪い人だなぁ）（擺什麼架子。給人的感覺好差。）

- NG①對策　回應時應選擇能讓對方話題延續下去的問題來提問

> 北海道のどちらに行かれたんですか？　⁸¹
> （您去了北海道的哪裡呢？）

- NG②對策　延續對方想説的話題。在上述的對話中指的是「全家旅行」

> 札幌はアイスクリームがおいしくて。　⁸²
> （札幌的冰淇淋好好吃。）

- NG③對策　不具延續性的話題要先同意對方的觀點，再轉換話題。

> 私もそうでした。そういえば、子どもの頃……　⁸³
> （我以前也是。説到這個，我小時候……）

貓）？」是正確的用法，但「猫が何匹いらっしゃるのですか（有幾隻貓呢？）」則是錯誤的用法。

説話時的速度也很重要

　　播報員唸稿時，據說一分鐘起碼可以唸200～300字左右。若想像播報新聞那樣即時又精準，每分鐘須達到300～400字。一般的新聞稿為了幫助播報員提升播報時閱讀稿件的速度，每個句子的長度會比標準的35字要稍短一些。

　　在演講、開會或企劃發表時，說話的速度可以慢一些。一分鐘為200字，差不多是一張稿紙的量。

　　上面以四方形框起來的部份，差不多是半張稿紙的大小，約為100字左右。若能在20秒之內唸完，算是稍稍偏慢的速度，適合用在演講或進行簡報的場合；如果能在10秒之內唸完，則差不多是播報新聞的速度，會給人聰明伶俐的印象。雖說如此，平時在說話時仍要因應內容的不同調整輕重緩急，請務必好好練習。

閒聊　協助你找話題的「きどにたてかけし衣食住」

き	季節・気候（季節、氣候）	最常用且絕對不會碰壁的話題。
ど	道楽（興趣）	興趣或愛好，可用做轉換話題時的提問內容。
に	ニュース（新聞）	可以聊經濟。最好避開政治及宗教的話題較安全。
た	旅（旅遊）	講自己的事或是用於把話題轉到對方身上。
て	天気・テレビ（天氣、電視節目）	容易找到共通話題的類別。
か	家庭・家族（家庭、家人）	當對方不想聊這類話題時要立刻轉換話題。
け	健康（保健）	只能聊最輕鬆的話題，要特別小心生病或美容相關的話題。
し	仕事（工作）	收集平時難以取得的客戶資訊的絕佳機會。
衣	ファッション（時尚）	若對方是女性，男性絕對不能不懂裝懂。
食	食べ物・グルメ（食物、美食）	僅次於季節、氣候，是和任何人都能聊的話題。
住	住居（住家）	在對方自己提到出生地及住所之前，都不要提問相關問題。

本章全部音檔

6_all.mp3

第 6 章

遇到困擾時的應對

難以開口提出要求；
不小心說錯話惹對方生氣想表達歉意；
指出上司或前輩的錯誤；
這些在工作上「難以啟齒的話」，
就以不會影響人際關係的「說法」應對吧。

請求協助 連語氣都要展現謙虛有禮的態度

　　有事想拜託別人時，突然就向對方開口提要求是很失禮的事，無論對方是誰，有求於人的一方在措辭上就應該要有禮貌。此外，就算遭到拒絕，為了不讓彼此尷尬，要以言語向對方表達謝意，感謝他願意聽自己說話。

請求協助時的「○和✕的６條準則」

○ 要明確地告知對方，自己非拜託對方不可的情況及理由。
○ 請求協助時要以對方的情況為優先，看準時機向對方開口。
○ 一定要把自己顧慮對方的心情「化為言語表達出來」。

✕ 因為「不想做」、「太麻煩了」這類自私的理由而拜託別人。
✕ 未確定自己是否做不到前就任意拜託別人。
✕ 對於願意協助的人未心存感謝。甚至在被拒絕後連句謝謝都沒說。

請求協助的基本句型 有禮貌的措辭

唔～

✕ （頼みたい用件）してください。
（請你做（拜託的內容）。）

✕ すみませんが、（頼みたい用件）してもらえますか？
（不好意思，可以請你幫我做（想拜託的內容）嗎？）

01

可以啊！

○ 恐れ入りますが、（頼みたい用件）お願いできませんでしょうか？
（不好意思，可以麻煩您幫我（拜託的內容）嗎？）

02

○ 申し訳ございませんが、（頼みたい用件）いただいてもよろしいでしょうか？
（非常抱歉，能否麻煩您幫我（想拜託的內容）嗎？）

一句話小教室　「いただく」是「もらう」的謙讓語。在拜託別人時，即使自己的地位較高，也可以藉由謙讓語展

第**1**章 措辭的基礎知識

第**2**章 敬語的用法

第**3**章 客氣有禮的措辭

第**4**章 日常溝通用語

第**5**章 措辭的禮節

第**6**章 遇到困擾時的應對

第**7**章 利用測驗提升語彙能力

請求協助的基本句型 **當要向對方搭話時**

 我才不閒！

× あの〜、ちょっといいですか？
（那個〜，你現在方便嗎？）

× 今ヒマですか？
（你現在很閒嗎？）

○ 今ちょっとよろしいでしょうか？ 03
（請問現在方便？）

○ 今少しお時間いただけますでしょうか？ 04
（能否麻煩您給我一點時間？）

向別人請求工作上的協助，絕不能用「ヒマ（閒暇）」這個字

即使對方是自己可以隨意提出要求的後輩，要拜託對方協助工作時，也不要用「ヒマ（閒暇）」這個字。另外，「○○してもらえますか？（你可以幫我○○嗎？）」這種說法，由於缺乏拜託人的一方應有的體貼及禮貌，所以並不是很理想的說法。

請求協助的基本句型 **不確定對方是否忙碌時**

○ お忙しいところ、申し訳ありません。
お手すきの時にお声をかけていただけますか？ 05
（百忙之中，非常抱歉。當您有空時能否和我說一下呢？）

○ ご相談したいことがあります。
あとで少しお時間いただいてよろしいですか？ 06
（我有事想和您商量。待會能否請您撥一點時間給我呢？）

　　向上司、前輩及地位較高的人請求協助時，除非是緊急狀況，否則即使對方看起來不忙，仍要事先詢問，這點非常的重要。若當下對方正好有空，也有可能會當場聽你說，所以需要的資料也應該事先準備好。

現體貼對方的心意。

「（若可以的話……）」的簡單要求　**重要程度 ★☆☆**　07

お手すきの時にでも、（頼みたい用件）いただけると助かります。
（若您有空的時候能夠（拜託的內容）的話，真是幫了大忙。）

「お手すき（有空）」是（ヒマな時「閒暇時」）較委婉的説法。
是用在非急事，或是要求很簡單，被拒絕也無所謂時的説法。

尋求協助或建議　**重要程度 ★★☆**　08

お力添えいただけませんか？
（能否請您助我一臂之力呢？）

向客戶、上司或同事尋求協助或建議時，務必要加上這句話。

我答應！

尋求協助較正式的説法　**重要程度 ★★☆**　09

ご検討いただけませんか？
（能否請您考慮一下呢？）

是「考えてもらえませんか？（可以考慮一下嗎？）」較正式的説法，通常用於表示期望對方能答應自己的請求的情況。

禮貌很重要！

非常希望對方能答應　**重要程度 ★★★**　10

ご配慮いただけないでしょうか？
（能否請您仔細考慮一下呢？）

這是用於比「ご検討いただけませんか？（能否請您考慮一下呢？）」更重要的拜託時，強調希望對方能夠答應的説法。

我會好好考慮

強烈地懇求對方　**重要程度 ★★★**　11

ご理解のほど、どうぞよろしくお願いいたします。
（請您務必諒解幫忙我。）

12
どうかよろしくお願い申し上げます。
（拜託您務必幫忙。）

「どうぞ（請）」是以鄭重的態度表示拜託的心情。
「どうか（拜託您）」的語氣則更為強烈。

一句話小教室　拜託別人時，你如何回應對方的回覆很重要。若在這個時候感情用事，會對未來雙方之間的關係產

第1章 措辭的基礎知識

第2章 敬語的用法

第3章 客氣有禮的措辭

第4章 日常溝通用語

第5章 措辭的禮節

第6章 遇到困擾時的應對

第7章 利用測驗提升語彙能力

請求協助的基本句型 提出強人所難的請求時

以開門見山的方式詢問之前

> **無理を承知で申し上げるのですが、** [13]
> （我知道這樣的請求強人所難，）

> **誠に勝手なお願いと存じてはおりますが、** [14]
> （我知道這是很任性的請求，）

特別是當拜託的對象是客戶時，就要使用更鄭重的說法「誠に勝手な～（這實在是任性的～）」

遭到對方拒絕時

> ✕ **お断りになる理由がわかりません。**
> **○○さんならたやすいことでしょう？**
> （我不懂您為何要拒絕我。這對○○先生／小姐而言，不是很簡單的事嗎？）

我拒絕！

> ✕ **やっぱり無理ですよね。最初から**
> **わかってはいたんですが……。**
> （果然是不可能對吧。雖然我一開始就已經知道會是這樣了……）

先是向對方提出強人所難的請求，後來卻用看不起對方或是責備對方的語氣回覆，是非常失禮的舉止。

> ○ **面倒なことをお願いしたのですから、** [15]
> **お気になさらないでください。**
> （是我拜託您這麼麻煩的事，請您別放在心上。）

> ○ **無理を承知でお願いしたことです。** [16]
> **お気をわずらわせてかえって申し訳ございません。**
> （我本來就很清楚這個要求強人所難，請您別操心，反而是我對您不好意思。）

務必要向對方表達感謝之意及顧慮對方感受的心意，最後再向對方道謝。

> **話をお聞きくださったことに感謝しています。** [17]
> **ありがとうございました。**
> （我很感謝您願意聽我說，真的非常謝謝您。）

生不良的影響，所以即使被拒絕，也一樣要採取低姿態以謙虛的態度面對對方。

　　只要事情與公司的利益及營運有關，不管再小的事都別在當下擅自做決定而是要向上司報告，這是最基本的規矩。如果是碰到飯局的邀約等等，若自己和對方有私交，就可以自己做決定，不過，不管是什麼樣的情況，要拒絕對方時，都要以溫和的口吻，明確地表示拒絕，以免產生誤會。除非是明顯不合理的事情，或是牽扯到犯罪情事的奇怪邀約，否則最好避免使用「いいえ（不）」、「できない（辦不到）」這類直接的說法表達，才是聰明的做法。

拒絕時的必備3要件

- 不要使用曖昧、模稜兩可的說法，以免讓對方抱持錯誤的期待。
- 明確地告知拒絕的理由，若情況允許可提出替代的方案。
- 就算要拒絕也要把話聽到最後。

表示拒絕的基本句型 容易招致誤會的拒絕方式

× ごめんなさい。
忙（いそが）しくて今（いま）はできません。
（對不起，我很忙，現在沒辦法。）

真的嗎？

以「我很忙」、「沒時間」當作拒絕的理由，缺乏說服力。當對方聽到你說「現在沒辦法」，他很可能會把你的話解讀為「一旦有空就可以」的意思。

× あー、ちょっと……う〜ん、
無理（むり）かもしれません。
（啊〜，這個……嗯〜，我想可能沒辦法吧。）

感覺很討厭。

因為覺得很苦惱而吞吞吐吐的回應方式，會讓對方覺得有機可趁進而強迫你同意，甚至可能會因此捲入不好的事。

× すみません。できる限（かぎ）りのことは
するつもりですが……。
（不好意思。雖然我很想盡我所能地……）

這種說法很容易讓對方依照自己的意思解讀。「すみません（不好意思）」的說法，可以有很多種解釋。即使本人打算拒絕，但以「できる限（かぎ）り〜（盡可能地〜）」接續前一句，會讓對方以為你間接表示答應，是容易招致誤會的說法。

一句話小教室 即使和對方的關係很親近，吞吞吐吐的拒絕方式還是很失禮。回答對方「考（かんが）えておく（我會考

第1章 措辭的基礎知識

第2章 敬語的用法

第3章 客氣有禮的措辭

第4章 日常溝通用語

第5章 措辭的禮節

第6章 遇到困擾時的應對

第7章 利用測驗提升語彙能力

表示拒絕的基本句型　以有禮貌的態度拒絕對方

例 商品開封後，沒有正當的理由，對方卻表示想要換貨。

✕ 当店（とうてん）では、お取（と）り替（か）えはご遠慮（えんりょ）いただいております。
（本店謝絕換貨。）

「ご遠慮（えんりょ）いただいく（謝絕）」是以較柔和的口吻提醒對方的說法。這裡應該要以有禮貌的說法，明確地向對方表示「できない（沒辦法）」。

○ 申（もう）し訳（わけ）ございません。
私（わたくし）どもではお取（と）り替（か）えはいたしかねます。 ⑱
（非常抱歉，請恕我們無法提供您換貨的服務。）

例 拒絕收受客戶的贈禮

✕ 差（さ）し障（さわ）りがありますので、
いただくわけにはいきません。
（因為不太方便，所以我不能收。）

即使對方真有什麼意圖，也不應該以這種抹煞對方好意的說法回應。

○ お気持（きも）ちだけありがたくいただきます。 ⑲
（您的好意我心領了。）

怎麼這樣

例 想要向客戶取消這次合約洽談的事宜

✕ この件（けん）はなかったことにしましょう。
（請你就當作沒這回事吧。）

這麼直接的拒絕對方，對日後生意上的往來也會產生影響，要選用能夠充份向對方傳達己方「感到非常抱歉」的心情，並且希望下次有機會能再合作的說法。

○ ご期待（きたい）に添（そ）えず残念（ざんねん）です。 ⑳
この件（けん）については、
一旦白紙（いったんはくし）に戻（もど）させていただきたいのですが。
（無法回應您的期待，我感到很遺憾。關於這次的合約，希望能取消。）

慮）」、「何（なん）とかする（我會想辦法）」，就等於是在浪費對方的時間。

表示拒絕的基本句型　溫和地拒絕邀約

例 拒絕經常出入公司的業者持續不斷的邀約

21
熱心に説明していただいたあとで
お断りするのは心苦しいのですが、
実は、親戚が同業者なのです……。

（在您這麼熱心地解説之後，要拒絕您實在很不好受。説實話，我的親戚是您的同行……）

例 拒絕客戶過度的款待

22
お世話になっているのは私どものほうですから。
次にお願いしにくくなりますので、どうかご勘弁ください。

（承蒙關照的是我們公司才是。這樣以後會不好意思開口拜託您，所以請您諒解。）

例 拒絕客戶請吃飯

23
○○さんにごちそうになっては、
私が上司に怒られてしまいます。
今日のところは割り勘でお願いします。

（若是讓您請客，會被上司罵的。今天這餐就各付各的吧。）

例 拒絕退休後開創新事業的前同事的邀請

24
ありがたいお話ですが、私では力不足です。
でも、私でお役に立てることがあれば、
いつでも声をかけてくださいね。

（您提出的條件很令人感謝，但是我覺得自己無法擔此重任。不過若有我能幫上忙的地方，無論何時都請儘管開口。）

不破壞關係、不得罪人的拒絕方式

無論是私人或是與工作有關的邀約，要拒絕都不是件容易的事。即使你對這些事真的完全沒有興趣，還是要找個理由，讓對方知道你是因為情況不允許才不得不拒絕，至於對方是否真的相信你所説的話則是另外一回事，但我想對方一定能夠理解你為他設想的心意。

一句話小教室　提及自己的能力時以較為謙虛保守的態度用的是「力不足（力有未逮）」；但若想表達自己明明有

第1章 措辭的基礎知識
第2章 敬語的用法
第3章 客氣有禮的措辭
第4章 日常溝通用語
第5章 措辭的禮節
第6章 應對 遇到困擾時的
第7章 利用測驗提升語彙能力

表示拒絕的基本句型 拒絕強人所難的拜託

例 拜訪客戶時，對方要求必須立刻回覆他們的提案

> ✗ 私はお返事できません。上司に直接
> 聞いていただいたほうが早いです。
> （我沒辦法回覆您。請您直接詢問我的上司會比較快。）

> ○ 本日伺ったお話は、一旦社に持ち帰らせて
> いただいてよろしいでしょうか？
> 上の者とも相談のうえ、改めてご連絡申し上げます。
> （有關您今天所提到的事，能否讓我暫時先帶回公司請示呢？待我和主管商量之後，再和您聯絡。）

25

如果要對方「直接找上司～」，對方會認為「那還要你在這幹嘛？」這類會讓客戶不安的說法得特別小心。

例 新客戶提出極為不合理的要求

> ✗ 時間、予算……思いついただけでも、
> この件は、物理的に難しいかと思います。
> （時間、預算……光是想到這些部份，就覺得這件事就現實上來說難以實現。）

「物理的に難しい（就現實上來說難以實現）」是商務人士表示拒絕時的慣用句。這句話雖然可以向對方表達以現實來說不可能做到，但最好避免對年長者使用，尤其是對交情尚淺的對象，還是要使用正統且有禮貌的說法。

> ○ ご期待に添えるかどうか、今伺った限りでは、
> 難しいところではありますが……。
> 上司を交えて前向きに検討いたします。
> （要滿足您的期待，以目前的情況而言，可能有些困難……。我會與上司積極討論您的提議。）

26

例 對方以「看在我的面子上」逼你當場做決定

> どうかご無理をおっしゃらないでください。
> ○○さんは、これからも長いお付き合いを
> お願いしたい方と思っています。
> （請您別強人所難。今後仍希望○○先生／小姐與我們維持長久的合作關係。）

27

雖然用詞要有禮貌，但偶爾展現毅然決然的態度，明確地表達拒絕也很重要。

能力卻被分配到過於簡單的工作用的則是「役不足（大材小用）」

例 受託接手前負責人中途放棄的困難工作

✕ こんなに難しい仕事、私にはできません。
（這麼困難的工作，我沒辦法勝任。）

隨口答應不符自己能力的工作，最後可能會讓別人對我們失去信任。
不過體恤上司對自己有所期待的心情也很重要。

28
○ 私には、荷が重すぎます。
残念ですが、辞退させていただきます。
（對我而言，這份工作的負擔太過沉重。雖然很遺憾，但請恕我推辭。）

例 拒絕上司推薦的相親

29
お気にかけてくださってありがとうございます。
ただ今は仕事が楽しくて……。
もうしばらく仕事に専念させてください。
（非常感謝您的關心。不過我現在很享受工作的樂趣……。短期內請容我把心思專注於工作上。）

上司推薦你去相親，表示他對你的工作及人格有好的評價。禮貌上要感謝對方有這份心意，
並展現自己的風度以有智慧的方式拒絕對方。

例 受託代替突然要出差的部長去接待客戶

✕ 今日の明日では、あまりに急で……。
○○さん（取引先）は、部長の担当で、
私はお会いしたことがありませんし……。
（今明就要我去接待客戶實在太趕了……。再說○○先生（客戶）是由部長負責的，
從來沒和我見過面……。）

雖然對方知道是自己是強人所難，但你一直抱怨，問題一樣沒解決。如果無法接下工
作，首先還是要提出替代方案，向對方展現你有試著和他一起解決問題的誠意。

30
○ ○○さんは、部長と飲むのを楽しみに
していらっしゃるそうですね。
よろしかったら、日にちをずらして
くださるように頼んでみましょうか？
（○○先生據說很期待與部長喝一杯呢。如果可以，是不是能夠試著拜託對方改期呢？）

一句話小教室 「木で鼻を括る」是比喻冷淡又無情的態度。這句話源自於古代商家對傭人的態度，當時的商家會

第1章 措辭的基礎知識

第2章 敬語的用法

第3章 客氣有禮的措辭

第4章 日常溝通用語

第5章 措辭的禮節

第6章 遇到困擾時的應對

第7章 利用測驗提升語彙能力

表示拒絕的基本句型 找不到理由拒絕時的「說辭」

酒 不會喝酒的人，若被邀請去酒席，即使以「お酒が飲めない（我不會喝酒）」拒絕，對方也可能會以「ソフトドリンクがあるから付き合いなさい（那裡也有無酒精飲料啊，就當陪我去吧。）」，這樣的說法不斷地邀約，在這種情況下，就可以用下面這句話拒絕。

> 勝手言って申し訳ありませんが、
> お酒の匂いをかぐだけでつらいんです。
> ㉛
> （非常抱歉說了這麼任性的話，不過我光是聞到酒的味道就很難受。）

已經有約 例如客戶約你去打高爾夫，便直接問你「今月のご予定は？（你這個月哪一天有空呢？）」，你可以這樣回覆……

> お互いの都合が合う日がない……。
> ○○さんは、プライベートも充実してますね。
> 残念ですが、今月は見合わせましょう。
> ㉜
> （看起來沒有我們彼此都方便的日子……。○○先生您的私人生活也過得很充實呢。很遺憾，這個月就暫緩吧。）

工作 若剛好提出邀約的人或共同受邀的對象是自己不擅長應付的類型時，與其說出心聲讓對方不高興，不如說點小謊來應付過去。對於沒興趣的私人邀約，可以用「工作」當作拒絕的理由。

> その日は仕事でどうしても動かせない予定が
> あって、申し訳ありません……。
> ㉝
> （那天我有非做不可的工作無法改期，非常抱歉……。）

身體狀況 雖然不討厭對方，但對邀約不感興趣時，以身體不適做為理由是比較好的回應方式。別忘了下次和對方碰面時，要說一句「すっかり元気になりました（我已經康復了）」。

> 風邪の引き始めらしくて……。
> 今日は家でおとなしくしています。
> お誘いくださってありがとうございます。
> ㉞
> （我好像有點感冒的症狀……。今天我想待在家休息。謝謝您的邀約。）

表達歉意　慎重選擇用語

　　賠罪的一方，應該要以低姿態展示誠意，說話時也要慎重地挑選用詞，不小心說錯話有可能讓對方更生氣，讓對方變得情緒化並不是什麼好事。

表達歉意　表達歉意至少要道歉三次

電話　狀況發生的當下，首先要透過電話傳達歉意。

> 申（もう）し訳（わけ）ございません。35
> （非常抱歉）

「申（もう）し訳（わけ）ありません（非常抱歉）」是對對方展現高敬意的表達方式。一開始以電話賠罪時，要以簡單的話語簡潔地表達內心的歉意。

書面　依據事情的嚴重程度送上實體的道歉函或賠罪文，而非透過電子郵件。

> 深（ふか）くお詫（わ）び申（もう）し上（あ）げます。36
> （致上我深深的歉意）

這是比「申（もう）し訳（わけ）ありません（非常抱歉）」更高層次的敬意表示方式，不過在口語上屬較為拘謹的用法，所以比較適合用於書面。

拜訪　即使對方所在的位置距離遙遠，也要盡早去拜訪對方，可以直接與對方面談是很重要的事。

> 申（もう）し訳（わけ）ございませんでした。37
> （真是非常抱歉）

雖然這句話也算是一種誤用，不過在商務場合中，算是很常用的道歉用語，這樣的用法目的是「加強自己道歉的語氣」。（參照96頁）

以簡潔有禮的話語傳達誠意

道歉時用錯敬語或是一不小心將非正式用語脫口而出，便無法將道歉的心意好好地傳達給對方。在將道歉說出口之前，還是得先釐清自己究竟要說些什麼，如此才能確保自己能以正確、合宜的語句向對方表達歉意。

一句話小教室　說話時所站的位置也很重要。想要正確地傳達資訊時，最好站在對方的正面。

第1章 基礎的措辭知識

第2章 敬語的用法

第3章 客氣有禮的措辭

第4章 日常溝通用語

第5章 措辭的禮節

第6章 遇到困擾時的應對

第7章 利用測驗提升語彙能力

表達歉意 會惹惱對方的道歉方式

例 客戶通知剛進貨的產品有破損。

連一句抱歉也沒有嗎？

✕ かしこまりました。
すぐに新品と交換いたします。
（好的。我立刻為您更換新品。）

貨品有問題本來就應該以新品更換，但回應中既無道歉也沒有任何與反省有關的隻字片語，像這樣的回應方式，不僅可能會惹惱對方，也很容易對日後的交易產生不良的影響。

〇 ご迷惑をおかけして申し訳ございません。
以後気をつけますので、
今回はご容赦いただけませんでしょうか？
新品との交換は、至急手配いたします。

38

（造成您的困擾實在非常抱歉。日後我們會注意的，此次能否請您見諒呢？我會盡快安排更換新品。）

例 客戶指出請款單上的金額有誤

總之？

✕ 大変失礼いたしました。
経理のミスだと思いますが、
とりあえず担当の私あてに
ご返送いただけますか？

（實在很抱歉。我想是會計的失誤。總之，是不是能麻煩您先送回身為負責人的我這裡呢？）

對於自己的疏漏之處絕口不提，還把責任推到別人身上，身為負責人，這樣的行為實在無法讓人信賴。除了上述的行為之外，替自己找藉口也很容易讓對方感到不悅。

〇 私の不手際です。
お詫びの申し上げようもございません。
大変勝手ではありますが、
正しい額面の請求書を送らせていただきます。
よろしいでしょうか？

39

（這都是我的疏忽。實在不知該如何向您表達我的歉意。我有個不情之請，能否讓我重新送一份金額正確的請款書給您呢？）

例 拜訪客戶時回答不出與自家公司產品有關的問題

> 40
> もう わけ べんきょうぶ そく は かぎ
> **申し訳ございません。勉強不足でお恥ずかしい限りです。**
> （非常抱歉，是我準備不足，真是獻醜了。）

這是僅限第一次犯錯時的道歉方式。並不是每次都可以用「準備不足」來回應。這樣的說法有個前提，就是下一次一定要在事前做好充足的準備，才能好好地回答對方的問題。

例 客戶通知報價與之前上司告知的不同

> 41
> たいへんしつれい
> **大変失礼いたしました。**
> わたし かんが ちが
> **私が考え違いをしておりました。**
> ま ちが
> **間違いがあってはならないことですので、**
> み つもりきんがく ねん かくにん
> **お見積金額は、念のため確認して**
> あらた し
> **改めてお知らせいたします。**
> （真是非常抱歉，是我記錯了。由於這件事容不得任何差錯，為求保險起見，我會在確認報價後，再次通知您。）

若被指出有錯，就要先直接向對方表示「私の考え違い～（是我記錯了）」。因為不確定問題出在哪裡，所以在向上司確認前，不要果斷地指出哪一方才是正確的。

例 客戶通知貨品比預定的時間早到，結果無法進倉庫

> 42
> こころ え ちが
> **こちらの心得違いで、**
> ご ぜんちゅうちゃく て はい
> **午前中着で手配しておりました。**
> めいわく
> **ご迷惑をおかけして**
> たいへんもう わけ
> **大変申し訳ございません。**
> いま おそ
> **今からでは遅いかもしれませんが、**
> わたし
> **私どもにできることが**
> なに
> **何かありますでしょうか？**
> （因為我們的不小心，所以貨品被安排在上午就送到了。真是萬分抱歉，給您添麻煩了。現在才這麼說或許晚了些，是否有任何我能夠做的事呢？）

光是道歉不足
以表達歉意

「心得違い」是「會錯意／誤會／誤解」較委婉有禮的說法。當出錯的原因不明時就以「心得違い」表示；若很明顯是己方的錯，則要以「不手際（疏忽）」表示歉意。

　一句話 小教室　若與對方面對面會感覺壓迫感太強，這時若站在斜前方的位置，就能緩和彼此緊張的氣氛。

第1章 措辭的基礎知識

第2章 敬語的用法

第3章 客氣有禮的措辭

第4章 日常溝通用語

第5章 措辭的禮節

第6章 遇到困擾時的應對

第7章 利用測驗提升語彙能力

表達歉意 為自己的失誤、犯錯而道歉 基本句型

例 初次拜訪卻發現自己忘了帶名片

若沒能將
名片交給
對方時

> あいにく名刺を切らしております。
> 大変申し訳ございません。
> （很抱歉，我的名片不巧用完了。）

先說明自己的情況並收下對方的名片，比起直接說「我忘了帶名片」，給人的印象會完全不同。若尚未拿到名片也可以這個說法回應。

①先以口頭明確地告知公司的名稱及自己的姓名。

②之後再寄送名片給對方。或是在電子郵件上將自己的「公司名稱、部門名稱、姓名」寫清楚，並加上表達感謝的語句，寄到對方名片上的電子郵件位址。

例 上司指責文件有錯

> 面目ありません。
> 今後は不手際のないよう注意いたします。
> ありがとうございました。
> （我實在是無地自容。今後會特別小心不會再有疏失。謝謝您的指教。）

「面目ない（無地自容）」是「沒有臉見人般地羞恥」之意。不要找藉口，坦率地承認自己的錯誤很重要，當被輩份或地位較高的人指出自己的錯誤或失敗之處時：

①坦率地道歉。②表達反省之意。③向對方表達感謝之意。

例 向上司報告與客戶之間的糾紛

> お叱りを覚悟で、
> お話しなければならないことがあります。
> （我知道一定會挨罵，但我有事一定要和您說。）

↓ 說明事情的經過。

> もっと早くご相談申し上げるべきでした。
> 厚かましいお願いですが、
> ご助言いただけないでしょうか？
> （我應該早些和您商量的。雖然有些厚臉皮，但能否請您給我一些建議呢？）

175

電話應對 不會造成對方不悅的表達方式

　　大部份會打電話到公司的總機去詢問事情的人，通常問的都不是什麼重要或緊急的事，只是單純地想趕快知道答案而已。雖然當需要等待時，都會對他們說「請您稍等一下」，但只要接電話的人與撥打電話的人的「時間感」不同，即使只有微微數秒鐘的時間，電話線上的人可能就會覺得自己「等了很久」。

　　另外，在一次的通話過程中，若電話被轉接二三次，即使轉接的目的是為了確實地回應對方的要求，對方還是可能會覺得自己「像皮球一樣被踢來踢去」。為了預防因電話應對而產生的糾紛，可以試著想想若有人這麼對自己說，自己會作何感想，應對時必須要盡量貼近對方的感受。

電話應對 與對方溝通「時間」的好方法

> ✕ あいにく担当者がおりませんので、
> お手数ですが、のちほどおかけ直しください。
> （負責人正巧不在位子上，不好意思，請您之後再打來。）

若詢問事情或投訴的電話，可能會讓對方等待超過20秒的時間，就要向對方表示之後再和對方聯絡暫時先結束通話。

若不清楚何時方便與對方聯絡　　　　　　　47

> 恐れ入ります。のちほどこちらからご連絡
> 差し上げたいと存じますが、
> 何時頃がご都合よろしいでしょうか？
> （不好意思。我稍後再和您聯絡，不知您何時方便呢？）

若已經知道對方方便聯絡的時間　　　　　　48

> ○分後に、こちらから
> ご連絡差し上げてもよろしいでしょうか？
> （是否可以在○分鐘後，再和您聯絡呢？）

當要告知對方時間時，要比實際的可以聯絡的時間再晚一些。

很親切感覺
很不錯

例 「可以的時間」與「告知的時間」的基準
　　可以的時間　20分鐘後　→　告知的時間　30分鐘後
　　可以的時間　30分鐘後　→　告知的時間　1小時之內
　　若為1小時以上，則在對方要求的時間聯絡。

一句話小教室 與親近的人談話或是閒聊時，可以站在側邊說話。

第1章 措辭的基礎知識

第2章 敬語的用法

第3章 客氣有禮的措辭

第4章 日常溝通用語

第5章 措辭的禮節

第6章 遇到困擾時的應對

第7章 利用測驗提升語彙能力

電話應對 不要讓對方覺得「等很久」的表達方式

例 客戶要求維修，維修人員會在上午十點到十二點之間拜訪

> × **修理の担当者が、午前中に伺います。**
> （維修人員會在上午到府上。）

「上午」這個時間範圍太廣，會讓對方在心理上覺得「等待時間」變長。

> × **午前10時から昼12時の間に、
> 修理の担当者が伺います。**
> （維修人員會在上午十點到十二點之間到府上。）

叫我一直等嗎？

雖然即使十二點到都不算遲到，但讓對方從十點開始等，對方會覺得「我等了你二小時」。

> ○ ⓭ **遅くてもお昼の12時までには、
> 修理の担当者が伺います。
> 前の工事が早く終了しますと、
> もう少し早く伺えますが、その場合は、
> ご連絡差し上げるようにいたします。**
> （維修人員最晚會在中午十二點到府上維修。若前一項工作提前結束，就可能會提早到府上維修。如果這樣會先和您聯絡。）

若告知的時間是「一段區間」，就要以「最晚的時間」為基準。此外，事先以「前一項工作〜」做為無法告知確切時間的理由也很重要。

例 即將與客戶去工廠參觀，告知對方會合的時間

> × **朝7時に、ご自宅の前で車を停めてお待ちしております。**
> （早上七點，會把車停在您家門前等您。）

> ○ ⓮ **朝7時にお迎えに上がります。
> ご自宅前で電話いたしますので、
> どうぞよろしくお願いいたします。**
> （早上七點去接您。我會在您家門前撥打電話給您，請多多指教。）

接送或等待見面，與電話一樣，都要花點心思，盡量縮短對方「心理上的等待時間」。

電話應對 「當事人不在」的應對方式

例 對方打電話來指名要找出差中的山田部長，他說自己「認識」山田部長

> あいにく山田は外出しております。
> お急ぎのようでしたら、山田から
> ご連絡差し上げるようにいたしますが……、
> いかがいたしましょう？
>
> （很不巧，山田正在外出中。若有急事，會請山田和您聯絡，您意下如何？）

只要上司沒有特別指示，就不要告訴外人出差地點及出差期間。

例 對方打電話來只報上自己的名字，指名要找住院中的同事佐藤先生

> ✕ 佐藤は入院中で、まだ1ヵ月は
> 出社できないと聞いておりますが……。
>
> （佐藤目前正在住院，聽說一個月內不會來上班……。）

> ○ 申し訳ございません。
> 佐藤は外出しておりますので、
> よろしければ私がご用件を 承 ります。
>
> （非常抱歉，佐藤正在外出中，方便的話可以由我處理嗎。）

有一種惡劣的推銷手法，是故意不報上公司名稱，讓人以為是「認識的人」，以藉此取得個人資訊，因此若遇到類似的情況要格外的小心，住院或休假這類私人性質的事不該隨便和外人說。這種時候，要先詢問對方有什麼事，若是和住院中的同事所負責的業務有關，就要向上司報告並請示該怎麼做。

例 打電話來指名找外出中的同事，還說「我有急事，希望你告訴我他的手機號碼」

> ○ 至急本人と連絡を取りまして
> お電話いたします。ご用件と
> ご連絡先を伺えますでしょうか？
>
> （我會立刻撥打電話與本人取得聯繫。方便請問您有什麼事以及連絡的資料？）

對方表示不能說有什麼事，那就和對方指名的人取得聯絡，並如實告知他。即使實際上發生緊急的狀況需要處理，那也是疏於連絡的人自己該負的責任。

一句話小教室 在告知對方或是向對方複誦「數字」時，例如「**17**」，就要唸「ジュウナナ」，而非「ジュウシ

第**1**章 措辭的基礎知識

第**2**章 敬語的用法

第**3**章 客氣有禮的措辭

第**4**章 日常溝通用語

第**5**章 措辭的禮節

第**6**章 遇到困擾時的應對

第**7**章 利用測驗提升語彙能力

電話應對 **以撥打／接聽電話傳達要事的表達方式**

例 撥打電話／告知對方金額、數量及商品名稱等較複雜的內容

✕ 少し長くなりますので、
メモのご用意はよろしいでしょうか？
（由於內容較多，您是否已經準備好要記下來了呢？）

○ 少し長くなりますが、
これから申し上げてよろしいでしょうか？　54
（由於內容較多，我可以開始向您報告了嗎？）

「準備好要將～記下來」在這句話中有關心的意思，但聽在不同的人耳裡，這樣的說法有時會讓對方覺得是帶強迫意味的「指示」。如果是以「申し上げてよろしいでしょうか？（可以開始向您報告了嗎？）」向對方確認，對方如果尚未準備好筆記用具，應該會要求你等一會。

例 接電話／想起有事要告知對方

✕ ご連絡いただいたついでに
○○の件でお話ししていいですか？
（趁您和我聯絡時，可以和您談談關於○○的事嗎？）

○ いただいたお電話で恐縮ですが、
○○の件で、少しお話ししても
よろしいですか？　55
（不好意思，雖然是您打電話來，方便談談關於○○的事嗎？）

用「ついで（順便）」不太禮貌，所以要改用較禮貌的「いただいたお電話（接到您的電話）」。

例 接電話／受託把電話盡快轉接給開會中的山田部長

○ よろしければ、私がご用件を伺って、
山田の手が空き次第、
ご連絡差し上げるようにいたします。　56
（方便請問您有什麼事嗎？等到山田有空時，再請他與您聯絡。）

對於部門以外的人，原則上都以「開會中」打發，然後再以「現在不在位子上」為由，代為詢問對方有什麼事。向上司轉達時，不要只做口頭報告，而是要將對方的名字與留言內容的主旨寫下，直接將筆記內容交給上司。

チ」，因為前者的唸法更簡單易懂，而且唸的時候，速度也要放慢。

任職於客服部門的人，為了能迅速且適當地回應顧客，都會參加部門所提供的研習課程，但非客服部門的人也不應該置身事外，身為公司的一份子，同時又身為一個社會人士，還是要懂得基本的投訴應對之道。處理投訴其實與一般的電話應對相同，表達時的基本原則，就是要使用「敬語」以及「有禮貌的說法」。為了能得到雙方都滿意的結果，首先最重要的是要好好地聽對方說，並營造出彼此可以冷靜對話的氛圍。

處理投訴 回應投訴的程序

①聽對方把話説完

> 57
> おっしゃる通(とお)りです。私(わたくし)もそう思(おも)います。
> （你説得對，我也這麼想。）

面對面或是透過電話，「附和」以及「同意」是可以明確地向對方表示理解及認同的回應方式。就算對方有誤解，也不要插嘴或反駁對方，將內容的重點記下來，並聽對方把話説完。

②歸納重點並不時地確認對方的意圖

> 58
> ～ということでよろしいでしょうか？
> （所以是～對嗎？）

就算對方很情緒化，自己也不能跟著受影響，否則事情會一發不可收拾，這點一定要小心。在表達認同及同理對方的過程中，同時也要透過歸納話中重點並適時提問的方式，確認對方的意圖。

能讓人感覺被尊重

③以言語向對方「道歉」＋「道謝」

> 59
> ○ ご不快(ふかい)な思(おも)いをおかけして、
> 申(もう)し訳(わけ)ございませんでした。
> 貴重(きちょう)なご意見(いけん)をありがとうございます。
> 必(かなら)ず何(なに)かの形(かたち)で反映(はんえい)させていただきます。
> （讓您有不愉快的感受，實在非常抱歉。謝謝您寶貴的意見，請您務必讓我向上頭反應這件事。）

之後再依據投訴的內容把電話轉接給相關的負責人。這時為了不讓對方再重覆一次剛才説的話，要把投訴內容的重點製作成筆記，交給負責人。

一句話小教室 「ご査収(さしゅう)（點收）」是指「經過充分檢查之後才收下」之意。把文件之類的東西直接交給對方，應

處理投訴 **藉由5W3H掌握重點**

　　藉由5W3H可確實掌握對方投訴的重點。把重點記下來，不但能加深對對方的理解，之後如需轉接給相關單位的負責人，也可以代替投訴者以簡潔的方式傳達投訴的內容。

5W3H	意思	詢問對方時的問法（例句）
Who	だれが 誰	どなたがお使いでいらっしゃいますか？（請問使用者是哪一位呢？）
What	なにを 什麼	どのようなものでございますか？（請問是什麼樣的物品呢？）
When	いつ 何時	いつお求めになりましたか？（請問您在何時購買的呢？）
Where	どこで 在哪裡	どちらでお求めになりましたか？（請問您在何處購買的呢？）
Why	なぜ 為什麼	どういった点でお困りでいらっしゃいますか？（請問您為何覺得困擾呢？）
How	どのように 如何	どのようにお使いになっていらっしゃいますか？（請問您都是如何使用的呢？）
How many	どのくらい 多少	どのくらいの量を、ご使用になっていますか？（請問您都使用多少的量呢？）
How much	いくら 多少	※金額這類數字一定要記下來

處理投訴 **回應投訴時「絕對不能説的話」**

反駁 只要以「ですが／でも（可是）」開頭，就算接下來表達的是肯定對方的內容，對方也很容易會將其理解為你是在否定或反駁他所説的話。

× **ですが、お客様のおっしゃることは……。**
（可是，您所説的……）

藉口 任何藉口，聽在對方的耳裡，都是在「替自己辯解」。如果你與對方的認知有落差，也要記下筆記，請相關的負責人向對方解釋清楚。

× **私どもとしては、十分に注意したうえで……。**
（以我們公司來説，我們是在十分小心的情況下……）

失言 當對方説話的語氣突然變得很溫和時要特別小心。有時候可能是為了要讓我們在失去戒心的情況下，一不小心説出不該説的話，這其實可以算是一種惡作劇或是故意激怒別人的行為。

× **お客様のように、物わかりのいい方ばかりだとよいのですが……。**
（若是每位客人，都像您這麼明理的話就太好了……。）

該要説「ご確認ください（請確認）」。

首先要「道謝」　61

ご連絡をいただき、誠にありがとうございます。
（誠心感謝您和我們聯絡。）

一開始要先道謝

當對方以「○○の事で（因為○○的事）～」這類句子當開場白，只要得知對方是要詢問與公司有關的事，就要以「ご連絡（聯絡）」而非「ご電話（電話）」來向對方表達謝意。

接著要「道歉」　62

お手間をとらせてしまって、申し訳ございません。
（給您添麻煩，真是非常抱歉。）

以有禮貌的話道歉

接下來才要開始聽對方究竟想説什麼，如果在這個階段就向對方「賠罪」會顯得太草率，這裡的「非常抱歉」只是針對對方的「不滿」、「不悅」以及耗費「工夫」打電話來所做的「道歉」。

不滿 ご不便をおかけして（造成您的不便）　　**不悦** ご不快な思いをおかけして（讓您覺得不愉快）

聽完對方的話之後再次確認　63

恐れ入りますが、○○は今お手元にご用意いただいていますでしょうか？
（不好意思，請問○○現在是否在您的手邊？）

「○○」是指產品、發票或請款單等引發投訴的物品。若原因在於工作人員的應對方式，或是業務上的不小心等「狀況」，就要以「～ということでよろしいでしょうか（也就是説，是～對吧？）」的説法來歸納對方説的話並進行確認。

要求換貨、維修、修繕　64

お手数ではございますが、○○を着払いで弊社までお送りいただけませんでしょうか？
（能否麻煩您將○○以運費到付的方式，寄送至本公司呢？）

「○○」是指成為投訴原因的物品，無論是「您手邊的商品」或是「金額錯誤的請款單」，在描述時要盡量具體地説清楚是什麼樣的東西。「運費到付」的部份，若在交易或是買賣規章中，已明確指示須由對方付費時，就不需要用這種方式寄送。若是需要修繕或到府維修的情況，就要向對方表示「修理の担当者が伺います（由維修人員和您聯絡）」，並詢問對方何時方便。

一句話小教室　「口達者（能言善道之人）」的説法在語感上讓人覺得有點諷刺的意味，所以「話術が巧み（説話

第**1**章 措辭的基礎知識

第**2**章 敬語的用法

第**3**章 客氣有禮的措辭

第**4**章 日常溝通用語

第**5**章 措辭的禮節

第**6**章 遇到困擾時的應對

第**7**章 利用測驗提升語彙能力

處理投訴 回應投訴時須特別注意的「重點」

無法當場處理時的回應方式　　　重要程度 ★★★

✕
申し訳ございませんが、
こちらでは対応できませんので、
担当部署におつなぎいたします。
しばらくお待ちください。
（非常抱歉，這邊無法處理，我會和負責的部門聯繫，請您稍候。）

65
○
恐れ入ります。
少々お時間を頂戴したいのですが、
こちらからお電話を
差し上げてもよろしいでしょうか？
（不好意思。我希望您能夠給我一些時間，由我們和您聯絡，可以嗎？）

在客訴的應對上，聽完內容之後所做的判斷相當重要。有時對方只是單純打電話來「詢問」後續處理的相關事宜，但如果接電話的人讓對方等待，或是將電話四處轉接，接聽人員的電話應對方式反而可能會成為客人「投訴」的原因，這樣的情形相當常見。像下列這二種情況，就要在當下立刻做出「請相關的負責人再和對方聯絡」的判斷。

● 相關的負責人不在，無法針對投訴的內容做出適當的回應。
● 為了回應對方的投訴，需要一點時間在公司內進行調查、討論、檢討等程序。

詢問對方的姓名或聯絡資訊　　　重要程度 ★★☆

✕
それでは、ご住所、お名前、昼間の
ご連絡先を教えていただけますか？
（那麼，能否請您告知住址、姓名、白天的聯絡方式呢？）

66
○
恐れ入ります。調査のためにいろいろと
お尋ねしてもよろしいでしょうか？
（不好意思，為調查所需，方便詢問您的相關資料嗎？）

若是個人的投訴，突然就詢問對方的姓名、住址及電話號碼是很失禮的事。最好先講明詢問的理由是「為調查所需」。

技巧很好）」並不適合用來稱讚別人。

一個人若用詞粗魯或是說話方式粗俗隨便，牽涉的不僅是這人的品性及智慧，也會讓對方覺得自己不受尊重，因此，避免使用會讓對方感到不悅的「措辭及說話方式」，是比掌握敬語用法更重要、也是社會人士應該要具備的常識。

為了不讓孩子氣的說話方式以及不恰當的措辭，影響職場中其他人對你的評價，就要學會身為一個社會人士應具備的「正確的措辭及說話方式」。

職場環境 **說話時應該修正的「壞習慣」**

幼稚的回應方式

× **うん、わかりました。**
（嗯，我知道了。）

真幼稚

「うん（嗯）」是很孩子氣且完全感覺不到敬意的口語用法。在回答或附和對方時要改用「はい」、「ええ」（是的）。

粗俗隨便的打招呼

× **先輩、オハ！いつもアザース。**
（前輩，早！一直以來謝謝你啦。）

打招呼是社會人士措辭的基本。只要改說「おはようございます（早安）」、「ありがとうございます（謝謝您）」，就會給人做事態度認真的印象。

說話時語尾拉長

× **やっぱり～そうなんですかぁ～？**
（果然～真的是那樣嗎？）

如果已經養成習慣，必須從與家人及朋友之間的對話開始修正。

不管說什麼都加上「超」

× **超歩いて超大変で超疲れました。**
（走超遠的，真是超辛苦，超級累死人了。）

除了「かなり（很）」、「とても（非常）」等，還有很多可用於強調程度的詞。只要提昇自己的字彙能力，不但能使表達方式更豐富，就連說話都能展現出智慧。

粗俗的用字

× **それはちょっとイミフですね～。**
（那有點語意不明呢～）

「イミフ」這種說法，對於完全不懂意思的人，才真的是「意味不明（語意不明）」。無法正確傳達語意的年輕人用語或俗語，不適合用在商業場合。

一句話小教室 「なるほど（原來如此）」是在附和對方時表示同意所使用的詞，如果改用「なるほど、そうです

第1章 基礎知識 措辭的

第2章 敬語的用法

第3章 措辭 客氣有禮的

第4章 日常溝通用語

第5章 措辭的禮節

第6章 應對 遇到困擾時的

第7章 提升語彙能力 利用測驗

職場環境 避免使人不悦的「説話技巧」

　　接下來要介紹的是在商場上說服對方所使用的說話技巧。雖然在實際的對話中，未必會得到預期中的反應，但這類技巧由於可適用於各式各樣的商務場合，因此最好還是全部學起來以備不時之需。

yes - but法　降低對方的排斥感

同意
反駁
> おっしゃる通りだと思います。
> ただ私の考え方は少し違って……。
> （我覺得您説得很對。不過我的想法和您有些不一樣……）
67

先同意對方的説法，再進行反駁。如果以「でも／しかし（但是）」這類帶有否定語氣的詞開頭，會加強否定對方的語氣，因此要特別小心。

yes - and法　對方更容接受

同意
提案
> おっしゃる通りだと思います。
> それと私が申し上げたように……。
> （我覺得您説得很對。而我想和您説的是……）
68

首先向對方表示同意，接著再把自己的意見或想法，以「提議」的形式向對方提出，而「提議」是比直接告訴對方更高層次的説服方式。不過若對方與自己的意見相左，就無法讓對方接受這個「提議」。

開放式問題　透過問問題炒熱對話氣氛

> 敬語を使いこなすコツは何ですか？
> （掌握敬語用法的訣竅是什麼呢？）
69

藉由開放式問題避免對方以「Yes」、「No」來回答問題，才能從對方的回答中開發出新話題，或將話題延伸。

封閉式問題　更快速地取得對方的答案

> 敬語を使いこなすコツはありますか？
> （掌握敬語用法有訣竅嗎？）
70

當你想要向對方確認事情時，透過這種讓對方只能從「Yes」、「No」二個答案中，擇一回答的封閉式問題，是非常有效的方式。而當你詢問對方「明日までにお願いできますか？（可以拜託你幫忙到明天為止嗎？）」，對方若親口説出「はい（可以）」，在心理上也有加強責任感的效果。不過若太過常用，對方可能會覺得你在逼迫他。

ね（原來如此，我明白了）」的説法，會顯得更有禮貌，而且用於輩份或地位較高的人，也不會顯得失禮。　　　　　185

職場環境 提醒或指出對方錯誤的方法

例 提醒經常遲到、風評不佳的後輩

× 遅刻が多いけど、最近、
生活が乱れてるんじゃないの？
みんなが気にしてるよ。

（你最近常遲到喔。你這陣子的生活是不是不太規律呢？
大家都在注意你囉。）

71 ○ 私が気にしすぎかもしれないけれど、
遅刻するのは体調が原因ではないかと
なんだか心配で……。

（雖然可能是我多慮了，不過我有點擔心你是不是身體狀況不太好，所以才會遲到……）

例 在謄寫文件時發現前輩出錯

× この部分、間違っていますよね？

（這個部分是不是有錯啊？）

72 ○ この部分は、○○と訂正すればよろしいですか？

（這個部份是否可以更正為○○呢？）

例 與客戶的商談中，上司搞錯對方的名字

× 失礼いたしました。
部長、こちらは山下ではなく山本様です。

（失禮了。部長，這一位是山本先生而不是山下先生。）

73 ○ 山本様は、どうお考えになりますか？
山本様のご意見はいつも的を射ているので
大変勉強になります。そうですよね、部長。

（山本先生，請問您覺得如何呢？山本先生的意見總能一語中的，
令我獲益良多。您說是吧，部長。）

在外人面前直接指出錯誤，會讓上司臉上無光，而且也會讓對方覺得很尷尬，若暗中提醒上司
卻仍無法察覺，就等到只剩下上司和自己二個人時再告訴他。

一句話小教室 以「運動」作為閒聊的話題時要特別小心。尤其是容易引發爭論的「足球」及「棒球」，初次見面

第**1**章 措辭的基礎知識

第**2**章 敬語的用法

第**3**章 客氣有禮的措辭

第**4**章 日常溝通用語

第**5**章 措辭的禮節

第**6**章 遇到困擾時的應對

第**7**章 利用測驗提升語彙能力

職場環境 容易出錯的敬語大盤點

× 社長はどこへ参られますか？

74 ○ 社長はどちらへいらっしゃいますか？
（社長您要去哪裡呢？）

「参る」是「行く」的謙讓語，尊敬語為「いらっしゃる」。

× 社長、みかんをいただかれますか？

75 ○ 社長、みかんを召し上がりますか？
（社長，您要吃橘子嗎？）

如果是和社長一起享用客戶送的伴手禮，則應該要說「社長、みかんを一緒にいただいてよろしいですか？（社長，我可以和您一起吃橘子嗎？）」。

嗯…
つ

× 社長がお越しになられました。

76 ○ 社長がお越しになりました。
（社長到了。）

很好！

「お越しになられる」是雙重敬語。「来る」的尊敬語是「お越しになる」、「お見えになる」。

× 社長は写真を拝見なさいますか？

77 ○ 社長は写真をご覧になりますか？
（社長要看照片嗎？）

如果是一起看客戶帶來的照片，就會說「私も、一緒に拝見させてください（請讓我一同觀賞）」。

時最好還是避免提到比較安全

閒聊 更有效地提問與回應

　　最適合用來練習敬語及措辭的場合，就是閒聊，特別是初次見面的人會比較容易主動、積極地與對方閒聊，正因為和對方不熟，所以說話時會更慎重地選擇用詞，自然在措辭上會較有禮貌。此外，在商務會談的過程中穿插一些輕鬆的閒聊，不但可以緩和緊張的氣氛、縮短彼此之間的距離，還可能讓談話的過程進展得更順利。

閒聊 吸引對方注意的閒聊法

● 藉由不會碰壁的「開場白」，向對方暗示要開始閒聊。
● 閒聊是為了放鬆心情對話。話題要盡量選擇可以輕鬆聊天的內容。
● 從詢問對方的問題中，找出對方可能感興趣的內容，作為閒聊的話題。
● 雖然讓對方盡情地講話很重要，但不要只當個聆聽者。
● 緊張的心情緩和下來之後就可以結束閒聊。

❌ **閒聊時盡量避免的話題**
　　宗教／政治、政黨／學歷／收入／家庭相關問題／與景氣有關的話題／與雙方的敵對公司有關的話題／自我炫耀的話題／背地裡說別人的壞話、謠言／生病、病況等。

❌ **若對方為異性時應該避免的話題**
　　相貌／年齡／結婚／戀愛／生產／與性有關的話題／名人的八卦消息等。

❌ **若對方為初次見面或不太親近的人，最好避談的話題**
　　運動，尤其是特定種類的運動或與運動隊伍有關的話題／出生地／工作上失敗的經驗／對於藝人、運動選手等特定人物的表現予以否定的話題／民族、文化等。

　　無論是聊什麼事，只要對方顯露出任何不悅的表情，不管內容為何，都要盡快換一個話題。

閒聊時基本上要避免聊到與商業有關的話題

選擇閒聊的話題時，重點是要選擇「相對安全的話題」、「與工作無關的話題」。特別是有多數人在場的時候，不管閒聊的內容再輕鬆，都絕對禁止聊到與工作有關的事，有些人打探公司的動向，目的可能是為了取得與公司有關的重要資訊，一旦這些資訊流出，可能會使公司蒙受巨大的損失，不可不慎。

一句話 小教室 在使用敬語時，若遇上「慣用句」或「俗諺」，基本上只要直接使用就可以了。例如「逃した魚は

第1章 措辭的基礎知識
第2章 敬語的用法
第3章 客氣有禮的措辭
第4章 日常溝通用語
第5章 措辭的禮節
第6章 遇到困擾時的應對
第7章 利用測驗提升語彙能力

閒聊 「開場白」是開啟對話的信號

✕ 午後（ご ご）からひと雨（あめ）くるかな……。
嫌（いや）な空模様（そら も よう）になってきましたね。
（下午是不是會下一場雨啊……天氣變差了。）

○ 午後（ご ご）からひと雨（あめ）くるかな……。 78
ちょうどいいお湿（しめ）りになりそうですね。
（下午是不是會下一場雨啊……天氣說不定會舒服一點。）

如果要用來當作開始閒聊的信號，相較於「嫌な空模様（不好的天氣）」，還是較偏好「ちょうどいいお湿り（濕度適中的天氣）」這種比較正向的表達方式。但若實際上天氣很陰鬱，那就找其他的話題來當「開場白」。

氣候／季節 79
もうそろそろ桜（さくら）が咲（さ）く時期（じ き）でしょうか。
（差不多到了櫻花開花的季節了吧？）

新聞／與城市有關的話題 80
○○駅前（えきまえ）に高層（こうそう）ビルが建（た）つらしいですね。
（據說○○車站前蓋了一棟高樓大廈。）

旅行／興趣 81
いい温泉（おんせん）をご存（ぞん）じでしたらお教（おし）えください。
（如果您知道不錯的溫泉，請告訴我。）

自己的回憶 82
このあたりは、
学生時代（がくせいじだい）によく来（き）たんですが、
ずいぶん変（か）わっていて驚（おどろ）きました。
（我學生時代滿常到這一帶來的，這裡改變好多，我感到好驚訝。）

要選擇能放鬆心情的話題

若是初次見面的對象，與「天氣」有關的話題最安全。無論選擇什麼樣的話題作為開場白，都要盡量選擇能夠舒緩情緒或是能讓人心情愉快的話題。

大（おお）きい（得不到的最好）」就不會說成「逃（のが）したお魚（さかな）は大（おお）きい」。

閒聊 直接的用詞要改以委婉的說法表達

　　緊張時容易不小心脫口而出的粗魯言詞，或是讓人印象較差的用語，都盡量改以較為委婉溫和的說法來表達吧。另外，閒聊時如果將能將公事改以溫和的說法取代，就能當作「主要議題」的調劑品，創造出和睦的氛圍。

83 儘量避免的詞	可代換的例子	儘量避免的詞	可代換的例子
無愛想（冷淡）	→ クール／寡黙な人（冷靜／沉默寡言的人）	仕事が遅い（做事很慢）	→ 仕事が丁寧（工作謹慎）
うるさい（吵鬧）	→ にぎやか（熱鬧）	消極的（消極的）	→ 奥ゆかしい（有深度的）
偉そう（看起來了不起的）	→ 貫禄がある（有威望的）	すごい（厲害）	→ 見事／素晴らしい（出色的／極優秀的）
おしゃべり（話多）	→ 弁が立つ（能言善道）	性格がきつい（性格剛強的）	→ しっかりしている（可靠的）
おせっかい（好管閒事）	→ 世話好き（樂於助人）	たくましい（頑強的）	→ 凛々しい／タフ（威風凜凜的／堅韌不拔的）
○○オタク（○○宅）	→ ○○に詳しい人（對○○很了解的人）	鈍感（遲鈍）	→ おっとりしている（穩重大方）
落ち着きがない（靜不下來）	→ 元気がいい／活発（有精神／活潑）	太っている（肥胖的）	→ ふくよか（豐滿）
経験不足（經驗不足）	→ 新鮮な発想がある（想法新穎）	派手（華麗）	→ 華やか（華麗）
ケチ（小氣）	→ 経済観念がある（對金錢有概念）	やせている（瘦的）	→ きゃしゃ／スリム（窈窕／苗條）

閒聊 用「問題」擴展對話

> 84
> ○○さんは、何か趣味をお持ちですか？
> （○○先生的興趣是什麼呢？）

> 85 對方
> はい、子どもの頃から釣りが好きで今でもよく行きます。
> （我從小就喜歡釣魚，現在也很常去。）

> 86
> そうですか。いいご趣味ですね。
> 私はやったことがないので、この機会に
> いろいろ伺ってもよろしいですか？
> （原來如此。真是很棒的興趣呢。我從來沒有釣過魚，方便藉這個機會問您一些問題嗎？）

　　向對方提問，請對方說一些你不知道或是你可能會感興趣的事，有了這些話題的帶動，你們自然就能愉快地聊天，並能從中將對話擴展開來。

一句話小教室　「目が高い（有眼光）」若要用於輩份或地位較高的人，就要改成「お目が高くていらっしゃ

第 **1** 章 措辭的基礎知識

第 **2** 章 敬語的用法

第 **3** 章 客氣有禮的措辭

第 **4** 章 日常溝通用語

第 **5** 章 措辭的禮節

第 **6** 章 遇到困擾時的應對

第 **7** 章 利用測驗提升語彙能力

閒聊 面對消極的發言可以用較婉轉的方式回應

　　「オウム返(がえ)し」是指將對方所說的內容重覆一次，藉由向對方確認來延續對話的一種方式。如果對方的發言內容很消極，那就改成較為溫和的說法。

> このところ、嫌(いや)なことばかり続(つづ)いて
> うんざりしているんですよ。
> （最近一大堆煩心事，我真是受夠了。）

對方

87
何(なに)かよくないことでもありましたか？
（發生什麼不好的事了嗎？）

> ここだけの話(はなし)ですが、
> どうも上司(じょうし)とそりが合(あ)わなくて……。
> （你不要跟別人說，我和上司不太處得來……。）

對方

88
考(かんが)え方(かた)は人(ひと)それぞれですから、
意見(いけん)が合(あ)わないこともありますよね。
（每個人的想法都不一樣嘛。總有意見不合的時候。）

> そうなんですよ。この間(あいだ)も、
> 些細(ささい)なことから口論(こうろん)になりました。
> （就是說啊。之前也因為一些小事爭吵。）

對方

89
何(なに)でも言(い)い合(あ)えるということは、
○○さんは信頼(しんらい)されているんですね。
そういえば、今(いま)のお話(はなし)で思(おも)い出(だ)したのですが、
私(わたくし)も学生時代(がくせいじだい)に親友(しんゆう)と……。
（什麼事都會跟你爭論，就代表對方很信任你呢。說到這個，提到這件事才讓我想起來，我在學生時代時，和好朋友也是……。）

　　若對方把公司內部的事告訴你，你就要若無其事地慢慢修正話題的方向，可以用「そういえば（說到這個）」來轉換話題。

る」，慣用語中也有像這樣，是以敬語形式表達的句子。

「お疲れさま（您辛苦了）」是彼此互相表達感謝的問候方式

　　雖然我同意語言和禮儀都會隨著時代進步漸漸地產生變化，但現代人對於「お疲れさま（您辛苦了）」的使用方式，總讓我覺得有些不太對勁。大約五十年前，在我還在公司工作的時代，通常是工作結束準備回家的同事向大家說「お先に失礼します（我先告辭了）」，仍在公司的同仁才會以「お疲れさまでした（您辛苦了）」回覆對方。不然就是當上司從外頭回到公司，公司的同仁才會說一句「お帰りなさいませ、お疲れさまでした（歡迎回來，您辛苦了）」，除此之外，幾乎不會用到這句話。

　　現在即使是上午，只要過了以「早安」打招呼的時間，就會不斷地有人對你說「お疲れさまです（辛苦了）」，不只在走廊之類的地方碰面時會說，開會之類的場合，開口第一句話也是說「お疲れさまです。これから会議を始めます。（辛苦了，現在開始開會）」。我還曾在某公司的人打來的電話中，聽到對方說：「いつもお世話になっています。お疲れさまです。（一直承蒙您的關照，辛苦了）」，從洗手間出來的時候，也會聽到有人對我說「お疲れさまです。」，我一直覺得這句話用在這種地方很奇怪。

　　「お疲れさま」是彼此相互表達感謝時所說的話。據說電視台在節目錄製結束時，都會說「お疲れさま」，以表示感謝大家之意。「疲れる（疲勞）」是屬於負面意涵的詞。一大早就聽到這麼負面的詞各位有什麼感覺呢？聽說美容院及女性服飾店也很常用「お疲れさま」，不管是洗完頭或是試穿完衣服，都會說「お疲れさま」，但說真的，對方幫自己洗頭，協助自己試穿衣服，不是應該要說向對方說「ありがとうございます（謝謝您）」才對嗎？我覺得現在與其說「お疲れさま」是慰勞、感謝的話語，不如說它已經變成一種問候語。

　　「お疲れさま」現在的用法之所以會如此廣為流傳，似乎是因為一般人在打招呼時，總覺得自己應該要說點什麼，才演變成今天的用法。若語言是有靈魂的，那麼我懇請各位，與其用「疲れる（疲勞）」，還不如改用能夠讓彼此心情更開朗、更有活力的詞。

第 7 章

利用測驗提升語彙能力

敬語就是使用有禮貌的語彙。
為了在說話時，
能夠以溫柔有禮貌的說話方式，
表達對他人的體貼之情，
來培養自己的「語彙能力」吧。

解答P206

 問題 1 更正下列句子中錯誤的尊敬語與謙讓語

以下為引導公司的訪客至接待室時所説的話。請分別將 A～D 句中錯誤的敬語用法，更正為正確的用法。

Ⓐ 江戸川様でございますね。

Ⓑ 山田部長はまもなくいらっしゃいます。

Ⓒ すみませんが、
応接室でお待ちしてください。

Ⓓ ご案内させていただきます。

問題 2 在分發資料時該説些什麼？

解答P206

開會分發資料時所説的話，下列各句何者正確？

Ⓐ こちらが会議の資料になります。
Ⓑ こちらが会議の資料となっております。
Ⓒ こちらが会議の資料でございます。
Ⓓ こちらが会議のご資料でございます。

問題 3 「見る」正確的謙讓語用法為以下何者？

解答P206

「見る」的謙讓語為「拝見する」，以下何者為正確的用法？

Ⓐ 御社のカタログを拝見いたしました。
Ⓑ ゴッホの絵を拝見いたしました。

第1章 措辭的基礎知識

第2章 敬語的用法

第3章 客氣有禮的措辭

第4章 日常溝通用語

第5章 措辭的禮節

第6章 遇到困擾時的應對

第7章 利用測驗提升語彙能力

問題 4 以禮貌的説法説明行走的路線

解答P206

若要向客人説明從距離最近的車站到公司的行走路線，以下的説明內容中，不適當的地方共有幾處？

○○駅（えき）のＡ出口（でぐち）から右（みぎ）へまっすぐ行（い）くと信号（しんごう）があります。
そちらを渡（わた）ってもらって、左（ひだり）へお曲（まが）りになると、
10メートルくらい先（さき）に当社（とうしゃ）のビルが
お見（み）えになると思（おも）います。
1階（いっかい）に受付（うけつけ）があるので、そちらで伺（うかが）ってください。
山田部長（やまだぶちょう）には、○○様（さま）が来（く）るとお伝（つた）え申（もう）しておきます。

Ⓐ 3ヵ所（さんかしょ） Ⓑ 5ヵ所（ごかしょ） Ⓒ 7ヵ所（ななかしょ） Ⓓ 10ヵ所（じゅうかしょ）

問題 5 使用緩衝用語詢問聯絡方式

解答P207

花子小姐代替山田部長接待客人。對方在得知部長不在之後，只説了一句「敝姓佐藤」便打算離去，所以花子必須要詢問對方的聯絡方式。請在Ａ～Ｄ的選項中，選出最適合填入（　）內的緩衝用語。

佐藤様（さとうさま）、
（　れんらくさき　）、
ご連絡先（れんらくさき）を伺（うかが）っても
よろしいでしょうか？

Ⓐ お手数（てすう）ですが
Ⓑ 差（さ）し支（つか）えなければ
Ⓒ お忙（いそが）しいところ恐縮（きょうしゅく）ですが
Ⓓ よろしければ

問題 6 用於表示贊同的附和用語「なるほど」 　　解答P208

對於輩份或地位較高的人，下列的選項中何者為最適合且不會失禮的「附和用語」用法？

Ⓐ なるほど！

Ⓑ なるほど、ですね。

Ⓒ なるほど、そうですね。

Ⓓ なるほどで、ございますね。

問題 7 使用緩衝用語詢問唸法 　　解答P208

敬吾在拿到客人給的名片後，想要詢問對方的姓名該怎麼唸。請在下列的選項中，選出最適合填入（　　）內的緩衝用語。

（　　　　　　　）、
お名前は何とお読みすれば
よろしいでしょうか？

Ⓐ 申し訳ございませんが

Ⓑ あいにくですが

Ⓒ ご面倒をおかけいたしますが

Ⓓ 失礼ですが

問題 8 詢問是否要「攜帶」時 　　解答P208

向上司詢問是否要攜帶文件時，以下的説法何者正確？

Ⓐ 書類をお持ちになりますか？

Ⓑ 書類をお持ちしますか？

問題 9 把「食物類」的伴手禮交給對方

解答P209

去拜訪客戶時，帶了十分美味的餅乾作為伴手禮。若要以有禮貌的説法向對方表示「請貴部門的各位一同品嚐」，以下的説法何者正確？

Ⓐ 皆様で召し上がってください。

Ⓑ 皆様でお召し上がりになってくださいませ。

Ⓒ 皆様でいただいてください。

Ⓓ 皆様でご賞味ください。

問題 10 收到訃聞的電話通知時的應對方式

解答P209

收到客戶公司職員的通知，該公司的董事長過世。回應時的説法以下何者正確？

Ⓐ
ご愁傷様でした。
わざわざありがとうございます。
上司に伝えさせていただきます。

Ⓑ
大変お世話になっておりましたのに、
お悔やみ申し上げます。
ご丁寧にご連絡恐れ入ります。

Ⓒ
ご苦労様です。
お力落としなされませんように、
皆様にお伝えください。

敬吾與前輩一起搭部長開的車，帶著客戶到新工廠參觀。請客戶入座時，敬吾該怎麼表達呢？請在Ａ～Ｄ的選項中，選出最適合填入（　　）內的答案。

○○様、よろしければ（　　　　　　　）

Ⓐ 部長（運転席）の隣の席におかけください。
Ⓑ 運転席の後ろの席はいかがでしょうか？
Ⓒ 後ろの席の中央にお座りください。
Ⓓ 後ろの席の左側はいかがでしょうか？

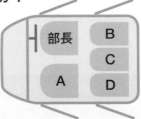

下列尊敬語的用法中，何者有誤？
※可複選

Ⓐ する → なさる／される
Ⓑ 言う → おっしゃる／言われる
Ⓒ 聞く → 伺う／拝聴する
Ⓓ 待つ → お待ちになる／待たれる
Ⓔ 知る → ご存じ／ご存じでいらっしゃる
Ⓕ もらう → お受け取りになる／お納めになる
Ⓖ 来る → お越しになる／参られる
Ⓗ いる → いらっしゃる／おられる

第1章 措辭的基礎知識

第2章 敬語的用法

第3章 客氣有禮的措辭

第4章 日常溝通用語

第5章 措辭的禮節

第6章 遇到困擾時的應對

第7章 利用測驗提升語彙能力

問題 13　與來賓一同搭乘電梯時　　解答P210

與來賓一同搭乘電梯時的應對方式，下列何者正確？（可複選）

Ⓐ （外で扉を押さえながら）どうぞお先に。

Ⓑ （手のひらで中を指しながら）
では、参りましょう。

Ⓒ お先に失礼いたします。
（先に乗って開ボタンを押しながら）どうぞ

Ⓓ （お客様の一歩後ろから）
どうぞ。3階まで参ります。

問題 14　聽不清楚對方聲音時的電話應對　　解答P210

客人打來的電話中聽不清楚對方的聲音，所以想和對方說「もう少し大きな声で話してください（請您說話再大聲一些）」，在這種時候，表達歉意的「申し訳ございません（非常抱歉）」之後所接續的句子為下列何者？

Ⓐ 少々お電話が遠いようでございます。

Ⓑ 少々お声が遠くていらっしゃるようですが。

Ⓒ 少々お声を大きくしていただけますか？

Ⓓ 少々お声が拝聴しにくいのですが。

問題 15　「わかりました（我知道了）」較有禮貌的說法是什麼？　　解答P211

以下何者是對輩份或地位較高的人回答「わかりました」時所使用的說法？

Ⓐ 了解いたしました。

Ⓑ かしこまりました。

客戶要你介紹上司及前輩給他認識　　　　　　　　　解答P211

初次拜訪公司的客人，要求花子介紹上司及前輩給他認識。在 A～D 的選項中，哪一個是商業場合中最理想的介紹順序？

① 客人／25歳

> こちらが、
> いつもお世話（せわ）になっている
> 平成物産（へいせいぶっさん）の佐藤様（さとうさま）で
> いらっしゃいます。
> （這一位是平日一直關照我們的平成物產的佐藤先生。）

② 前輩／37歳

> 営業部（えいぎょうぶ）の鈴木（すずき）でございます。
> 新製品（しんせいひん）の広報（こうほう）を担当（たんとう）しております。
> （這位是營業部的鈴木小姐。她負責的是新產品宣傳工作。）

介紹人

③ 課長／31歳

> 課長（かちょう）の山下（やました）でございます。
> （這位是課長的山下先生。）

Ⓐ ②先輩（せんぱい）　③課長（かちょう）　①客人（きゃくじん）
Ⓑ ③課長（かちょう）　②先輩（せんぱい）　①客人（きゃくじん）
Ⓒ ①客人（きゃくじん）　②先輩（せんぱい）　③課長（かちょう）
Ⓓ ①客人（きゃくじん）　③課長（かちょう）　②先輩（せんぱい）

「もらう」的謙讓語「頂戴（ちょうだい）する」的用法　　　　　　解答P211

下列何者為「もらう」的謙讓語「頂戴（ちょうだい）する」的正確用法？

Ⓐ お時間（じかん）を頂戴（ちょうだい）してよろしいでしょうか？
Ⓑ お名前（なまえ）を頂戴（ちょうだい）してよろしいでしょうか？

問題 18 以會議主持人的身份向大家打招呼

解答P212

作為與客戶開會時的會議主持人，下面這段內容為開場白。若要將下面的內容改為正確的禮貌用語，應該要修正的部份有幾處呢？

本日（ほんじつ）は雨（あめ）の中（なか）、わが社（しゃ）の会議（かいぎ）にご来席（らいせき）を
頂戴（ちょうだい）いたしまして誠（まこと）にありがとうございます。
本日（ほんじつ）の司会進行（しかいしんこう）をやらさせていただきます、
○○部（ぶ）の△△と申（もう）します。
不慣（ふな）れな事（こと）もたくさんあると思（おも）いますが、
皆様（みなさま）の本音（ほんね）をお聞（き）かせいただきたく、
どうぞよろしくお願（ねが）いいたします。

Ⓐ 2處　　Ⓑ 4處　　Ⓒ 6處　　Ⓓ 8處

問題 19 何者為錯誤的敬語用法？

解答P212

下列尊敬語與謙讓語的用法何者有誤？

Ⓐ 佐藤様（さとうさま）がお待（ま）しておられます。
Ⓑ 私（わたくし）がお迎（むか）えに参（まい）ります。
Ⓒ 佐藤様（さとうさま）はいらっしゃいますか？
Ⓓ お迎（むか）えにあがりました。

問題 20 美化語的用法

解答P212

下列的選項中哪些是屬於美化語？　※可複選

Ⓐ お手紙（てがみ）
Ⓑ ご挨拶（あいさつ）
Ⓒ ご勉強（べんきょう）
Ⓓ ご返事（へんじ）
Ⓔ 御結婚（ごけっこん）
Ⓕ 御祝儀（ごしゅうぎ）
Ⓖ 御住所（ごじゅうしょ）
Ⓗ 御飯（ごはん）

問題 21 接到上司的家人打來的電話

上司的家人在上司外出時打電話來找他，下列何者是最適合接續在「奥樣からお電話があったと（夫人您來過電話）」之後的句子？

「奥様からお電話があったと」

Ⓐ 部長に言っておきます。

Ⓑ ご主人様にお伝えします。

Ⓒ 部長にお伝えいたします。

Ⓓ 部長に申し伝えます。

問題 22 向工作上協助自己的前輩打招呼

對於協助自己準備新品發表會的前輩，下列何者是最不理想的「道別」？

Ⓐ 遅くまで、申し訳ございません。
ありがとうございました。

Ⓑ 遅くまで、ご苦労さまでした。
また明日もよろしくお願いいたします。

Ⓒ 遅くまで、ありがとうございました。
お疲れさまです。

Ⓓ 大変助かりました。ありがとうございます。
お疲れさまでした。

第1章 基礎知識 措辭的

第2章 敬語的用法

第3章 客氣有禮的 措辭

第4章 日常溝通用語

第5章 措辭的禮節

第6章 遇到困擾時的 應對

第7章 利用測驗 提升語彙能力

問題 23 在派對上介紹自家公司的社長　　　　　　解答P213

敬吾邀請客戶參加公司的創業紀念派對，並在派對中擔任司儀。當他要請社長上台致詞時，在 A～D 的選項中，何者最適合填入（　　）內？

はじめに（　　　　　　　　）

社長
貓田一郎

Ⓐ 弊社の猫田イチロー社長より、
　ひと言ご挨拶をいただきます。

Ⓑ 音羽商事社長、猫田イチローより、
　ひと言ご挨拶を賜ります。

Ⓒ 弊社、代表取締役社長、猫田イチローより、
　ご挨拶を申し上げます。

Ⓓ 弊社、代表取締役社長、猫田が、
　ひと言ご挨拶いたします。

問題 24 「我們公司」若以敬語表示應為？　　　　　　解答P214

將平日常用的詞代換為適合用於商業場合的用語。請在下列 A～L 的位置，填入適當的用語，完成這張表格。

わたし／ぼく	Ⓐ	あさって（明後日）	Ⓖ
ウチの会社	Ⓑ	いま	Ⓗ
そちらの会社	Ⓒ	あとで	Ⓘ
だれ（誰）	Ⓓ	もうすぐ	Ⓙ
きょう（今日）	Ⓔ	とても	Ⓚ
きのう（昨日）	Ⓕ	～ぐらい	Ⓛ

下列的 A ～ D 是與上司之間的對話，請由以下的選項中選出錯誤的措辭。
※可複選

A 先週から父が東京に参っております。

上司 そう。お父様はお変わりないですか？

B はい、お蔭さまで大変元気にしております。

上司 ○○さんの父上は、私の親友の恩師でいらっしゃるとか。

C 父もそう言ってました。よかったら、
父にお目にかかってくださいますか？

上司 いいとも。私も以前からお会いしたいと思っていたからね。

D ありがとうございます。
父もきっと大喜びすると思います。

下列表示「出席しますか」的尊敬用法中，何者有誤？

A ご出席されますか？
B ご出席になりますか？
C 出席なさいますか？

第1章 措辭的基礎知識

第2章 敬語的用法

第3章 客氣有禮的措辭

第4章 日常溝通用語

第5章 措辭的禮節

第6章 遇到困擾時的應對

第7章 利用測驗提升語彙能力

問題 27　向上司報告工作進度

解答P214

花子要向上司報告自己的工作進度。請在 A～D 的選項中，選出最適合填入（　　）內的說法。

> 失礼いたします。
> ○○の件で、（　　　　　　　　）

Ⓐ お話ししたいことがあるのですが、今いいですか？

Ⓑ ご報告があります。お時間いただけますか？

Ⓒ ご報告したいので、少々お時間をください。

問題 28　正確使用敬語

解答P215

下列的選項中，何者為正確的敬語用法？　※可複選

Ⓐ 山田部長が帰っていらっしゃいました。

Ⓑ よくかき混ぜて召し上がってください。

Ⓒ ケーキをお召し上がりになられますか？

Ⓓ 私もご一緒に行かさせていただきます。

問題 29　商務場合常用的「～させていただく（請容我～）」

解答P215

「～させていただく」在商務場合中經常會使用到，請由下列例句中，選出不恰當的說法。　※可複選

Ⓐ のちほどご説明させていただきます。

Ⓑ 本日、お休みさせていただいております。

Ⓒ 4月末付で退職させていただきました。

Ⓓ 今月中に納入させていただきます。

Ⓐ 江戸川様でいらっしゃいますね。（江戶川先生對吧）

（謙讓語「ございます」→「いる」的尊敬語）

Ⓑ 部長の山田はまもなく参ります。（山田部長立刻就來）

山田部長 → 不加敬稱；尊敬語「いらっしゃいます」→ 謙讓語

Ⓒ 申し訳ございませんが、（非常抱歉）

不夠禮貌，別使用具有多種語意的「すみません」。

応接室でお待ちいただけますでしょうか？（能否請您在接待室等待？）

錯誤用法的「お待ちしてください」→ 尊敬語

Ⓓ ご案内いたします。（我來帶路）

「させていただく」是雙重敬語 →「する」的謙讓語

✕Ⓐ こちらが会議の資料になります。

這個說法也可以解讀為「要去做某事然後才變成資料」，會令人困惑。

✕Ⓑ こちらが会議の資料となっております。

說法太囉嗦，與Ａ一樣讓人搞不清楚要說什麼。

✕Ⓓ こちらが会議のご資料でございます。

這裡的「資料」不需要加上美化語。

✕Ⓑ ゴッホの絵を拝見いたしました。（我看了梵谷的畫）

不是說話對象的作品，不需要使用謙讓語。

○○駅のＡ出口から右へまっすぐ（1）行かれると信号があります。

そちらを（2）渡っていただいて、（3）左手へお進みください。

10メートル（4）ほど先に当社のビルが（5）ございます。

1階に受付（6）がありますので、そちらで（7）お尋ねください。

（8）山田には、○○様が（9）お見えになると（10）申し伝えておきます。

（從○○車站的Ａ出口出來後往右直走，就會看到紅綠燈。在那裡過馬路後請往左邊走。往前走10公尺左右就會看到本公司的大樓。接著再請您到位於一樓的櫃檯洽詢。我會告知山田部長，○○先生將會來訪。）

(1) 行く → 尊敬語「行かれる／いらっしゃる」

(2) 渡ってもらって → 尊敬語「渡っていただいて」

(3) 左へ曲がりになると（往左邊轉彎後）→ 改為更簡單易懂有禮貌的説法

(4) くらい → 較有禮貌的用字「ほど」

(5) お見えになる →「お見えになる」是「来る」的尊敬語。而此處「ある」的丁寧語「ございます」比「見える」更合適。

(6) があるので → 改為較有禮貌的「ありますので」。

(7) 伺ってください →「伺う」是「聞く」的謙讓語。想請對方自行詢問時，要使用尊敬語的「お尋ねください・お聞きください」。

(8) 山田部長 → 不用加上敬稱

(9) 来る → 使用「来る」的尊敬語「お見えになる／お越しになる」。

(10)お伝え申します → 告知上司的是自己，所以使用謙讓語「申し伝える」才是正確的。

解答：問題5　Ⓑ　差し支えなければ（若不會造成您的困擾）

> 佐藤様、差し支えなければ、
> ご連絡先を伺っても
> よろしいでしょうか？
> （佐藤先生，若不會造成您的困擾，可以請教您的聯絡資料嗎？）

✕Ⓐ　お手数ですが（麻煩您）
請對方填寫姓名或是做其他耗費時間或力氣的事時使用。

◯Ⓑ　差し支えなければ（若不會造成您的困擾）
「支障がなければ（如果不會對你產生任何影響）」的意思。對僅自報姓氏就打算離開的佐藤先生表示體貼之意，這是最合適的用法。

✕Ⓒ　お忙しいところ恐縮ですが（百忙之中不好意思）
當要和對方説話但對方正在忙時所使用的緩衝用詞。

✕Ⓓ　よろしければ（若方便的話）
語意上與「差し支えなければ（若不會造成您的困擾）」相同。若要選擇此種説法，就要以「ご連絡先を伺ってもよろしいでしょうか（方便詢問您的聯絡資料嗎？）」表達，由於「よろしい」會重複，所以最好別用。

第1章 措辭的基礎知識
第2章 敬語的用法
第3章 客氣有禮的措辭
第4章 日常溝通用語
第5章 措辭的禮節
第6章 遇到困擾時的應對
第7章 提升語彙能力 利用測驗

C なるほど、そうですね。（原來如此，您説得是）

「なるほど（原來如此）」原本是地位較高的人，對於地位較低的人所説的話感到「欽佩」時的用法，在語感上是向對方的意見表示贊同，但就算是地位對等的人，若太過頻繁地用可能會給人傲慢自大的感覺。

若交談的對象是上司或是地位較高的人，避免使用此説法回應是較理想的做法，如果真要使用，那就在後面加上一句「そうですか」、「さようですか」（您説的是），即可轉化為較禮貌的説法。另外二個選項，使用「ですね（説的也是）」會給人太過輕佻之感，使用「でございますね（是呢）」又會顯得過度鄭重，在這個例子中使用這二種説法，都容易給人不正經亂開玩笑的印象，要格外小心。

D 失礼ですが（不好意思）

失礼ですが、お名前は何とお読みすれば
よろしいでしょうか？
（不好意思，請問您的名字該怎麼唸？）

這個情況下，不會唸對方的名字是「失禮的行為」，所以要用「失礼ですが」作為緩衝語。

✕ **A** 申し訳ございませんが（非常抱歉，）→ 對對方造成困擾時使用。

✕ **B** あいにくですが（很不巧，）→ 事情不如對方所想時使用。

✕ **C** ご面倒をおかけいたしますが（不好意思給您添麻煩了，）
→ 讓對方耗費時間或力氣去做某事時使用。

A 書類をお持ちになりますか？（文件您要帶去嗎？）

「持つ」要轉為敬語時是屬於添加型，尊敬語為「お～になる」。

✕ **B** 書類をお持ちしますか？（我要帶文件去嗎？）

「お～する」是謙讓語。
攜帶文件的是上司，所以要使用尊敬語。
將對方的文件由「自己帶去」才是使用謙讓語。

第**1**章 基礎知識 措辭的
第**2**章 敬語的用法
第**3**章 措辭 客氣有禮的
第**4**章 日常溝通用語
第**5**章 措辭的禮節
第**6**章 遇到困擾時的應對
第**7**章 利用測驗提升語彙能力

解答：問題9　Ⓐ　皆様で召し上がってください。（請大家一起享用）

伴手禮是由客戶那邊的人「吃」，所以要使用尊敬語「召し上がる」

✕Ⓑ　皆様でお召し上がりになってくださいませ。

「召し上がりになる」是雙重敬語。雖然就算用了也頂多被視為「誤用」，但加上「くださいませ」會給人囉嗦的印象。

✕Ⓒ　皆様でいただいてください。

「いただく」是謙讓語。

✕Ⓓ　皆様でご賞味ください。

若使用「賞味（品嚐）」是「請你要一邊吃一邊好好品味」的意思，會隱約給人一種強迫的感覺，即使並不能算是「誤用」，但用在此處並不合適。

解答：問題10　Ⓑ　～お悔やみ申し上げます。～（～，致上哀悼之意。～）

✕Ⓐ　「ご愁傷様でした（請節哀順變）」是在守靈夜及葬禮上使用的哀悼語。「わざわざ（特地）」則是「疊字」。

〇Ⓑ　在這個情境中，需要的是表示「因會長過世而致上哀悼之意」以及「感謝對方通知」之意的句子。

✕Ⓒ　「ご苦労様です（您辛苦了）」用於打電話給自己的客戶並不恰當。「お力落とし～（我能想像您有多麼悲傷）」是向家屬表示哀悼的話。

解答：問題11　Ⓐ　部長（運転席）の隣の席におかけください。（請您坐在部長（駕駛座）旁邊）

　　當有4～5個人要一起搭車而開車的人又是同行的人時，副駕駛座為上位。後座的三個位置中，中間的位置為下位。

　　若為計程車或包車接送服務，一般來說，駕駛座的後方為上位。不過當後座有三名乘客時，入座時較不容易上車，所以若有客人在場，搭車前先詢問客人本身的意願，更能讓客人留下有禮貌的印象。

計程車

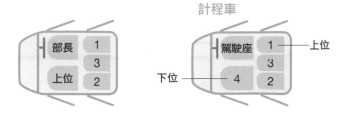

Ⓒ 聞く→伺う／拝聴する　「伺う」、「拝聴する」為謙讓語。
　　尊敬語為「お尋ねになる／お聞きになる」

Ⓖ 来る→お越しになる／参られる　「参られる」為雙重敬語。
　　「お越しになる」是尊敬語，但「参られる」是謙讓語II「参る」＋表示尊敬的助動詞「れる」，為雙重敬語。「参られる」的作用，並非用於對主詞表示尊敬，也不是表示謙恭的用法，而是用於以鄭重的態度敘述事情的「鄭重語」。

Ⓗ いる→いらっしゃる／おられる　「おられる」是誤用。
　　「いらっしゃる」是「いる」的尊敬語。「おられる」並非尊敬語的用法。

引導客人搭乘電梯時，基本的禮貌是「客人先請」（Ⓐ）。不過若搭乘電梯的人較多，為免電梯門太快關閉，這時就要向客人說「お先に失礼します（不好意思，我先進去）」（Ⓒ）。最重要的是以客人優先為第一要務，並在適當的時機出聲引導客人。

「お電話が遠い」為慣用句，是「声が小さい（聲音很小聲）」的委婉說法。

✕ Ⓑ 少々お声が遠くていらっしゃるようですが。（您的聲音似乎有些遠）
　　「お電話が遠い」為慣用用法。此外，使用「いらっしゃる」這個詞是表示禮貌，但用在此處，語感上會讓對方覺得像是在諷刺自己一樣。

✕ Ⓒ 少々お声を大きくしていただけますか？（能否請您稍稍大聲一些？）
　　透過電話很難得知對方目前身處的環境、年齡、身體狀況等資訊，直接對對方說「希望你大聲一點」的說法，缺乏為對方設想的心意。

✕ Ⓓ 少々お声が拝聴しにくいのですが。（我不太容易聽到您的聲音）
　　這裡不須藉由「拝聴する」來表示自謙，反而可能會讓對方以為你是在胡鬧，或是在諷刺自己。

第1章 措辭的基礎知識
第2章 敬語的用法
第3章 措辭 客氣有禮的
第4章 日常溝通用語
第5章 措辭的禮節
第6章 應對 遇到困擾時的
第7章 利用測驗 提升語彙能力

解答：問題15 Ⓑ かしこまりました（我知道了）

✕ Ⓐ 了解（りょうかい）いたしました（我了解了）

「了解」一詞有「在知道對方的想法或情況後表示認同」的意思。「了解」原本是上司在聽取並理解下屬的報告內容後，給予許可時所用的詞，對上司如果用「わかりました」會顯得不太禮貌，所以最適當的說法是「かしこまりました」或「承知（しょうち）しました」。

解答：問題16 Ⓑ ③ 課長 ② 前輩 ① 客人

客人若早點知道接洽者的身份會比較安心，所以在禮貌上要先從自己的親戚或是自己公司的人開始介紹。

介紹時要從我方公司中地位較高的人開始，接著再把客人介紹給我方公司的人。若為私人交際時則以年長者、女性為優先，不過題目為商業場合，所以要以地位為優先，介紹的順序則依序為課長、職員。

解答：問題17 Ⓐ お時間（じかん）を頂戴（ちょうだい）してよろしいでしょうか？（方便給我一些時間嗎？）

✕ Ⓑ お名前（なまえ）を頂戴（ちょうだい）してよろしいでしょうか？（方便給我您的名字嗎？）

「お名前を頂戴する（給我名字）」是指從尊敬對象或有緣人的名字中，取全部或是部份的名字作為自己的小孩命名之用。如果想要以有禮貌的說法表示「名前（なまえ）を聞（き）いておきたい（我想詢問你的名字）」，可以用「お名前をお聞（き）かせていただけますか（能否告知您的大名）」或是「お名前を伺（うかが）ってよろしいですか（方便告訴我您的大名嗎？）」表達。

這些都是NG用法！錯誤的敬語以及失禮的敬語

✕	〇
ご利用（りょう）してください。	ご利用（りよう）ください。（請使用）
大変参考（たいへんさんこう）になりました。	大変勉強（たいへんべんきょう）になりました。（我獲益良多）
～でよろしかったでしょうか？	～でよろしいですか？（～好嗎？）
どうかいたしましたか？	いかがなさいましたか？（您怎麼了？）
どちらにいたしますか？	どちらになさいますか？（您要哪一種呢？）
ご注意（ちゅうい）してください。	ご注意（ちゅうい）ください。（請您小心）
おわかりいただけたでしょうか？	ご理解（りかい）いただけたでしょうか？（您是否能理解呢？）

本日は（1）<u>あいにくの天候にもかかわらず</u>、（2）<u>弊社の会議</u>に（3）<u>ご参加を賜り</u>誠にありがとうございます。本日の司会進行を（4）<u>務める</u>、○○部の△△と申します。不慣れな事も（5）<u>多々あると存じます</u>が、皆様の（6）<u>忌憚のないご意見</u>をお聞かせいただきたく、どうぞよろしくお願いいたします。

（今日很不巧地天候不佳，承蒙各位不嫌棄願意前來參加本公司的會議，在此謹致上衷心的感謝。我是○○部的△△，是今天的司儀。若因在下對司儀工作的不熟悉而有任何不周到之處，請各位儘管直說並請多多指教。）

(1) 雨の中 → 較正式的説法應為「あいにくの天候にもかかわらず」
(2) わが社 → 改為自謙的説法，有「弊社／小社／私ども」等。
(3) ご来席を頂戴いたしまして → 「参加」及「賜る」較為適當。
(4) やらさせていただきます → 「務める」為正式的用法。
(5) たくさんあると思いますが → 「たくさん」改為「多々」；「思う」改為謙讓語「存じる」。
(6) 本音 → 「忌憚のない」為坦率直接之意，是真心話較為正式的説法。

「お待ちする」及「おる」皆為謙讓語。正確的用法應該是使用「待っている」的尊敬語，也就是「お待ちになっていらっしゃいます」或「お待ちでいらっしゃいます」。

A お手紙 → 由自己送出時要使用謙讓語，若由對方送出要用尊敬語。

C ご勉強　**D** ご返事 → 皆為尊敬語。「お勉強」及「お返事」為美化語。

G 御住所 → 尊敬語

「お／ご」轉為尊敬語的用法

對方的身體 → お体（您的身體）、お手（您的手）、ご健康（您的健康）等。
對方身上穿戴的物品 → お洋服（您的衣服）、お帽子（您的帽子）、お靴（您的鞋子）等。
對方的所有物 → お宅（您的家）、ご本（您的書）、お車（您的車子）、お荷物（您的隨身物品）等。
對方的家人 → お父様（您的父親）、お子様（您的小孩）等。
對方的動作 → お急ぎ（匆忙）、ご在宅（在家）、ご不在（不在）、ご出席（出席）等。

第1章 基礎的措辭知識

第2章 敬語的用法

第3章 客氣有禮的措辭

第4章 日常溝通用語

第5章 措辭的禮節

第6章 遇到困擾時的應對

第7章 利用測驗提升語彙能力

解答：問題21　**C**　部長にお伝えいたします。（告知部長）

對上司或同事的家人，一樣要使用尊敬語。「伝える」這一類表示自己所做動作的動詞，則要以謙讓語表示。

「奥様からお電話があったと（夫人您來過電話）」

✗ **A** 部長に言っておきます。（告訴部長）→ 不夠有禮貌

✗ **B** ご主人様にお伝えします。（告訴您的先生）→ 要加上職稱或敬稱「○○さん」

✗ **D** 部長に申し伝えます。（轉告部長）→ 轉告的對象應該和自己為同等地位。

解答：問題22　**B**　遅くまで、ご苦労さまでした。また明日も～
（留到這麼晚，您辛苦了。明天也～）

B 遅くまで、ご苦労さまでした。また明日もよろしくお願いいたします。
　　　　　　　　①　　　　　　　　　　　　　　　　　　　　　②

（留到這麼晚，您辛苦了。明天也請您多多指教。）

①是居上位的人慰勞居下位的人所說的話，對前輩使用是不恰當的用法。
②由於沒有「ありがとうございました」這類道謝的話，所以不免讓人有上對下說話的感覺。

解答：問題23　**C**　弊社、代表取締役～ご挨拶を申し上げます。
（請本公司的社長～來為大家說幾句話。）

 はじめに弊社、代表取締役社長、
猫田イチローより、ご挨拶を申し上げます。
（一開始有請本公司社長猫田一郎來為大家說幾句話）。

✗ **A** 弊社の猫田イチロー社長より、ひと言ご挨拶をいただきます。
　　　　　①　　　　　　　　　　②　　　　　　　　　　③

（請本公司的貓田一郎社長給我們幾句話）

✗ **B** 音羽商事社長、猫田イチローより、ひと言ご挨拶を賜ります。
　　　　　①　　　　　　　　　　②　　　　　　　④

（請音羽商事的社長貓田一郎賜予各位幾句問候）

✗ **D** 弊社、代表取締役社長、猫田が、ひと言ご挨拶いたします。
　　　　　　　　　　　　　　　①

（本公司社長貓田來為大家說幾句話）

①向客人介紹時，不得省略職稱及姓名。
②這句話由司儀說不恰當，若是由打招呼的本人來說就沒關係。
③いただきます →「もらう」的謙讓語，若該活動只有公司內部的人在場就可以用，但這個情境下，由於還有外人在，所以不恰當。
④賜ります →「与える（給予）」的尊敬語，若是使用這個字，這句話會變成「社長把問候賜給客人」這種上對下的語氣。

Ⓐ わたくし（我）　　　　Ⓑ へいしゃ（弊社）（本公司）　　Ⓒ おんしゃ（御社）（貴公司）

Ⓓ どなた（哪一位）　　　Ⓔ ほんじつ（本日）（今日）　　　Ⓕ さくじつ（昨日）（昨日）

Ⓖ みょうごにち（後天）　Ⓗ ただいま（只今）（方才）　　　Ⓘ のちほど（後程）（稍後）

Ⓙ まもなく（立刻）　　　Ⓚ たいへん（大変）（非常）　　　Ⓛ ～ほど（程）（左右）

✕ Ⓐ 先週から父が<u>上京して</u>おります。（家父上週開始待在東京）

〇 Ⓑ はい、お陰さまで大変元気にしております。（是的，託您的福，他老人家很有精神）

✕ Ⓒ 父もそう<u>申して</u>おりました。よろしければ、父に<u>会って</u>いただけますか？
（家父也這麼説。方便的話，能否和家父見個面呢？）

✕ Ⓓ ありがとうございます。父も<u>大変喜ぶ</u>と思います。（謝謝您。我想家父也會非常高興的）

全文翻譯：

A：家父上週開始待在東京。　上司：是嗎。你父親一切都還好嗎？

B：是的，託您的福，他老人家很有精神。　上司：○○的父親，據説是我好朋友的恩師。

C：家父也這麼説。方便的話，能否和家父見個面呢？　上司：也好。我也一直很想見見他老人家。

D：謝謝您。我想家父也會非常高興的。

サ變動詞的謙讓語「ご○○する」＋表尊敬的助動詞「れる」，是不恰當的尊敬語用法。「出席されますか？」才是正確的尊敬語的用法。

失礼いたします。○○の件で、ご報告があります。
お時間いただけますか？
（不好意思，我有關於○○的事要向您報告，能否給我一些時間呢？）

跟上司或看起來正在忙的人説話時，重點在於要一開始就表明來意，像是「有事想報告」、「有事要告知（聯絡）」、「有事要商量」等。

✕ Ⓐ お話ししたいことがあるのですが、今いいですか？（我有話想跟你説，現在可以嗎？）

整體的説法都不夠禮貌，「お話したい～」的説法很容易遭誤解為私人性質的「商量」。對上司講話時，要用「報告したい」、「お伝え（連絡）したい」等説法，而且一開始就應該要表明來意。

第1章 基礎知識
措辭的

第2章 敬語的用法

第3章 措辭 客氣有禮的

第4章 日常溝通用語

第5章 措辭的禮節

第6章 應對 遇到困擾時的

第7章 提升語彙能力 利用測驗

✕ Ⓒ ご報告したいので、少々お時間をください。（我有事要向您報告，請給我一點時間。）

就整個句子而言，不能算是很有禮貌的說法，明明是想詢問對方是否方便，但卻是使用帶有指示意味的「～ください」，會讓人感受不到為對方設想的心意。

解答：問題28 Ⓐ Ⓑ

✕ Ⓒ ケーキをお召し上がりになられますか？（您要享用蛋糕嗎？）

→ 召し上がりますか

「お召し上がりになられる」是雙重敬語，所以是誤用。「召し上がる」是「食べる」的替換型尊敬語，而「食べる」並不會像添加型尊敬語一樣，加上「お～になる」以「お食べになる」來表示。

✕ Ⓓ 私もご一緒に行かさせていただきます。（請容我和您一起去）

→ 同行いたします／一緒に参ります／私もお供いたします

「ご一緒に」是和對方為同等地位時所使用的詞。對輩份或地位較高的人婁以「同行いたします」的說法表示。「行かさせていただきます」本來就是誤用，而且「～させていただく」的說法也顯得很囉嗦，只要使用「行く」的謙讓語「参る」，以「一緒に参ります」表達即可。

解答：問題29 Ⓒ 4月末付で退職させていただきました。

使用「～させていただく」時的原則

- 自己要做的行為，必須得到對方的許可或承諾

  Ⓐ のちほどご説明させていただきます。（請容我稍後解釋。）

  → 對方仍然可以提出「希望你先說明」的要求。

- 自己要做的事，對對方沒有好處

  Ⓑ 本日、お休みさせていただいております。（今天請容許我休息）

  → 若因休假而無法取得聯絡時，可能會對對方造成困擾

- 取得對方的許可或承諾對己方有利

  Ⓓ 今月中に納入させていただきます。（請容我們在這個月月中供貨）

✕ Ⓒ 4月末付で退職させていただきました。（請容我已在四月底離職）

此選項的內容並不符合上述的任一項情況，沒有必要以自謙的用法表達。
只要以「4月末付で退職いたしました（我已在四月底離職）」傳達事實即可。

附錄 常用語彙　敬語一覧表（あ〜も）

基本動詞	尊敬語（對方做的動作）
会う（見面）	お会いになる／お会いくださる
言う（話す）（説）	おっしゃる／言われる／話される
行く（去）	いらっしゃる／お越しになる
いる（在）	いらっしゃる／おいでになる
送る（送）	お送りになる
教える（教授）	お教えくださる／お教えになる
思う（想）	お思いになる／思われる
帰る（回家）	お帰りになる
書く（書寫）	お書きになる
借りる（借入）	お借りになる
考える（思考）	お考えになる／ご高察
聞く（聽／問）	お尋ねになる／お聞きになる／ご清聴
来る（來）	お越しになる／お見えになる／いらっしゃる
断る（拒絕）	お断りになる
知る（知道）	ご存じ／ご存じでいらっしゃる
する（做）	なさる／される
助ける（幫助）	お力添え／ご援助／ご支援
尋ねる（詢問）	お尋ねになる／お聞きになる
食べる（吃）	召し上がる
飲む（喝）	召し上がる／お飲みになる
見せる（給看）	お見せになる
見る（看）	ご覧になる／ご覧くださる／見られる
もらう（領受）	お受け取りになる／お納めになる

謙譲語（自己做的動作）	丁寧語
お目にかかる／お会いする	会います
申す／申し上げる	言います
参る／伺う／あがる	行きます
おる	います
お送りする	送ります
お教えする	教えます
存じる	思います
失礼する／おいとまする	帰ります
お書きする	書きます
お借りする／拝借する	借ります
考える／拝察する	考えます
伺う／拝聴する／お聞きする	聞きます
参る／伺う	来ます
お断りする	断ります
存じる／存じ上げる	知ります
いたす	します
助けていただく	助けます
お伺いする／お尋ねする／お聞きする	尋ねます
いただく	食べます
いただく	飲みます
ご覧に入れる／お目にかける	見せます
拝見する／見せていただく	見ます
いただく／頂戴する	もらいます

基本動詞	尊敬語（對方做的動作）
やる（与える）（給予）	おやりになる／くださる
利用する（利用）	ご利用になる
わかる（了解）	ご理解／ご承知／おわかりになる
忘れる（忘記）	お忘れになる
渡す（交付）	お渡しになる

附録 です／ます型丁寧語 → 客氣有禮的説法

会います（見面）	→ お目にかかります
あります（有）	→ ございます
言います（説）	→ 申します
行きます（去）	→ 参ります／伺います／あがります
います（在）	→ おります
思います（認為）	→ 存じます
借ります（借入）	→ 拝借します
聞きます（問／聽）	→ 伺います／拝聴します／承ります
来ます（來）	→ 参ります
します（做）	→ いたします
そうです（你説得是）	→ さようでございます
訪ねます（拝訪）	→ 伺います／参ります／あがります
食べます（吃）	→ いただきます／頂戴いたします
見ます（看）	→ 拝見します
もらいます（接受）	→ いただきます／頂戴いたします
やります（給予）	→ 差し上げます／進呈いたします

謙讓語（自己做的動作）	丁寧語
贈呈する／進呈する／差し上げる	やります／与えます
利用させていただく	利用します
かしこまる／承る／承知する	わかります
失念する	忘れます
お渡しする／お渡しいたします	渡します

附録 職場會話　基本詞彙

自己	→	わたくし（我）
自己的親人	→	父、母、妻、夫（家父、家母、妻子、先生）
自己的公司	→	弊社／小社／わたくしども（敝公司）
上司　對內	→	○○部長（○○部長）
上司　對外	→	○○／部長の○○（○○／部長○○）
同事　對內	→	△△さん（△△先生／小姐）
同事　對外	→	△△／～部（部署名）の△△（△△／～部（部門名稱）的△△）
這次	→	このたび（此次）
很快地	→	まもなく（不久）
之前	→	以前（先前）
剛剛	→	先ほど（方才）
之後	→	のちほど（稍後）
立刻	→	ただ今／さっそくですが（馬上／立刻）
今天	→	ほんじつ（本日）（今日）
昨天	→	さくじつ（昨日）
明天	→	みょうにち（明日）

一般的說法	→	有禮貌的說法
ありがとう。（謝謝。）	→	ありがとうございます。（謝謝您。）
ごめんなさい。（對不起。）	→	失礼いたしました。（失禮了。）
すみません。（抱歉。）	→	申し訳ございません。（非常抱歉。）
わかりました。（我知道了。）	→	承知いたしました。（我知道了。）
了解しました。（我了解了。）	→	かしこまりました。（我了解了。）
どうしますか？（怎麼辦？）	→	いかがいたしましょうか？（該怎麼辦才好？※自己的行為）
そうです。（你説得對。）	→	さようでございます。（您説的是。）
いいですか？（可以嗎？）	→	よろしいですか？（方便嗎？）
できません。（沒辦法。）	→	いたしかねます。（我實在難以勝任。）
やめてください。（請別這麼做。）	→	ご遠慮願います。（請您不要這麼做。）
どなたですか？（請問是哪位？）	→	どちら様でしょうか？（請問是哪一位？）
知ってますか？（知道嗎？）	→	ご存じでしょうか？（您知道嗎？）
知りません。（不知道。）	→	存じません。（不知道。）
わかりません。（不了解。）	→	わかりかねます。（難以理解。）
わかりましたか？（知道了嗎？）	→	おわかりいただけましたでしょうか？（您是否理解了呢？）
おはよう。（早。）	→	おはようございます。（您早。）
いつもどうも。（一直以來謝謝。）	→	お世話になっております。（一直以來承蒙關照。）
前に会いました。（之前見過面。）	→	以前お会いしました。（先前見過面。）
私は○○です。（我是○○。）	→	私は○○と申します／でございます。（我是○○。）
あとで行きます。（之後會過去。）	→	のちほどお伺いします。（稍後會過去。）
ただいま。（我回來了。）	→	ただ今戻りました。（我回來了。）
今日は帰ります。（今天我先回去了。）	→	本日は失礼いたします。（今天我就先告辭了。）

一般的說法 → 有禮貌的說法

お客様が来ました。→ お客様がお見えになりました。（客人已經到了。）

お客様を連れてきました。→ お客様をご案内して参りました。（我帶客人過來了。）

応接室にお茶を出しますか? → 応接室にお茶をお持ちいたしますか?
（要我送茶到接待室嗎?）

よかったら見てもらえますか?（可以請你看看嗎?）
→ よろしければご覧いただけますか?（若方便的話，能否請您過目?）

○○部長、社長が呼んでますよ。（○○部長，社長叫你喔。）
→ ○○部長、社長がお呼びでございます。（○○部長，社長請您過去。）

○○商事の△△さんから電話です。
→ ○○商事の△△様からお電話です。（○○商事的△△先生／小姐打來的電話。）

どこへ行くのですか?（你要去哪裡?）
→ どちらへいらっしゃるのですか?（您要去哪裡?）

いつ頃戻ってきますか?（你何時會回來?）
→ お戻りは何時頃になりますでしょうか?（您大約何時會回來?）

お客様がそう言ってました。（客人是這麼說的。）
→ お客様がそうおっしゃっていました。（客人是如此說的。）

私が前に言った通りです。（就和我之前說的一樣。）
→ 私が以前申し上げた通りでございます。（就如同我先前曾說的。）

書類を見てもらえますか?（可以請你看看文件嗎?）
→ 書類に目を通していただけますか?（文件能否請您過目?）

確認してください。（請你確認。）
→ ご確認いただけますか?（能否請您確認一下?）

221

一般的說法　➡　有禮貌的說法

そちら（對方）の会社（對方公司）➡ 御社／貴社（書面）（貴公司）

○○社の△△さん（○○公司的△△先生／小姐）
➡ ○○社の△△様（○○公司的△△先生／小姐）

相手の同行者（與對方同行的人）➡ お連れ様／お連れの方（您的同伴）

いらっしゃい。（歡迎。）➡ いらっしゃいませ。（歡迎光臨。）

どうも。（你好。）➡ いつもお世話になっております。（一直承蒙您關照。）

さようなら。（再見。）➡ 失礼いたします。（我告辭了。）

向其他公司的人介紹自己公司的人

ウチの会社の○○部長です。（這是我們公司的○○部長。）
➡ 弊社の部長の○○でございます。（這是敝公司的部長○○。）

向自己公司的人介紹其他公司的人

○○社の△△さんです。
➡ ○○社の△△様でいらっしゃいます。（這位是○○公司的△△先生／小姐。）

接待賓客、電話應對

○○部長は今来ます。（○○部長現在過來。）
➡ 部長の○○はただ今参ります。（部長○○立刻過來。）

今、席にいません。（現在不在位子上。）➡ ただ今、席を外しております。

アポイントはありますか？（你有預約嗎？）
➡ お約束はいただいておりますでしょうか？（請問您是否有預約呢？）

ちょっと待ってください。（請你等一下。）
➡ 少々お待ちいただけますでしょうか？（能否請您稍等一下？）

ここに座ってください。（請坐在這裡。）
➡ こちらにお掛けいただけますか？（能否請您坐在這裡？）

一般的說法　→　有禮貌的說法

もう一度来てください。（請你再來一趟。）
→ もう一度お越しいただけますか？（能否請您再來一趟？）

私が用件を聞きます。（由我來聽你說。）
→ 私がご用件を 承 ります。（由我來聽您有何貴事。）

初めまして。（初次見面。）→ 初めてお目にかかります。（初次見面您好）

もしもし（電話的第一聲）（喂）→ はい（是）

こちらから電話（連絡）します。（我再打電話給你（和你聯絡）。）
→ こちらからお電話（ご連絡）差し上げます。（我再打電話給您（和您聯絡）。）

電話するように伝えます。（我曾告訴他請他回電話給你）。
→ お電話差し上げるように申し伝えます。（我曾轉達他請他回電話給您。）

電話の声が小さいです。（電話的聲音很小聲。）
→ 少々お電話が遠いようです。（電話的聲音有些聽不清楚。）

今、電話を代わります。（立刻將電話轉接。）
→ ただ今、お取り次ぎ（おつなぎ）いたします。（立刻為您轉接電話。）

くり返します。（我重覆一次。）→ 復唱いたします。（我再向您複誦一次。）

ウチの会社までの道順を教えます。（我告訴你怎麼來我們公司。）
→ 弊社までの道順をご説明いたします。（我向您說明來弊公司的路線。）

この番号に連絡をください。（請你打這個電話號碼聯絡。）
→ こちらの番号までご連絡いただけますか？（能否請您打這個電話號碼聯絡？）

○○から電話があったと言っておいてください。（請和他說○○打過電話來。）
→ ○○から電話があったとお伝えください。（請您轉告他○○曾來過電話。）

伝言してもらえますか？（可以請你幫我留言嗎？）
→ ご伝言をお願いできますでしょうか？（是否可以請您幫我留言？）

それでは。（那就這樣。）→ それでは、失礼いたします（那麼，再見。）

台灣廣廈 國際出版集團
Taiwan Mansion International Group

國家圖書館出版品預行編目（CIP）資料

圖解日本語敬語從這本開始【QR碼行動學習版】：自學、教學
都好用！各種場合與日本人完美應對的日語指南 / 岩下宜子著；
劉芳英譯. -- 修訂一版. -- 新北市：國際學村, 2023.09
　面；　公分
ISBN 978-986-454-301-4
1.CST:日語 2.CST:敬語

803.168　　　　　　　　　　　　　　　112011629

國際學村

圖解日本語敬語從這本開始【QR碼行動學習版】
適用完全初學、從零開始的日文學習者，自學、教學都通用！

作　　　者／岩下宜子	編輯中心編輯長／伍峻宏・編輯／楊喬雅・尹紹仲	
翻　　　譯／劉芳英	封面設計／林珈伃・何偉凱	
審　　　定／何欣泰	內頁排版／菩薩蠻數位文化有限公司	
插　　　畫／伊藤絹毛鼠	製版・印刷・裝訂／東豪・紘億・弼聖・明和	

行企研發中心總監／陳冠蒨　　　　線上學習中心總監／陳冠蒨
媒體公關組／陳柔彣　　　　　　　數位營運組／顏佑婷
綜合業務組／何欣穎　　　　　　　企製開發組／江季珊

發　行　人／江媛珍
法 律 顧 問／第一國際法律事務所 余淑杏律師・北辰著作權事務所 蕭雄淋律師
出　　　版／國際學村
發　　　行／台灣廣廈有聲圖書有限公司
　　　　　　地址：新北市235中和區中山路二段359巷7號2樓
　　　　　　電話：（886）2-2225-5777・傳真：（886）2-2225-8052
讀者服務信箱／cs@booknews.com.tw

代理印務・全球總經銷／知遠文化事業有限公司
　　　　　　地址：新北市222深坑區北深路三段155巷25號5樓
　　　　　　電話：（886）2-2664-8800・傳真：（886）2-2664-8801
郵 政 劃 撥／劃撥帳號：18836722
　　　　　　劃撥戶名：知遠文化事業有限公司（※單次購書金額未達1000元，請另付70元郵資。）

■出版日期：2023年09月　　　　ISBN：978-986-454-301-4
　　　　　　　　　　　　　　　版權所有，未經同意不得重製、轉載、翻印。

圖解 ありがとうございます。
日本語敬語
從這本開始

敬語正解示範手冊

全音檔下載導向頁面

http://booknews.com.tw/mp3/9789864543014.htm

iOS 系統請升級至 iOS 13 後再行下載
全書音檔為大型檔案，建議使用 WIFI 連線下載，以免占用流量，
並確認連線狀況，以利下載順暢。

MP3 音檔使用說明

每個章節第一頁右上角都會有一個 QR 碼,用智慧型手機掃描後便可聽取該章節的全部音檔。

QR 碼的掃描可以使用 LINE 的機能,或是智慧型手機出廠時可能會附上掃描程式,以上都沒有的話可以在網路上搜尋「QR 碼掃描 APP」。

主書和小冊的音檔位置一樣,內容也相同。

本章全部音檔

1_all.mp3

第 **1** 章

措辭的
基礎知識

一個人的措辭展現的是他的人格。
從日常生活到職場,措辭運用得宜可讓對方留下「這個人很可靠」的好印象。
現在就讓我們一起學習措辭的基礎知識吧。

START!

03 お茶をお願いします。
（麻煩請給我一杯茶。）

他拜託我

　　小冊內的敬語正確示範每句之前都會有一個數字，此數字與主書內例句上的數字互相對應。

　　　　　　　　　主書和小冊的第一頁皆有附上全音檔下載導向網頁的 QR 碼，透過此網頁可以下載到此書的「全音檔壓縮檔」。

　　全音檔壓縮檔內除了有每章節的全部音檔之外，另外附上各例句分別出來的音檔，2_01代表是第 2 章的第 1 個音檔，可以直接開啟想聽的檔案，練習更加方便。

名稱 ^

🔺 2_01.mp3
🔺 2_02.mp3
🔺 2_03.mp3
🔺 2_04.mp3
🔺 2_05.mp3
🔺 2_06.mp3
🔺 2_07.mp3
🔺 2_08.mp3

目錄

本章全部音檔

1_all.mp3

第 1 章

措辭的
基礎知識

1. 字字句句都要為對方設想

① 今日のお洋服も素敵ですね。（你今天也穿得很好看。）

② コーヒーがいいです。（我要咖啡。）

2. 説話時須得體有禮

③ お茶をお願いします。（麻煩請給我一杯茶。）

公私要分明

④ 公 はい、かしこまりました。（是，我瞭解了。）

⑤ 公 いつもお世話になっております。（平日總是受您照顧了。）

⑥ 私 うん、わかった。OK！（嗯，我知道了，OK！）

⑦ 私 いつもどうも。（平日多謝了。）

3. 正確使用敬語

⑧ 召し上がりますか？（您要用餐嗎？）

⑨ いただきます。（我開動了。）

與上司 1 對 1 的時候

⑩ 内 昼食を召し上がりますか？（您要用中餐嗎？）

⑪ 外 私もいただきます。（我也開動了。）

職場的上位者社長一同列席時

⑫ 内 昼食を召し上がりますか？（您要用中餐嗎？）

⑬ 外 部長と私もいただきます。（部長和我也開動了。）

客戶的 A 先生一同列席時

⑭ 内 昼食を召し上がりますか？（您要用中餐嗎？）

⑮ 外 私どももいただきます。（我們也開動了。）

學起來！ 基本的客氣用法

⑯ 私がいたします。（我來做。）

⑰ 部長はテニスをなさるんですか？（部長打網球嗎？）

⑱ こちらが、先ほどお話したものです。

（這就是我先前提過的那件物品。）

4. 回應時不使用「否定」的語氣，而是使用「肯定」的語氣

⑲ お教えください（請您告訴我）

⑳ まだ30分もありますね。（還有30分鐘。）

㉑ 換個説法─肯定語氣

　　○○ならできます。（○○的話就可以。）

　　○○は好きです。（我比較喜歡○○。）

5. 展現「我想聽你說」的態度很重要

學起來！ 幫助你加強聆聽技巧的三大重點

㉒ そうですね。（的確是啊。）

㉓ それから？（然後呢？）

㉔ ところで（話說）

㉕ 京都へ行きました。（我去了京都。）

㉖ 京都ですか？（你是去京都嗎？）

學起來！ 平日的問候一定得做！

㉗ おはようございます。（早安。）

㉘ ○○へ行って参ります。（我去○○了。）

㉙ ただ今戻りました。（我回來了。）

㉚ お先に失礼いたします。（我先告辭了。）

傳達情緒的話語　道謝

㉛ ありがとうございます。（謝謝您。）

㉜ どういたしまして。（不客氣。）

表達謝意時，不會使用「すみません（不好意思）」

㉝ お気づかい、ありがとうございます。（非常謝謝您的關照。）

㉞ いつもお心にかけていただきまして、ありがとうございます。（非常謝謝您一直以來對我的關心。）

㉟ 本日は、お忙しい中をお越しいただきまして、ありがとうございました。（今日您在百忙之中還撥冗前來，非常謝謝您。）

㊱ 楽しいひとときを過ごさせていただきまして、ありがとうございます。（謝謝您，讓我度過了很快樂的時光。）

㊲ ○○をありがとうございます。大切に使わせていただきます。（謝謝您送我○○。我一定會好好珍惜使用。）

㊳ 遅くなってしまいましたが、先日はありがとうございました。（不好意思現在才說，前些天真是謝謝您。）

㊴ お目にかかった折にお礼も申し上げずに失礼いたしました。（先前見到您時未能向您表達謝意，實在抱歉。）

㊵ 今日は、時間を作っていただいて、どうもありがとうございます。（今天麻煩您抽空，非常謝謝您。）

㊶ 急なお願いを快く受けてくださって、ありがとうございました。おかげで、少し自信が出てきました。（對於我突如其來的請求，您這麼爽快就答應，真的非常謝謝您。多虧了您，我總算有了一點自信。）

㊷ 昨夜はありがとうございました。Ａさんのアドバイス通りに、先方にさっそく問い合わせてみました。

（昨晚非常謝謝您。我已經依照前輩Ａ的建議，立即向對方詢問了。）

傳達情緒的話語 道歉

㊸ 申_{もう}し訳_{わけ}ございません。（非常抱歉）

學起來！ 最好謹記於心的道歉用語

㊹ 大変申_{たいへんもう}し訳_{わけ}ございません。深_{ふか}く反省_{はんせい}しております。

（實在非常抱歉。我正在深深反省。）

㊺ ご忠告_{ちゅうこく}をありがとうございます。肝_{きも}に銘_{めい}じます。

（非常感謝您的提醒，我會謹記您的告誡。）

㊻ 多大_{ただい}なご迷惑_{めいわく}をおかけして、誠_{まこと}に申_{もう}し訳_{わけ}ございません。

（給您帶來這麼大的困擾，實在非常抱歉。）

㊼ 私_{わたくし}どもの不手際_{ふてぎわ}で～（都是因為我們處理不當～）

㊽ 私_{わたくし}の勉強不足_{べんきょうぶそく}で～（都是因為我的學識淺薄～）

㊾ このたびはお騒_{さわ}がせして、大変申_{たいへんもう}し訳_{わけ}ございません。

（這次引起這麼大的騷動，實在非常地抱歉。）

㊿ 弁解_{べんかい}の余地_{よち}もありません。（我無可辯解。）

第 2 章

敬語的
用法

① 將「丁寧語」與「美化語」搭配使用

お食事を召し上がりますか？（您要用餐嗎？）

食事をいただきます。（我要開動了。）

學起來！ 敬語的使用要具備「內」、「外」的意識

② 計画書を拝見いたします。（我看計劃書。）

③ 計画書をご覧になりましたか？（您看過計畫書了嗎？）

④ 部長の山田も拝見しております。（山田部長也會看。）

3. 敬語分為添加型與替換型

⑤ 部長がお書きになりますか？（部長您來寫嗎？）

⑥ 私がお書きいたします。（我來寫。）

⑦ お客様がおっしゃる通りでございます。（客人您説的是。）

⑧ さきほど私が申し上げたように…（就如我剛才和您提過的
…）

學起來！ 把「替換型」的尊敬語、謙讓語記起來

⑨ 尊敬語

おっしゃる、言われる（説）

ご覧になる（看）

お見せになる（給看）

お聞きになる、お尋ねになる（問／聽）

いらっしゃる（去）

おいでになる、お見えになる、お越しになる（來）

お帰りになる（回去）

いらっしゃる（存在）

なさる、される（做）

お受け取りになる（得到）

お与えになる、くださる（給）

召し上がる（吃）

ご存じ（でいらっしゃる）（知道）

お会いになる（見面）

お借りになる（借入）

お召しになる、ご着用になる（穿）

おそろいになる（聚集）

お気に召す（喜歡）

⑩ 謙譲語

申す、申し上げる（説）

拝見する（看）

お見せする、お目にかける（給看）

お聞きする、伺う、拝聴する（問／聴）

13

伺う、参る（去）

参る（來）

失礼する（回去）

おる（存在）

いたす（做）

いただく、頂戴する（得到）

差し上げる、進呈する、あげる（給）

いただく、頂戴する（吃）

存じる、存じ上げる（知道）

お会いする、お目にかかる（見面）

お借りする、拝借する（借入）

着させていただく（穿）

4. 敬語的「等級」要保持一致

⑪ 営業担当がお会いしたいと申しております。ただ今、部署の者が参りますので、ロビーでお待ちいただけますでしょうか。（業務負責人表示想和您見面。部門的人員會立刻前來，可以麻煩您在大廳稍等嗎？）

5. 別隨便使用「お／ご」等等的美化語

⑫ お酒を召し上がりますか？（您要喝酒嗎？）

⑬ お酒をいただきます。（我要喝酒。）

6.「商用敬語」是社會人士必備的常識

⑭ 商用敬語　基本詞彙

わたくし（我）　　　　　　　　誠に（非常）

へいしゃ（弊社）　　　　　　　わたくしども（我們）

私ども（敝公司）　　　　　　　御社、貴社（貴公司）

どなた（哪一位）　　　　　　　どちら（哪裡）

こちら（這個）　　　　　　　　あちら（那個）

そちら（那個）　　　　　　　　どちら（哪一個）

さくじつ（昨天）　　　　　　　本日（今天）

みょうにち（明天）　　　　　　後日（明天之後）

昨夜（昨晚）　　　　　　　　　明朝（明早）

明晩（明晩）　　　　　　　　　当日（那天）

本年（今年）　　　　　　　　　昨年（去年）

一昨年（去年）　　　　　　　　まもなく（很快地）

ただいま（現在）　　　　　　　さっそく（立刻）

のちほど（之後）　　　　　　　先ほど（剛才）

大変（之後）　　　　　　　　　～ほど（～左右）

⑮ 商用敬語　常用基本句

どちら様でしょうか？（請問您是哪一位？）

どのようなご用件でしょうか？（請問您有什麼事嗎？）

いつもお世話になっております。（一直以來承蒙您的關照。）

私がお伺いいたします。（我來請教您。）

さようでございます。（您說得是。）

存じ上げません。／わかりかねます。（我不清楚。）

ご無沙汰しております。（久疏問候。）

復唱いたします。（我重複一次。）

少々お待ちいただけますか？（能否麻煩您稍等一下？）

こちらにお越しいただけますでしょうか？

（能否勞煩您過來這裡一趟？）

もう一度お越し願えますか？（能否勞煩您再過來一趟？）

いたしかねます。（我難以勝任。）

ご遠慮願います。（請別這麼做。）

ご理解いただけたでしょうか？（請問您理解我說的話嗎？）

かしこまりました。（好的。）

お供させていただきます。（請讓我與您同行。）

のちほどご連絡申し上げます。（稍候我再和您聯絡。）

〜はいかがいたしますか？（您覺得〜要如何？）

正確掌握敬語用法前該知道的「敬語陷阱」

1.「口語」及「書寫語」

⑯ 御社の新製品のことで… (有關貴公司的新商品…)

⑰ このたび貴社より発表されました新製品○○について…

(此次來信是想請教有關貴公司剛上市的新產品…)

2. 容易搞錯意思的用法　「れる／られる敬語」

⑱ 資料をご覧になりましたか？ (請問您瀏覽過資料了嗎？)

⑲ 部長がおっしゃるように… (就如部長所說…)

3. 過度使用敬語反而「不敬」

⑳ ○○の件について、ご相談させていただきたいと存じまして、連絡いたしました。

(關於○○那件事，想和您商量，所以和您聯絡。)

㉑ 私が参ります。 (我會去。)

學起來！ 絕對少不得的三種「打招呼 回禮」

㉒ 招呼 お疲れさまです。 (您辛苦了)

㉓ 回禮 お疲れさまです。 (您辛苦了)

㉔ 對外 いつもお世話になっております。(一直以來承蒙您的關照)

㉕ 招呼 ただ今戻りました。 (我回來了。)

㉖ 回禮 お帰りなさい。お疲れさまでした。

（歡迎回來，辛苦了。）

㉗ 招呼 お先に失礼いたします。（我先行告辭。）

㉘ 回禮 お疲れさまでした。（您辛苦了。）

學起來！ 從預約到離開的重要關鍵字

㉙ お忙しいところ恐れ入ります。（百忙之中真是不好意思。）

⑩ 明日14時にお伺いいたします。（明天下午二點我會過去拜訪。）

㉛ 企画部の○○様と14時にお約束をいただいております。

（我和企畫部的○○先生約好下午二點見面。）

㉜ 先日は突然ご連絡申し上げて失礼いたしました。

（前幾天突然和您聯繫，很抱歉。）

㉝ 本日はお時間をいただきまして、ありがとうございました。（今天謝謝您在百忙之中抽空見我。）

學起來！ 向未曾碰面的人「預約見面時用的敬語」

㉞ 初めてご連絡差し上げます。私、文京商事の音羽と申します。（初次和您聯繫，我是文京商事的音羽。）

㉟ 御社の営業部の△△様にご紹介いただきました。

（我是經由貴公司營業部的△△先生介紹而來的。）

㊱ お問い合わせいただいた商品について、ご説明に伺いたいのですが。（關於您詢問的商品，我希望和您當面說明。）

㊲ 来週でしたらご都合はいかがでしょうか？

（不知道下週您方不方便？）

㊳ ありがとうございます。（謝謝您。）

㊴ ３月 21 日 14 時に、企画部の（相手の名前）様をお訪ね
いたします。（我將在3月21日下午二點，去拜訪企畫部的○○
（對方的名字）先生。）

㊵ ありがとうございました。それでは、失礼いたします。
（非常謝謝您。再見。）

學起來！ 因應各類情況的基本句型 「接待來賓的敬語」

㊶ お約束はいただいておりますでしょうか？
（請問您是否有預約呢？）

㊷ 平成物産の江戸川様でいらっしゃいますね。お待ちしてお
ります。（您是平成物産的江戸川先生吧。我們已恭候多時。）

㊸ 大変申し訳ございません。ただ今担当者は席を外しており
ます。よろしければ、ご用件を伺えますか？
（真是十分抱歉。負責人現在不在座位上，方便的話，是否可以請問
您有什麼事？）

㊹ ただ今呼んで参りますので、少々お待ちくださいませ。
（我立刻去請他過來，請您稍等一會兒。）

㊺ 山田はまもなく参りますので、こちらでお待ちください。
（山田很快就會過來，請您在此稍等。）

㊻ 確かにお預かりいたします。営業部の山田あてでございま
すね。
（我將代為保管這份文件，要轉父給營業部的山田先生對吧。）

㊼ 私どもの部長の山田でございます。

（這是我們的部長山田。）

㊽ こちら様が、平成物産の江戸川様でいらっしゃいます。

（這邊這位是平成物產的江戶川先生。）

㊾

基本動詞	尊敬語	謙譲語	丁寧語
する （做）	されます なさいます	いたします	します
いる （存在）	いらっしゃいます おいでになります	おります	います
言う （説）	おっしゃいます	申します 申し上げます	言います
聞く （聽）	お聞きになります	伺います 拝聴いたします	聞きます
見る （看）	ご覧になります	拝見いたします	見ます
行く （去）	いらっしゃいます おいでになります	参ります 伺います	行きます

基本動詞	尊敬語	謙讓語	丁寧語
来る（來）	いらっしゃいます おいでになります お見えになります	伺います 参ります	来ます
帰る（回去）	お帰りになります	失礼いたします	帰ります
もらう（得到）	お受け取りになります お納めください	いただきます 頂戴いたします	もらいます

學起來！ 抬高對方的身份 「介紹」時的關鍵字

㊿ はじめてお目にかかります。文京商事の音羽太郎でございます。（初次見面您好，我是文京商事的音羽太郎。）

(51) 部長の山田をご紹介いたします。（我來介紹，這是部長山田。）

(52) 私どもの部長の山田でございます。渉外担当をしております。（這是我們的部長山田，負責的工作是對外事務。）

(53) 江戸川様には、新商品の開発にお力添えいただいております。（在新商品開發的工作上，我獲得江戸川先生的鼎力相助。）

學起來！ 最好謹記於心的基本用語 「回應的敬語」

(54) はい、ただいま参ります。（是，我馬上來。）

(55) かしこまりました／承知しました。（好的／我知道了。）

(56) ～いたしかねます。（我難以勝任～）

(57) **～いただけますか？**（可以麻煩你～嗎？）

學起來！ 因應各種情境的常用「電話應對敬語」

(58) **江戸川様でいらっしゃいますね。いつもお世話になっております。**（是江戸川先生對吧？一直以來受您的關照。）

(59) **申し訳ございません。山田はただ今別室におります。少々お待ちいただけますか？**

（真是非常抱歉。山田現在人在別處，能否麻煩您稍等一下呢？）

(60) **～とのことでよろしいでしょうか。かしこまりました。山田に申し伝えます。**

（您要留言的內容是～，對嗎？好的。我會轉告山田。）

(61) **かしこまりました。山田に申し伝えます。ご連絡ありがとうございました。では、お待ちしております。**

（好的。我會轉告山田。謝謝您的來電。我們恭候您的來訪。）

第 3 章

客氣有禮的措辭

① 私は音羽花子でございます。（我是音羽花子。）

② 私は音羽花子です。（我是音羽花子。）

③ 私は音羽花子だ。（我是音羽花子。）

④ 語尾與各用法之間的禮貌程度

何を召し上がりますか？（要吃什麼嗎？）

イチゴをいただきます。（我要吃草莓。）

何を食べますか？（要吃什麼嗎？）

イチゴを食べます。（我要吃草莓。）

1. 從「日常會話」開始做起

⑤ 昨日は、財布を落として大変でした。

（昨天我的錢包掉了，真糟糕。）

⑥ 素敵ですね。よくお似合いです。（很好看呢！很適合你。）

⑦ さきほど部長から頼れた書類、こちらに置きます。本日はこれで失礼してよろしいですか？（剛剛部長交給我的文件，我都放在這裡。今天我可以先告辭嗎？）

⑧ 食事ならすませました。コーヒーですか？ありがとう、あとでいただきます。

（我已經吃過飯了。咖啡嗎？謝謝，我待會再喝。）

2. 提及他人或自己時皆應客氣表達

⑨ 早朝から昼にかけて前線が通過いたします。

（鋒面將在清晨到中午之間通過。）

⑩「謙讓語II」在用法上的不同之處

明日は社内におります。（明天我會在公司）

家々が並んでおります。（家家戶戶排列在一起）

私は出張で大阪に参ります。（我出差去了大阪一趟）

ただ今、山田が参ります。（山田剛回來）

雨が降って参りました。（下雨了）

暖かくなって参りました。（天氣愈來愈暖和了）

私どもの山田が申しますには…、

（我們公司的山田所說的是…）

世間はそう申しますが…、（世上的人都那麼說…）

私から報告いたします。（由我來報告）

電車が通過いたします。（電車通過）

3. 完整表達，語尾也不曖昧不清

⑪ 私が参ります。（我會去）

⑫ 以前にもご説明したかと思いますが、すべて解決しております。（我認為先前和您解釋過了，事情已處理完畢。）

4. 說話時要使用優美又正向積極的詞彙

⑬ 申し訳ありませんが、出社が少し遅くなりそうです。電車

の遅れで、ほかに手段が思いあたらないので困りました。

（非常抱歉。今天我會晚一點到公司。因為電車誤點，我又想不到其他方法，真不知道該怎麼辦才好。）

⑭ ランチセットを2つお願いします。（取引先に）食後の紅茶はいかがですか？それでは、紅茶を2つお願いします。食事が終わる頃に出してください。時間があまりないので、なるべく早くしていただけると助かります。

（麻煩你，我要二份午餐套餐。（對客戶）餐後飲料選擇紅茶可以嗎？那麼，麻煩你，我要二杯紅茶。飲料請在餐後送上。因為我們在趕時間，若能盡快送上餐點那真是幫了大忙。）

⑮ 部長のお弁当、おいしそうですね。私もこんなふうに卵焼きを上手に作れるようになりたいです。

（部長的便當看起來好好吃。我也希望可以做出這麼棒的玉子燒。）

5. 說話有禮但不拘謹的訣竅

⑯ 江戸川様、本日は、雨の中をお越しいただき、ありがとうございます。

（江戸川先生，下雨的天還勞煩您前來，非常謝謝您。）

⑰ その件は、私が説明いたします。（那件事由我説明。）

⑱ そうですか。江戸川さんのお嬢さんは、ピアノがお上手なのですね。（原來如此。這麼説令嬡很會彈鋼琴呢。）

⑲ あさってからの連休は伊豆に行きます。

（後天開始的連假。我要去伊豆。）

6. 以優美的言詞表達各種情緒

⑳ おはようございます。今日はいいお天気ですね。

（早安。今天的天氣真不錯。）

㉑ 恐れ入ります。ありがとうございました。

（不好意思。非常謝謝您。）

㉒ ありがとうございます。○○さんが手伝ってくれたので
とっても助かりました。

（真是謝謝你。多虧了○○小姐，真是幫了我大忙。）

㉓ いつもありがとうございます。実は楽しみにしていたんで
す。すぐ皆さんにも配りますね。

（總是收您的禮物，謝謝。其實我真的很期待呢。我立刻分給大家。）

㉔ ありがとうございます。思いがけずごちそうになってしま
いました。次は、ぜひ私に（食事代を）持たせてくださ
い。

（非常謝謝您。沒想到會讓您破費。下次請務必讓我請您吃頓飯。）

7. 不論對誰都要注意自己所使用的語氣

㉕ かえって邪魔かもしれないけれど、私に手伝わせてくださ
い。（雖然可能會幫倒忙，但請讓我幫你。）

㉖ 15時に戻ります。そのあと会議か…。○○さん、準備を任
せていいですか？（我下午三點回來。之後要開會…。○○先生，
可以把準備工作託付給你嗎？）

㉗ 私の考えを申し上げます。この件は～

（我說我的意見。這件事～）

27

8.「刺耳的用語」別用，以免影響對話進行

㉘ この部分は、訂正が必要でしょうか？

（這個部份是不是要更正？）

㉙ ほかにご用がなければ、本日は失礼してもよろしいでしょうか。（如果沒有其他的事，那我今天可以先告辭嗎？）

10. 適應職場環境後，反而説話會更容易「鬆懈」

㉚「口語」中有關家人的敬語、敬稱		
	謙讓語（己方）	尊敬語（對方）
家	自宅	ご自宅　お宅
家人	家族　一家	ご家族　ご一家
雙親	父母　両親　ふた親	ご両親
父	父　父親	お父様　お父上
母	母　母親	お母様　お母上
妻	妻　家内	奥様
夫	夫	ご主人　だんな様
祖父	祖父	おじい様

㉚ 「口語」中有關家人的敬語、敬稱		
	謙讓語（己方）	尊敬語（對方）
祖母	祖母 そぼ	おばあ様 さま
兒子	息子 むすこ　せがれ　長男 ちょうなん	息子さん むすこ　ご息子 むすこ　ご長男 ちょうなん
女兒	娘 むすめ　長女 ちょうじょ	娘さん むすめ　お嬢様 じょうさま　ご長女 ちょうじょ

學起來！ 「無意間脫口而出的習慣用詞」換句話說大補帖

㉛ この写真、きれい…、とてもいいですね。
しゃしん

（這張照片好美…，真是太棒了。）

㉜ 部長、集計が終わりました。（部長，統計完畢。）
ぶちょう　しゅうけい　お

㉝ 部長のご意見に賛成です。（我贊成部長的意見。）
ぶちょう　いけん　さんせい

重點提示 以「有禮貌的說法」應對

㉞ もう少し時間いただけますか？作業中の仕事がもうすぐ終
すこ　じかん　さぎょうちゅう　しごと
わるので、明日午後までならできると思います。
あしたごご　おも

（能否多給我一點時間？手頭上的工作快完成了，我想明天下午之前
可以給你。）

㉟ こちらがデータです。（這份是你要的資料。）

㊱ はい、いらっしゃいます。少々お待ちください。
しょうしょう　ま

（是的，他在。請稍等一下。）

㊲ はい、かしこまりました。会議は明日の15時からですね。
かいぎ　あした　じゅうごじ

（好的。會議是在明天下午三點對吧。）

㊳ 承知しました。予備も入れて15部用意いたします。

（我了解了。連同影印資料在內，我總共會準備15份。）

學起來！ 能幹的人絕不用的「3D」替換術

㊴ この件は厳しいとおっしゃっていましたが、いかがいたしましょうか？

（您先前說過這件事恐怕有困難，那您現在的看法呢？）

㊵ 先日のお話しでは、来月納入と承っております。

（我們先前談好下個月供貨。）

㊶ 納期に間に合わせるには難しい状況ですが……。

（要及時交貨恐怕有些困難…）

㊷ それは、別の考え方もできますよね？

（那件事還能換個角度想吧？）

㊸ その件は、ただいま調査を急いでいます。結果がでしだい、お返事を差し上げるということでよろしいでしょうか？（那件事目前正在加緊調查。待有結果之後馬上向您回覆，您意下如何？）

㊹ おっしゃることはもっともです。よろしければ、私の考えも聞いていただけますか？

（您說得很對。如果您不介意的話，能否聽聽我的意見呢？）

㊺ 前回と内容に特に変更はないのですが…。

（這和先前所説的話並沒有什麼不同…）

㊻ 御社が先月発売された新製品に、弊社も大変魅力を感じて

おります。（貴公司上個月開始銷售的新產品，敝公司也認為是相
當有吸引力的產品。）

學起來！ 以正確的措辭對輩份或地位較高的人說話

㊼ まもなくお車が参りますので、おかけになってお待ちいた
だけますか？（車子很快就到了。能否請您坐著等待呢？）

㊽ 私は、最近、森鷗外の小説を読んでおります。

（我最近正在閱讀森鷗外的小說。）

㊾ 承知いたしました。そのように部長にお伝えいたします。

（我了解了。我會將您的話如實轉達給部長。）

㊿ この書類をお渡しいただけますか？

（能否請您幫我交付這個文件呢？）

51 あちらに用意がないようなので傘をお持ちください。

（因為那邊似乎沒有準備，所以請您帶傘去。）

52 企画書をご覧くださいましたでしょうか？

（企畫書請您看過了嗎？）

53 私は社長のご意向に従います。（我遵從社長的決定。）

54 顔色が優れませんが、どうかなさいましたか？

（您的臉色不太好，發生什麼事了嗎？）

MEMO

第 4 章

日常溝通用語

① 失礼ですが、お名前を伺ってもよろしいでしょうか？

（恕我冒昧，可以請問您的大名嗎？）

② 常用的「緩衝用語」：

拜託、詢問

失礼ですが、（恕我冒昧）

恐れ入れますが、（不好意思）

大変恐縮でございますが、（真不好意思）

お手数ですが、（麻煩您）

差支えなければ、（若不會造成您的困擾）

申し訳ございませんが、（萬分抱歉）

よろしければ、（可以的話）

建議、提醒

恐れ入りますが、（不好意思）

お手数ですが、（麻煩您）

ご遠慮願えませんでしょうか。（能否請您不要）

ご容赦ください。（請多多包涵）

拒絕、道歉

せっかくでございますが、（承蒙您的好意）

大変残念でございますが、（非常遺憾）

失礼ですが、（對不起）

失礼とは存じますが、（我知道這樣很失禮）

身に余るお言葉ですが、（您的讚美我擔當不起）

申し訳ございませんが（非常抱歉）

～いたしかねます。（我難以勝任～）

～できかねます。（無法～）

ご容赦ください。（請多多包涵）

お役に立てなくて、申し訳ございません。
（很抱歉沒幫上您的忙）

緩衝用語的用法＜基礎篇＞

③ お手数をおかけしますが、山田あてにお送りいただけますか？（能否麻煩您直接寄給山田呢？）

緩衝用語的用法＜應用篇＞

④ ご面倒をおかけしますが、明日の昼までにお届け願いませんでしょうか？

（不好意思給您添麻煩了，能請您在明天中午之前送達嗎？）

⑤ お使い立てして申し訳ございませんが、私どもにお越しの際に営業部にお立ち寄りいただけますか？（總是麻煩您實在抱歉，當您來訪本公司時，能否請您順道移駕至營業部呢？）

⑥ お客様、差し支えなければ、お名前を伺ってもよろしいでしょうか？

（客人，若不會造成您的困擾，方便請問您的大名嗎？）

⑦ ご期待に沿えず大変残念でございますが、今回のお話は条件が合わず、お断りせざるを得ない状況です。

（很遺憾未能符合您的期望，此次在條件上未能達到共識，我不得不婉拒此次的合作。）

⑧ 恐れ入りますが、おタバコはあちらの喫煙室にてお願いできますでしょうか？

（不好意思，能否請您到那裡的吸煙室去抽呢？）

⑨ ご理解いただきまして、ありがとうございます。

（非常謝謝您的諒解。）

接待 迎接實客時的基本禮儀

⑩ いらっしゃいませ。（歡迎光臨）

⑪ いらっしゃいませ。お待ちしておりました。

（歡迎光臨。我已恭候多時。）

⑫ いらっしゃいませ。お待ちしておりました。誠に申し訳ございませんが、山田はまもなく戻りますので、中でお掛けになってお待ちいただけますか？

（歡迎光臨。我已恭候多時。實在非常抱歉，山田很快就回來，能否請您到裡面稍待片刻呢？）

⑬ 3階の応接室へご案内いたします。どうぞこちらへ。

（我帶您到三樓的會客室去。這邊請。）

⑭ 段差がありますので、お足元にお気を付けてください。

（這裡有高低差，請小心您的腳步。）

⑮ よろしければ、コートをお預かりいたしましょうか？

（如果您不介意的話，可否讓我為您保管大衣？）

⑯ お先に失礼いたします。（不好意思，我先進去）

⑰ どうぞ。応接室は左側でございます。

（到了，您先請。會客室在左側。）

⑱ 代わっていただいてもよろしいですか？

（換我來操作電梯，您意下如何？）

⑲ この階段を上りきったところでございます。

（目的地就在這個樓梯的最高處。）

⑳ 失礼いたします。（不好意思。）

㉑ どうぞお入りください。（請進。）

㉒ こちらにお掛けください。（請坐。）

㉓ 失礼いたします。（我先告辭了。）

㉔ お手洗いは通路の突き当たりにございます。応接室をお出でになって右手にお進みください。

（洗手間位於走道的盡頭。出了會客室後，請往右手邊走。）

接待 送客時的基本禮儀

㉕ お忘れ物はありませんか？（是否有東西忘了拿呢？）

㉖ ○○（見送りの場所）まで私も参ります。（我陪同您到○○

（送客地點）。）

㉗ こちらで失礼いたします。（那麼我就在此告辭。）

㉘ 本日はありがとうございました。今後ともよろしくお願いいたします。（今天非常謝謝您。今後也請多多指教。）

㉙ ありがとうございました。（非常謝謝您。）

㉚ 雨が降って参りましたが、傘はお持ちでいらっしゃいますか？（外面正在下雨，請問您是否有攜帶雨具呢？）

拜訪的禮儀 到達櫃台前的應確認事項

㉛ 失礼いたします／お忙しいところをお邪魔いたします。

（不好意思／在您百忙之中打擾了。）

㉜ ○○（自社名）の△△と申します。

（我是○○（公司名稱）的△△。）

㉝ 10時のお約束で伺いました。営業部の□□様にお取次ぎをお願いいたします。

（我十點與營業部的□□先生有約，麻煩請您轉達一下。）

㉞ お約束はいただいていないのですが、営業部の○○様にお取り次ぎ願えますか？転任のご挨拶に伺ったとお伝えください。（雖然沒有事先預約，能否麻煩您轉達營業部的○○先生呢？因為即將調職，所以來打聲招呼。）

㉟ お手数をおかけいたしました。ありがとうございます。

（麻煩您了，非常謝謝您。）

㊱ ありがとうございます。よろしくお願いいたします。

（非常謝謝您，請多多指教。）

㊲ 初めてお目にかかります。○○社の△△と申します。

（初次和您見面，我是○○公司的△△。）

㊳ ○○社の△△でございます。電話（メール）では何度かお世話になっておりますが、本日はお目にかかる機会をいただき、ありがとうございます。

（我是○○公司的△△。電話（郵件）中多次承蒙您的關照，今天有機會和您見面，真是非常感謝您。）

㊴ ○○社の△△と申します。御社の□□（紹介者の名前）様には大変お世話になっております。本日はお時間いただき、ありがとうございます。

（我是○○公司的△△。非常謝謝貴公司□□（介紹人的名字）的關照。今日謝謝您撥空與我見面。）

㊵ いつもお世話になっております。本日はお時間を頂戴いたしましてありがとうございます。

（一直承蒙您的關照，今日非常謝謝您撥空與我見面。）

㊶ ご無沙汰しております。（好久不見。）

㊷ そろそろ、失礼いたします。（我該告辭了。）

㊸ こちらで失礼いたします。本日はありがとうございました。（那麼，我就此告辭。今天非常謝謝您。）

㊹ 本日はありがとうございました。今後とも、お付き合いのほどよろしくお願いします。

（今天真的非常謝謝您。今後也請您多多指教。）

㊺ お電話ありがとうございます。（感謝您的來電。）

㊻ お待たせいたしました。（讓您久等了）

㊼ 音羽商事、営業部でございます。（這裡是音羽商事營業部。）

㊽ 講談物産の江戸川様でいらっしゃいますね。いつもお世話になっております。

（講談物産的江戸川先生對吧。一直以來承蒙您的關照。）

㊾ はい、山田でございますね。少々お待ちくださいませ。

（是的，山田對吧。麻煩請您稍候。）

㊿ 恐れ入ります。お名前をお教え願えませんでしょうか？

（不好意思。能否請教您貴姓大名？）

51 あいにく山田は外出しております。よろしければ、山田から折り返しお電話を差し上げるようにいたしますが、いかがでしょうか？（真是不巧，山田目前外出中。可以的話，請他馬上回您電話，您意下如何？）

52 大変申し訳ございません。山田は、本日は失礼させていただきました。（真是非常抱歉。山田今天已經下班了。）

53 お電話代りました。○○でございます。いつもお世話になっております。

（您好，電話已換人接聽，我是○○。一直以來承蒙您的關照。）

54 みょうごにちの会議につきまして、山田より、江戸川様への伝言を預かっております。

（關於後天的會議，山田有留言要告知江戸川先生。）

㉟ 文京商事の音羽と申します。（我是文京商事的音羽。）

㊱ いつもお世話になっております。（一直承蒙您的關照。）

㊲ 部長の○○様はいらっしゃいますでしょうか？

（請問部長○○先生在嗎？）

㊳ あいにく山田はほかの電話に出ております。少し長くなり
そうですので、こちらからご連絡を差し上げるようにいた
しましょうか？（很不巧，山田現在正好在電話中。短時間內無法
接聽您的電話，我請他再和您連絡好嗎？）

㊴ それではお願いいたします。（那麼就麻煩您了。）

㊵ 念のためお電話番号をお願いします。

（為求慎重起見，麻煩請留下您的電話號碼。）

㊶ 13時までは社内におります。それ以降は、携帯電話にお
願いします。番号は、090の××××、××××、です。

（下午一點之前我都在公司。在那之後，麻煩請撥打手機，電話號碼
是：090-××××-××××。）

㊷ 私、花木が承りました。山田に申し伝えます。

（敝姓花木，由我接聽您的電話。我會轉告山田。）

㊸ お手数ですが、よろしくお願いいたします。失礼いたしま
す。（不好意思，那麼就麻煩您了，再見。）

㊹ こちらこそすぐにご対応できず申し訳ございませんでし
た。では、失礼いたします。

（我才是，沒能及時回應您的要求，真的非常抱歉。那麼，再見。）

㉕ お気づかいには感謝しております。（謝謝您平日的關心。）

㉖ 〜くださってありがとうございます。（非常謝謝您的〜）

㉗ 残念ですが／〜ならできるのですが（很遺憾／如果〜的話就可以）

㉘ 〜いたしかねます／大変失礼いたしました（我難以勝任〜／真是萬分抱歉）

㉙ できることならお手伝いしたいのですが、今日だけは申し訳ないのですが、ご勘弁ください。（如果可以的話我很想幫忙，但今天真的沒辦法。請您諒解。）

㉚ 当社もギリギリのところでやっておりまして…。ご理解いただけると助かります。（本公司目前已處於加緊趕工的狀態，您若能理解就太好了。）

㉛ 大変申し訳ございません。こちらから無理をお願いしておきながら心苦しいのですが、今から追加注文の取り消しはできますでしょうか？（真是非常抱歉。對於我們提出的無理要求，雖然感到相當的過意不去，能否取消追加的那份訂單呢？）

㉜ 本日のところはひとまずお話しを伺うだけでもかまいませんか？私でお力になれるかどうかわかりませんが、上司にも相談してみます。（今天我只能先聽您說，不知您是否介意？還不知道我能不能幫上您的忙，但我會試著和上司商量。）

⑦ △△さん、申し訳ないけれど応接室にお茶をお願いできますか？（△△先生，不好意思，能否請你送茶到會客室去呢？）

⑦ 申し訳ありません。急な出張が入ったもので、来週のご都合がよい日に変更していただけると助かります。（非常抱歉。因為突然要出差，若能改為下週您方便的時間，那真是幫了大忙。）

⑦ 先日はメールでお願い事をして失礼いたしました。本日は、改めてお願いに参りました。お返事は急ぎませんので、話だけでも聞いていただけませんでしょうか？（前幾天以電子郵件向您提出請求，真是不好意思。今天再次拜託您。沒辦法立刻答覆我也沒關係，能否請您先聽聽就好？）

⑦ 明日の会議用の資料作りが間に合いそうになくて…。手が空いてる時でかまいませんので、コピーとりだけでも手を貸していただけませんか？（明天開會要用的資料快來不及了…等你有空的時候也沒關係，就算只是幫我拿複印也好能幫我嗎？）

⑦ ご迷惑をおかけして、大変申し訳ございません。本日着で再配送の手配をいたしました。（給您添麻煩了，真是非常抱歉。我安排了再次配送，預計今日送達。）

⑦ 確認不足で申し訳ございません。以後気をつけます。ご指摘ありがとうございました。（沒有好好確認，非常抱歉。日後我會小心。謝謝您的指教。）

⑦ 大変お待たせして申し訳ございません。先ほどご連絡した

予定より20分も遅れてしまいました。この後に何かご予定
があるようでしたら、また日を改めてお伺いたしますが
…。（讓您久等了真是萬分抱歉。我比先前連絡時所約定的時間晚到
了20分鐘。若您之後還有其他的計畫，那我可以擇日再來拜訪…。）

⑧ 大変申し訳ございません。念のため朝にも確認の電話を入
れるべきでした。今後は、このようなことはいたしません
ので、どうかお許しください。（真是非常抱歉。以防萬一早上
我應該再次打電話確認才是。今後我不會再犯這種錯。請您原諒
我。）

⑧ 緩衝用語　拒絕、拜託、道歉　基本用法例句集

緩衝用語	搭配例句
あいにくですが（真是不巧，）	明日は先約が入っております。 （我明天已經有約了。） 席を外しております。 （他現在不在位子上。）
ありがたいお話ではございますが（您提出的條件很令人感謝，）	ご辞退させていただきます。 （但請恕我拒絕。）
お忙しいこととは存じますが（百忙之中打擾，）	よろしくお願いいたします。 （請您多多指教。）
恐れ入りますが（不好意思，）	お名前を伺ってもよろしいでしょうか？ （方便請問您的大名嗎？）

44

緩衝用語	搭配例句
お使い立てして申し訳ございませんが （總是麻煩您真是非常抱歉，）	～していただけますか？ （可以請您～？）
お手数ですが（麻煩您，）	ご記入をお願いいたします。 （請您填寫一下。）
お役に立てず大変恐縮でございますが（沒能幫上您的忙，實在十分抱歉。）	ご了承ください。（請您諒解。） ご容赦ください。 （請多多包涵。）
勝手申し上げますが （提出這樣的要求有些任性，但）	本日はご都合よろしいでしょうか？（不知您今天是否方便？） ご理解ください。（請您理解。）
ご期待に添えず大変申し訳ございませんが （無法回應您的期待，我感到萬分抱歉，）	今回は見送らせていただけますか？ （這次能否讓我暫緩考慮呢？） なにとぞご容赦ください。 （請您多多包涵。）
ご足労をおかけいたしますが （要勞煩您過來不好意思，）	お越しいただけますか？ （但可以請您過來一趟嗎？）
ご面倒をおかけいたしますが（不好意思給您添麻煩了，）	よろしくお願いいたします。 （請多多指教。）
差し支えなければ（若不會造成您的困擾，）	ご連絡先を伺えますでしょうか？ （可以請教您的聯絡方式嗎？）

45

緩衝用語	搭配例句
残念（ざんねん）ながら（雖然很遺憾，）	今回（こんかい）は見送（みおく）らせていただきます。（但這次請恕我暫緩考慮）
失礼（しつれい）ですが／失礼（しつれい）とは存（ぞん）じますが（不好意思／我知道這樣很失禮，但）	欠席（けっせき）させていただきます。（請恕我缺席。） ○○様（さま）でいらっしゃいますか？（○○（先生／小姐）在嗎？）
せっかくですが（雖然機會難得，）	今回（こんかい）はお受（う）けいたしかねます。（但此次恕我無法接受。）
大変（たいへん）恐縮（きょうしゅく）ですが（不好意思，）	もう一度（いちど）ご確認（かくにん）いただけますか？（可以讓我再確認一次嗎？）
大変（たいへん）心苦（こころぐる）しいのですが（雖然這麼做過意不去，）	お断（ことわ）りさせていただきます。（但請容我拒絕您的提議。）
大変残念（たいへんざんねん）ですが（很遺憾地，）	ご期待（きたい）には添（そ）いかねます。（我無法回應您的期待。）
大変申（たいへんもう）し訳（わけ）ございませんが／申（もう）し訳（わけ）ございませんが（我感到萬分抱歉／非常抱歉，）	〜していただけますでしょうか？（能否請您〜？） ただ今（いま）在庫（ざいこ）を切（き）らしております。（目前正在缺貨中。）
私（わたくし）どもの力不足（ちからぶそく）で申（もう）し訳（わけ）ございませんが（都是我們的能力不足，我感到非常抱歉。）	ご了承（りょうしょう）ください。（請您諒解。） ご勘弁（かんべん）ください。（請您寬恕。）

第 5 章

措辭的
禮節

① ご成人おめでとうございます。（恭喜你成年。）

② ご結婚おめでとうございます。（恭喜你結婚。）

③ 心からお悔やみ申し上げます。（誠摯地向您表示哀悼之意。）

④ お招きいただき恐れ入ります。（謝謝您的邀請。）

將忌諱用語改為其他的說法

⑤ お二人が新しいスタートラインに立った…

（二位即將站上人生中的新起點…）

⑥ 私が精一杯頑張って編んだ…（我竭盡全力編織的…）

⑦ 擔任接待、司儀、致詞者　忌諱用語的替換

お開きとさせていただきます（宴席）（喜宴已到了尾聲。）

私のお祝いの言葉といたします（我要說句祝福的話。）

結びの言葉になりますが、お幸せに。それでは私から…

（以上是我的致詞，祝二位幸福美滿。接下來由我來～）

今から10年前のことです（距今十年前的事。）

新郎は昨年10月に～（新郎在去年的十月～）

お二人でナイフを入れたケーキを～

（將二位已處理好的蛋糕～）

こちらはお納めください（請您收下。）

48

改めてよろしく～（再次説聲請多多指教。）

大変驚きました（真是嚇了我一大跳。）

どうぞよろしく（請多多指教。）

ヨン（4）（4的し改唸よん。）

ニジュウキュウ（29）（9的く改唸きゅう。）

喜事 傳達祝賀之意的用語及禮節

⑧ 本日はおめでとうございます。（新郎の友人の○○と申します。）（今日恭喜兩位新人。（我是新郎的朋友○○。））

⑨（本日はお忙しい中、ご出席いただき）ありがとうございます。（（今日能在百忙之中出席婚宴，）非常謝謝您。）

⑩ 本日は誠におめでとうございます。
（今日誠摯恭喜兩位新人。）

⑪ ありがとうございます。お預かりいたします。
（非常謝謝您，我收下了。）

⑫ 恐れ入りますが、こちらにご記帳をお願いいたします。
（不好意思，請您在此記下您的金額及相關資料。）

⑬ 開宴までしばらくお待ちいただけますでしょうか？控え室は△△の間となっております。（在開席之前能否麻煩您稍待片刻呢？休息室就位於△△（房間名稱）。）

⑭ ありがとうございます。（非常謝謝您。）

⑮ おめでとうございます。本日はお招きいただきありがとう

ございます。（恭喜二位新人。今天非常感謝您們的邀請。）

⑯ 失礼いたします。（一礼して着席）

（失禮了。（行禮後再入座））

⑰ 新郎と高校時代からの友人の○○です。

（我是○○，和新郎是高中時代的朋友。）

⑱ お幸せに。本日はありがとうございました。

（祝你們幸福美滿。今天謝謝你們。）

⑲ ありがとうございました。素晴らしい披露宴でした。

（非常感謝您。很棒的一場婚宴。）

祝賀 謝禮時的用語以及禮節

⑳ お祝いの品がついさきほど届きました。ありがとうございます。（剛才收到了您寄來的賀禮。非常謝謝您。）

㉑ 以前から欲しいと思っていたものなので、大変喜んでおります。（這我之前就一直很想要，真的很開心。）

探病的禮節 可以做與不能做的事

㉒ 気晴らしになるのではないかと、○○を持って参りました。（或許能夠讓您轉換一下心情，所以我帶了○○過來。）

探病的禮節 探病時要避免數字的「四（し）」、「九（く）」

㉓ 思ったよりお元気そうで安心しました。もう落ち着かれましたか？

（看您比我想像中的還要有精神，我放心了。您覺得好點了嗎？）

㉔ 部長のようにはできませんが、みんなで頑張ってなんとか
やっています。

（雖然不像部長做得那麼好，不過大家一起努力也算是做得不錯。）

㉕ 奥様もお疲れでしょう。私どもでお手伝いできることがあ
りましたらおっしゃってください。

（夫人也很辛苦吧。如果有什麼我們幫得上忙的地方，請儘管開口。）

弔唁 從收到訃聞到葬禮結束為止，喪事上需注意的禮節

㉖ ご連絡いただき、恐れ入ります。突然のことで言葉も見つ
かりません。（不好意思，還要特別勞煩您通知我。突然發生這樣
的事，不知該說什麼才好。）

㉗ お差し支えなければ、これからご自宅に伺ってもよろしい
でしょうか？

（若不會造成您的困擾，稍後是否可以到府上致意呢？）

㉘ お気持ちも考えず、申し訳ありませんでした。

（沒考慮到您的心情，真是非常抱歉。）

㉙ 恐れ入ります。ご葬儀の日程がおわかりでしたら教えてい
ただけますでしょうか？

（不好意思。能否請教您有關葬禮的日程安排呢？）

收到自己家人的不幸消息

㉚ 祖母が他界いたしました。（祖母逝世了。）

㉛ 唁電所使用的敬稱

ご尊父様（令尊）

51

ご祖父様（令祖父）

ご令兄様（令兄）

ご令弟様（令弟）

ご夫君様（尊夫君）

ご令息様（令郎）

お舅様（公公）

御外父様（令岳丈）

ご母堂様（令堂）

ご祖母様（令祖母）

ご令姉様（令姐）

ご令妹様（令妹）

ご令室様（尊夫人）

ご令嬢様（令媛）

お姑様（婆婆）

御外母様（令岳母）

匆忙前往弔唁時的禮節

㉜ このたびはご愁傷様でございます。おとりこみ中失礼いた
します。（請節哀順變。百忙之中打擾您，不好意思。）

㉝ ご霊前にお供えください。（敬請供奉在靈前。）

㉞ 何かお手伝いすることがございましたら、ご遠慮なくお申し付けください。

（如果有任何我能幫得上忙之處，請別客氣儘管開口。）

㉟ お力落としのこととは存じますが、私にできることがございましたらなんなりとおっしゃってください。（我能夠想像

您有多麼悲傷，如果有任何我能做的事，請別客氣儘管開口。）

弔唁 接待人員／弔唁者應有的行為舉止

㊱ このたびは、ご愁傷様でございます。（請節哀順變。）

㊲ （本日は多用の中、お越しいただきまして）恐れ入ります。（（百忙之中，勞煩您前來），不好意思。）

㊳ ご丁寧に恐れ入ります。お預かりいたします。

（您這麼客氣，實在不好意思。我收下了。）

㊴ お手数ですが、こちらにお名前をご記入ください。

（麻煩請您在這裡寫下您的姓名。）

㊵ ありがとうございます。（非常感謝您。）

㊶ 告別式はあちらで行います。恐れ入りますが、靴を脱いでお進みくださいませ。

（告別式將在那裡舉行。不好意思，要麻煩您脱下鞋子後再進入。）

㊷ お参りさせていただきます。（請容我去見他最後一面。）

弔唁 參加守靈夜、葬禮、告別式時應具備的知識

㊸ このたびは、ご愁傷様でございます。（請節哀順變。）

㊹ ○○様が亡くなられて、残念なことでございます。心から
お悔やみ申し上げます。

（○○先生／女士過世，我感到很遺憾。衷心表達悼念之意。）

㊺ 本日は、山田の代理で参りました。

（今天我是代替山田前來弔唁。）

㊻ 山田がただ今出張中でございますので、本日は私が代理で
参りました。このたびは、誠にご愁傷様でございます。山
田もこの大事の時に申し訳ないと申しておりました。

（山田目前正在出差中，所以今天由我代替他前來。誠心向您致意，

請節哀順變。山田也要我轉達，對於在這麼重要的時刻，自己沒能親

自到場，感到非常抱歉。）

㊼ ようこそいらっしゃいました。私は○○と申します。

（歡迎您，我是○○）

㊽ Bさん、こちらが私の妻のA子です。

（B先生，這位是我的妻子A小姐。）

㊾ いつもお世話になっているBさんだよ。

（這位是平日一直關照我的B先生。）

㊿ 私どもの部長のAでございます。

（這是我們公司的部長A先生。）

(51) こちらが〇〇社のB様でいらっしゃいます。

（這位是〇〇公司的 B 先生。）

(52) こちらが□社の部長のA様でいらっしゃいます。

（這位是□公司的部長 A 先生。）

(53) こちらは△社の社長のB様でいらっしゃいます。

（這位是△公司的社長 B 先生。）

交換名片的基本規則　遞出／收下要一對一進行

(54) 初めまして。〇〇と申します。（很高興認識你，我是〇〇。）

(55) 恐れ入ります。頂戴いたします。（不好意思，那麼我收下了）

(56) 電話では何度かお話しさせていただきましたが、改めてご挨拶申し上げます。

（雖然在電話中已多次交談，在此正式向您致上問候。）

(57) お引き合わせする機会かいがないまま、ご紹介が遅くなりましたが、こちらが私どもの部長のBでございます。

（因為一直沒有機會，所以遲至今日才向您介紹，這位是我們公司的部長B。）

(58) 〇〇社の社長、B様でいらっしゃいます。私が右も左もわからない新入社員時代にご指導いただいて以来のお付き合いです。（這位是〇〇公司的B社長。在我還是左右都分不清楚的新人時就一直教導我至今。）

公司電話／行動電話　利用電話聯絡的基本禮貌

(59) 朝早くから申し訳ございません。

（非常抱歉，一大早就打擾您。）

⑥⑩ 昼休み中に申し訳ございません。
（非常抱歉，午休時間打擾您。）

㉑ お忙しい時間帯に恐縮です。（不好意思，在百忙之中打擾您。）

㉒ 遅い時間に申し訳ございません。
（非常抱歉，這麼晚還來打擾您。）

電話禮儀 以行動電話撥打／接聽電話

㊽ ○○社の△△です。ご出張中に申し訳ありません。急ぎご相談したいことがありまして…。展示会でご出張中と伺って、こちらの番号にご連絡いたしました。（我是○○公司的△△。很抱歉，在您出差時和您聯絡。我有急事希望和您商量…。聽聞您因為展覽活動正在出差，才撥打這個號碼和您聯絡。）

㊾ 私がお願いしたことですから、どうぞ気になさらず。
（是我拜託您的事情，請您別放在心上。）

㊿ 少しお話ししてもよろしいですか？（您現在是否方便呢？）

㊻ 今はちょうど休憩に入ったところなので10分ほどならかまいませんよ。
（現在正好是休息時間，十分鐘左右的話應該沒關係。）

㊼ ありがとうございます。2〜3分いただければと思います。それでは、早速ですが…
（非常謝謝您。我想只需要二〜三分鐘。那麼，我們立刻…）

電話禮儀 須配合對方的狀況

㊽ 10分ほどしたら、こちらからご連絡してもよろしいですか？（大約十分鐘後，再由我和您聯絡可以嗎？）

⑥⑨ それでは申し訳ないので、明日、改めてご連絡差し上げます。（那太不好意思了，我明天再和您聯絡。）

⑦⓪ まもなく社に戻ります。恐れ入りますが、30分後くらいにもう一度お電話いただけますか？（我很快就回公司。不好意思，能否麻煩您大約三十分鐘後再打電話過來呢？）

⑦① 承知しました。ご連絡先は営業部でよろしいですか？
（我瞭解了。那麼撥打至營業部可以嗎？）

⑦② 席を外していると申し訳ないので、こちらの番号へお願いいたします。（萬一我還沒回到位子上就太不好意思了，所以希望您打到這支電話。）

⑦③ そうそう。私もたまに間違えそうになります。
（沒錯沒錯。我也一樣三不五時就會差點用錯。）

⑦④ 確かに…緊張しますよね。
（的確…那種場面會讓人很緊張呢。）

⑦⑤ ケイゴさんは、どんな時に間違えそうになりますか？
（敬吾先生，通常你都在什麼時候會差點用錯？）

⑦⑥ ケイゴさんの話し方は丁寧で感じがいいと私は思います。
（我覺得敬吾先生的説話方式很有禮貌，讓人聽得很舒服。）

⑦⑦ 私なりに精一杯の努力を積み重ねました。
（我一直以來都拼盡全力。）

⑦⑧ ○○スタジアム5つ分、約7万坪の敷地です。

（差不多五座○○體育館，約七萬坪大的場地。）

⑦⑨ 町内会の花見は予定通りです。

（鎮上的賞花活動依預定舉行。）

⑧⓪ ゆとりのある生活を楽しむ方々のご要望に応えた、快適さを追求した生活雑貨です。

（滿足人們對於富裕生活的需求，追求舒適性的生活用品。）

磨錬對話能力 對話無法持續的原因與對策

⑧① 北海道のどちらに行かれたんですか？

（您去了北海道的哪裡呢？）

⑧② 札幌はアイスクリームがおいしくて。

（札幌的冰淇淋好好吃。）

⑧③ 私もそうでした。そういえば、子どもの頃…

（我以前也是。說到這個，我小時候…）

第 6 章

遇到困擾時的應對

有禮貌的措辭

① 恐れ入りますが、（頼みたい用件）お願いできませんでしょうか？（不好意思，可以麻煩您幫我（想拜託的內容）嗎？）

② 申し訳ございませんが、（頼みたい用件）いただいてもよろしいでしょうか？

（非常抱歉，能否麻煩您幫我（想拜託的內容）嗎？）

當要向對方搭話時

③ 今ちょっとよろしいでしょうか？（請問現在方便嗎？）

④ 今少しお時間いただけますでしょうか？

（能否麻煩您給我一點時間？）

不確定對方是否忙碌時

⑤ お忙しいところ、申し訳ありません。お手すきの時にお声をかけていただけますか？

（百忙之中，非常抱歉。當您有空時能否和我説一下呢？）

⑥ ご相談したいことがあります。あとで少しお時間いただいてよろしいですか？

（我有事想和您商量。待會能否請您撥一點時間給我呢？）

依重要程度區分 有禮貌的措辭

⑦ お手すきの時にでも、（頼みたい用件）いただけると助かります。

（若您有空的時候能夠（想拜託的內容）的話，真是幫了大忙。）

⑧ お力添えいただけませんか？（能否請您助我一臂之力呢？）

⑨ ご検討いただけませんか？（能否請您考慮一下呢？）

⑩ ご配慮いただけないでしょうか？

（能否請您仔細考慮一下呢？）

⑪ ご理解のほど、どうぞよろしくお願いいたします。

（請您務必諒解幫忙我。）

⑫ どうかよろしくお願い申し上げます。（拜託您務必幫忙。）

⑬ 無理を承知で申し上げるのですが、

（我知道這樣的請求強人所難，）

⑭ 誠に勝手なお願いと存じてはおりますが、

（我知道這是很任性的請求，）

⑮ 面倒なことをお願いしたのですから、お気になさらないで

ください。（是我拜託您這麼麻煩的事，請您別放在心上。）

⑯ 無理を承知でお願いしたことです。お気をわずらわせてか

えって申し訳ございません。（我本來就很清楚這個要求強人所

難，請您別操心，反而是我對您不好意思。）

⑰ 話をお聞きくださったことに感謝しています。ありがとう

ございました。（我很感謝您願意聽我説，真的非常謝謝您。）

⑱ 申し訳ございません。私どもではお取り替えはいたしかね

ます。（非常抱歉，請恕我們無法提供您換貨的服務。）

⑲ お気持ちだけありがたくいただきます。

（您的好意我心領了。）

⑳ ご期待に添えず残念です。この件については、一旦白紙に
戻させていただきたいのですが。（無法回應您的期待，我感到

很遺憾。關於這次的合約，希望能取消。）

表示拒絕的基本句型　溫和地拒絕邀約

㉑ 熱心に説明していただいたあとでお断りするのは心苦しい
のですが、実は、親戚が同業者なのです…。

（在您這麼熱心地解說之後，要拒絕您實在很不好受。說實話，我的

親戚是您的同行…）

㉒ お世話になっているのは私どものほうですから。次にお願
いしにくくなりますので、どうかご勘弁ください。

（承蒙關照的是我們公司才是。這樣以後會不好意思開口拜託您，所

以請您諒解。）

㉓ ○○さんにごちそうになっては、私が上司に怒られてしま
います。今日のところは割り勘でお願いします。

（若是讓您請客，會被上司罵的。今天這餐就各付各的吧。）

㉔ ありがたいお話ですが、私では力不足です。でも、私で
お役に立てることがあれば、いつでも声をかけてください
ね。（您提出的條件很令人感謝，但是我覺得自己無法擔此重任。不

過若有我能幫上忙的地方，無論何時都請儘管開口。）

㉕ 本日伺ったお話は、一旦社に持ち帰らせていただいてよろしいでしょうか？上の者とも相談のうえ、改めてご連絡申し上げます。（有關您今天所提到的事，能否讓我暫時先帶回公司請示呢？待我和主管商量之後，再和您聯絡。）

㉖ ご期待に添えるかどうか、今伺った限りでは、難しいところではありますが…。上司を交えて前向きに検討いたします。（要滿足您的期待，以目前的情況而言，可能有些困難…。我會與上司積極討論您的提議。）

㉗ どうかご無理をおっしゃらないでください。○○さんは、これからも長いお付き合いをお願いしたい方と思っています。（請您別強人所難。今後仍希望○○先生／小姐與我們維持長久的合作關係。）

㉘ 私には、荷が重すぎます。残念ですが、辞退させていただきます。（對我而言，這份工作的負擔太過沉重。雖然很遺憾，但請恕我推辭。）

㉙ お気にかけてくださってありがとうございます。ただ今は仕事が楽しくて…。もうしばらく仕事に専念させてください。（非常感謝您的關心。不過我現在很享受工作的樂趣…。短期內請容我把心思專注於工作上。）

㉚ ○○さんは、部長と飲むのを楽しみにしていらっしゃるそうですね。よろしかったら、日にちをずらしてくださるように頼んでみましょうか？（○○先生據說很期待與部長喝一杯呢。如果可以，是不是能夠試著拜託對方改期呢？）

㉛ 勝手言って申し訳ありませんが、お酒の匂いをかぐだけで
つらいんです。（非常抱歉說了這麼任性的話，不過我光是聞到酒
的味道就很難受。）

㉜ お互いの都合が合う日がない…。〇〇さんは、プライベー
トも充実してますね。残念ですが、今月は見合わせましょ
う。（看起來沒有我們彼此都方便的日子…。〇〇先生您的私人生活
也過得很充實呢。很遺憾，這個月就暫緩吧。）

㉝ その日は仕事でどうしても動かせない予定があって、申し
訳ありません…。

（那天我有非做不可的工作無法改期，非常抱歉…。）

㉞ 風邪の引き始めらしくて…。今日は家でおとなしくしてい
ます。お誘いくださってありがとうございます。（我好像有
點感冒的症狀…。今天我想待在家休息。謝謝您的邀約。）

㉟ 申し訳ございません。（非常抱歉）

㊱ 深くお詫び申し上げます。（致上我深深的歉意）

㊲ 申し訳ございませんでした。（真是非常抱歉）

㊳ ご迷惑をおかけして申し訳ございません。以後気をつけま
すので、今回はご容赦いただけませんでしょうか？新品と
の交換は、至急手配いたします。

（造成您的困擾實在非常抱歉。日後我們會注意的，此次能否請您見諒呢？我會盡快安排更換新品。）

㊴ 私の不手際です。お詫びの申し上げようもございません。大変勝手ではありますが、正しい額面の請求書を送らせていただきます。よろしいでしょうか？

（這都是我的疏忽。實在不知該如何向您表達我的歉意。我有個不情之請，能否讓我重新送一份金額正確的請款書給您呢？）

表達歉意 當下立刻表示歉意　基本句型

㊵ 申し訳ございません。勉強不足でお恥ずかしい限りです。

（非常抱歉，是我準備不足，真是獻醜了。）

㊶ 大変失礼いたしました。私が考え違いをしておりました。間違いがあってはならないことですので、お見積金額は、念のため確認して改めてお知らせいたします。

（真是非常抱歉，是我記錯了。由於這件事容不得任何差錯，為求保險起見，我會在確認報價後，再次通知您。）

㊷ こちらの心得違いで、午前中着で手配しておりました。ご迷惑をおかけして大変申し訳ございません。今からでは遅いかもしれませんが、私どもにできることが何かありますでしょうか？（因為我們的不小心，所以貨品被安排在上午就送到了。真是萬分抱歉，給您添麻煩了。現在才這麼說或許晚了些，是否有任何我們能夠做的事呢？）

表達歉意 為自己的失誤、犯錯而道歉　基本句型

㊸ あいにく名刺を切らしております。大変申し訳わけございません。（很抱歉，我的名片不巧用完了。）

㊹ 面目ありません。今後は不手際のないよう注意いたします。ありがとうございました。（我實在是無地自容。今後會特別小心不會再有疏失。謝謝您的指教。）

㊺ お叱りを覚悟で、お話しなければならないことがあります。（我知道一定會挨罵，但我有事一定要和您説。）

㊻ もっと早くご相談申し上げるべきでした。厚かましいお願いですが、ご助言いただけないでしょうか？（我應該早些和您商量的。雖然有些厚臉皮，但能否請您給我一些建議呢？）

電話應對　與對方溝通「時間」的好方法

㊼ 恐れ入ります。のちほどこちらからご連絡差し上げたいと存じますが、何時頃がご都合よろしいでしょうか？

（不好意思。我稍後再和您聯絡，不知您何時方便呢？）

㊽ ○分後に、こちらからご連絡差し上げてもよろしいでしょうか？（是否可以在○分鐘後，再和您聯絡呢？）

電話應對　不要讓對方覺得「等很久」的表達方式

㊾ 遅くてもお昼の12時までには、修理の担当者が伺います。前の工事が早く終了しますと、もう少し早く伺えますが、その場合は、ご連絡差し上げるようにいたします。

（維修人員最晚會在中午十二點到府上維修。若前一項工作提前結束，就可能會提早到府上維修。如果這樣會先和您聯絡。）

㊿ 朝7時にお迎えに上がります。ご自宅前で電話いたしますので、どうぞよろしくお願いいたします。

（早上七點去接您。我會在您家門前撥打電話給您，請多多指教。）

電話應對 「當事人不在」的應對方式

(51) あいにく山田は外出しております。お急ぎのようでしたら、山田からご連絡差し上げるようにいたしますが…、いかがいたしましょう？（很不巧，山田正在外出中。若有急事，會請山田和您聯絡，您意下如何？）

(52) 申し訳ございません。佐藤は外出しておりますので、よろしければ私がご用件を承ります。

（非常抱歉，佐藤正在外出中，方便的話可以由我處理嗎。）

(53) 至急本人と連絡を取りましてお電話いたします。ご用件とご連絡先を伺えますでしょうか？（我會立刻撥打電話與本人取得聯繫。方便請問您有什麼事以及連絡的資料嗎？）

電話應對 以撥打／接聽電話傳達要事的表達方式

(54) 少し長くなりますが、これから申し上げてよろしいでしょうか？（由於內容較多，我可以開始向您報告了嗎？）

(55) いただいたお電話で恐縮ですが、○○の件で、少しお話ししてもよろしいですか？

（不好意思，雖然是您打電話來，方便談談關於○○的事嗎？）

(56) よろしければ、私がご用件を伺って、山田の手が空き次第、ご連絡差し上げるようにいたします。

（方便請問您有什麼事嗎？等到山田有空時，再請他與您聯絡。）

處理投訴 回應投訴的程序

(57) おっしゃる通りです。私もそう思います。

（你說得對，我也這麼想。）

⑤⑧ ～ということでよろしいでしょうか？（所以是～對嗎？）

⑤⑨ ご不快な思いをおかけして、申し訳ございませんでした。
貴重なご意見をありがとうございます。必ず何かの形で
反映させていただきます。（讓您有不愉快的感受，實在非常抱

歉。謝謝您寶貴的意見，請您務必讓我向上頭反應這件事。）

⑥⓪ **處理投訴藉由 5W3H 掌握重點**

どなたがお使いでいらっしゃいますか？

（請問使用者是哪一位呢？）

どのようなものでございますか？（請問是什麼樣的物品呢？）

いつお求めになりましたか？（請問您在何時購買的呢？）

どちらでお求めになりましたか？（請問您在何處購買的呢？）

どういった点でお困りでいらっしゃいますか？

（請問您為何覺得困擾呢？）

どのようにお使いになっていらっしゃいますか？

（請問您都是如何使用的呢？）

どのくらいの量を、ご使用になっていますか？

（請問您都使用多少的量呢？）

處理投訴 回應投訴的基本句型

⑥① ご連絡をいただき、誠にありがとうございます。

（誠心感謝您和我們聯絡。）

⑥② お手間をとらせてしまって、申し訳ございません。

（給您添麻煩，真是非常抱歉。）

(63) 恐れ入りますが、○○は今お手元にご用意いただいていますでしょうか？（不好意思，請問○○現在是否在您的手邊？）

(64) お手数ではございますが、○○を着払いで弊社までお送りいただけませんでしょうか？

（能否麻煩您將○○以運費到付的方式，寄送至本公司呢？）

處理投訴 **回應投訴時須特別注意的「重點」**

(65) 恐れ入ります。少々お時間を頂戴したいのですが、こちらからお電話を差し上げてもよろしいでしょうか？（不好意思。我希望您能夠給我一些時間，由我們和您聯絡，可以嗎？）

(66) 恐れ入ります。調査のためにいろいろとお尋ねしてもよろしいでしょうか？

（不好意思，為調查所需，方便詢問您的相關資料嗎？）

職場環境 **避免使人不悅的「説話技巧」**

(67) おっしゃる通りだと思います。ただ私の考え方は少し違って…。（我覺得您説得很對。不過我的想法和您有些不一樣…）

(68) おっしゃる通りだと思います。それと私が申し上げたように…。（我覺得您説得很對。而我想和您説的是…）

(69) 敬語を使いこなすコツは何ですか？

（掌握敬語用法的訣竅是什麼呢？）

(70) 敬語を使いこなすコツはありますか？

（掌握敬語用法有訣竅嗎？）

⑦ 私が気にしすぎかもしれないけれど、遅刻するのは体調が
原因ではないかとなんだか心配で…。（雖然可能是我多慮了，

不過我有點擔心你是不是身體狀況不太好，所以才會遲到…）

⑦ この部分は、○○と訂正すればよろしいですか？

（這個部份是否可以更正為○○呢？）

⑦ 山本様は、どうお考えになりますか？山本様のご意見はい
つも的を射ているので大変勉強になります。そうですよ
ね、部長。（山本先生，請問您覺得如何呢？山本先生的意見總能

一語中的，令我獲益良多。您説是吧，部長。）

⑦ 社長はどちらへいらっしゃいますか？（社長您要去哪裡呢？）

⑦ 社長、みかんを召し上がりますか？（社長，您要吃橘子嗎？）

⑦ 社長がお越しになりました。（社長到了。）

⑦ 社長は写真をご覧になりますか？（社長要看照片嗎？）

⑦ 午後からひと雨くるかな…。ちょうどいいお湿りになりそ
うですね。

（下午是不是會下一場雨啊…天氣説不定會舒服一點。）

⑦ もうそろそろ桜が咲く時期でしょうか。

（差不多到了櫻花開花的季節了吧？）

⑧⓪ ○○駅前に高層ビルが建つらしいですね。

（據説○○車站前蓋了一棟高樓大廈。）

⑧① いい温泉をご存じでしたらお教えください。

（如果您知道不錯的溫泉，請告訴我。）

⑧② このあたりは、学生時代によく来たんですが、ずいぶん変わっていて驚きました。

（我學生時代滿常到這一帶來的，這裡改變好多，我感到好驚訝。）

⑧③ 閒聊直接的用詞要改以委婉的説法表達

クール／寡黙な人（冷靜／沈默寡言的人）

にぎやか（熱鬧）

貫禄がある（有威望的）

弁が立つ（能言善道）

世話好き（樂於助人）

○○に詳しい人（對○○很了解的人）

元気がいい／活発（有精神／活潑）

新鮮な発想がある（想法新穎）

経済観念がある（對金錢有概念）

仕事が丁寧（工作謹慎）

奥ゆかしい（有深度的）

見事／素晴らしい（出色的／極優秀的）

しっかりしている（可靠的）

凛々しい／タフ（威風凜凜的／堅韌不拔的）

おっとりしている（穩重大方）

ふくよか（豐滿）

華やか（華麗）

きゃしゃ／スリム（窈窕／苗條）

閒聊 用「問題」擴展對話

⑧⑧⑧⑧ ○○さんは、何か趣味をお持ちですか？

（○○先生的興趣是什麼呢？）

⑧⑧ はい、子どもの頃から釣りが好きで今でもよく行きます。

（我從小就喜歡釣魚，現在也很常去。）

⑧⑧ そうですか。いいご趣味ですね。私はやったことがないので、この機会にいろいろ伺ってもよろしいですか？

（原來如此。真是很棒的興趣呢。我從來沒有釣過魚，方便藉這個機會問您一些問題嗎？）

閒聊 面對消極的發言可以用較婉轉的方式回應

⑧⑦ 何かよくないことでもありましたか？

（發生什麼不好的事了嗎？）

⑧⑧ 考え方は人それぞれですから、意見が合わないこともありますよね。（每個人的想法都不一樣嘛。總有意見不合的時候。）

72

⑧ 何でも言い合えるということは、○○さんは信頼されているんですね。そういえば、今のお話で思い出したのですが、私も学生時代に親友と…。（什麼事都會跟你爭論，就代表對方很信任你呢。說到這個，提到這件事才讓我想起來，我在學生時代時，和好朋友也是…。）

MEMO

MEMO

國際學村

戰勝日檢最強大補帖，考前惡補的第一選擇
單字一本、文法一本提高單字力及文法力，考過日檢不吃力！

國際學村

日本語能力測驗出版物的佼佼者，
日本 ASK 出版社依外籍受測者之所需，
N5-N1 最新 JLPT 模擬測驗試題繁體中文版重裝上市！

最精準題目解析＋3回模擬試題，徹底解析說明試題解法

作者：アスク出版編集部
★ 附 QR 碼線上音檔

作者：アスク出版編集部
★ 附 QR 碼線上音檔

作者：アスク出版編集部
★ 附 QR 碼線上音檔

作者：アスク出版編集部
★ 附 QR 碼線上音檔

作者：アスク出版編集部
★ 附 QR 碼線上音檔

實・用・第・一

輕鬆的場合講輕鬆的話，嚴肅的場合講嚴肅的話
應對各種場合、符合各種身分，完美運用日語能力

作者：唐澤明
★附 QR 碼線上音檔

適時適所！用日本人的
一天學日語，一次告訴
你對應各種場合與對
象，從輕鬆到正式的三
種不同表現

作者：小針朋子、張恩濤
★附 QR 碼線上音檔

場合別隨翻隨用！經早
稻田大學中日雙語專家
精選、實測，真正用得
上的標準日語

作者：田中実加、松川佳奈、
　　　劉馨種
★附 QR 碼線上音檔

套用、替換、零失誤！
第一線人員最實用，
100% 提高業績的全方
位日本語應對指南